Liebe Blut & Tod

Vampir-Roman

AF130271

Liebe Blut & Tod

Vampir-Roman

Gerdi M. Büttner

Bibliografische Information der Deutschen Nationalbibliothek:
Die Deutsche Nationalbibliothek verzeichnet diese Publikation in der
Deutschen Nationalbibliografie; detaillierte bibliografische Daten
sind im Internet über dnb.dnb.de abrufbar.

Umschlag/Cover: Shutterstock / Kiselev Andrey Valerevich

Herstellung und Verlag:
BoD – Books on Demand, Norderstedt

ISBN: 978-3-7392-3884-5

Prolog

In der kleinen Kapelle war es kalt und düster. Einzig die Kerzen, die an den Seiten des aufgebahrten Sarges aufgestellt waren, erhellten ein wenig die trostlose Szenerie. Ihr Schein warf zuckende Lichter über das blasse Gesicht des jungen Mädchens, das in den weißen Kissen lag als ob es schliefe. Ihre wächsernen Finger waren ineinander gefaltet, ein Rosenkranz aus Perlen war darum gelegt.

Midas blieb einen Moment unter der Tür stehen, bis sich seine Augen an das Halbdunkel gewöhnt hatten, dann holte er tief Luft und ging langsam auf den Sarg zu. Die gemurmelten Gebete der beiden alten Frauen, die die Totenwache abhielten, drangen in seine Ohren doch er registrierte sie kaum. Sein Herz schmerzte vor Trauer um seine Verlobte und obwohl er sie vor sich liegen sah weigerte sich sein Verstand noch immer, ihren Tod zu akzeptieren.

In der Früh war ein Bote zur Burg seiner Eltern gekommen und hatte die Nachricht von Rosinas Tod überbracht. Er war sofort aufgebrochen, verwirrt und ungläubig. Und während er das Pferd zu Höchstleistungen anspornte hatte er versucht, zu verstehen was geschehen war. Wie in Trance hatte er Rosinas Vater zugehört, der ihm mit tränenerstickter Stimme zu erklären versuchte, was geschehen war.

„Ihr gutes Herz hat ihr den Tod gebracht" hatte er unter Tränen gemurmelt und immer wieder den Kopf geschüttelt. „Dabei habe ich ihr ausdrücklich verboten ins Dorf zu den Kranken zu gehen. Die Leute sterben dort wie die Fliegen und niemand weiß warum. Die Krankheit macht vor niemandem Halt, kräftige junge Männer erliegen ihr ebenso wie Alte und Kleinkinder. Aber Rosina hat meinen strikten Befehl missachtet, sie schlich sich heimlich ins Dorf um den Kranken Essen und Medizin zu bringen. Das hat mir ihre Zofe unter Tränen gestanden. Als Rosina vor drei Tagen hohes Fieber bekam schickte sofort nach meinem Leibarzt. Doch er konnte ihr nicht mehr helfen, sie starb heute Nacht. Ihre letzten Worte galten dir, Midas. Sie versprach, dich eines Tages wiederzusehen und verließ uns mit einem Lächeln auf den Lippen."

Tatsächlich meinte Midas, ein Lächeln auf den blassen Lippen der Toten zu erkennen und Tränen stiegen in seine Augen. Er wischte sie nicht weg, blinzelte nur um klarer sehen zu können und sank neben dem Sarg auf die Knie. Er war ihr jetzt ganz nah, und doch war sie so weit von ihm weg. Seine Tränen verwischten seinen Blick als er ihr starres Gesicht betrachtete und gaukelten ihm vor, sie lächle ihn tröstend an. Aber es gab keinen Trost für das, was er verloren hatte. Nie mehr im Leben würde er eine Frau so lieben wie er Rosa geliebt hatte.

Sie kannten sich schon seit ihrer Kindheit, bereits ihre Väter waren Freunde gewesen. Von beiden Familien wurde beschlossen, dass Midas, der Erstgeborene des Grafen zu Walberg Rosina, die älteste Tochter der Grafen zu Rheinau, ehelichen sollte.

In einem Monat hätte die Hochzeit stattfinden sollen. Eine Liebesheirat, trotz des Reglements und nicht gerade die Regel in der gesellschaftlichen Schicht, der sie beide angehörten. Aber Rosa und er hatten sich gemocht seit sie denken konnten und allmählich war zwischen ihnen tiefe Liebe entstanden. Noch gestern Abend, bevor er zu Bett ging hatte er Gott für das Geschenk dieser Liebe gedankt und darum gebetet, dass die Zeit bis zur Hochzeit schnell vergehen würde, damit Rosa endlich die Seine wäre. Doch plötzlich war alles nur noch ein ferner Traum, der nie Wirklichkeit werden würde.

Er beugte sich zu ihr herunter und seine Lippen streiften ihren kalten Mund. Wie gerne hatte er ihn geküsst und wie willig hatte sie ihn gewähren lassen. Jetzt waren ihre Lippen fest und starr wie Wachs und rochen nach Tod. Er zuckte leicht zurück. Das war nicht mehr Rosa, nicht mehr das junge Mädchen, das er so sehr geliebt hatte. Sie hatte ihn verlassen, war davongegangen, in eine Sphäre, in die er ihr nicht folgen konnte.

Eine Woche später traf Midas wieder auf dem Sitz seiner Familie ein. Die zurückliegenden Tage erschienen ihm wie ein endloser Alptraum aus dem er noch immer nicht erwacht war. Während der dreitägigen Aufbahrung und der anschließenden Beerdigung Rosinas hatte er kaum etwas zu sich genommen und auch nicht geschlafen. Tag und Nacht hatte er neben dem Sarg ausgeharrt und den gemurmelten Gebeten gelauscht. Doch selber beten konnte er nicht, das überwältigende Gefühl seines Verlustes ließ ihn zum ersten Mal in seinem Leben an der Gnade Gottes zweifeln. Und die tröstlich gemeinten Worte des Pfarrers kamen ihm wie blanker Hohn vor.

Nach der Beerdigung war er vor Erschöpfung zusammengebrochen und erst zwei Tage später wieder erwacht. Trotz vieler besorgter Ermahnungen hatte er sein Pferd satteln lassen um nach Hause zu reiten. Dort angekommen schloss er sich in seinem Zimmer ein, er wollte niemanden sehen. Das Essen, das die Diener vor der Tür abstellten, rührte er nicht an.

Wäre nicht das verzweifelte Weinen seiner Mutter durch die Tür gedrungen, vielleicht hätte er sein Zimmer nie mehr lebend verlassen. Irgendwann siegte jedoch sein Verstand über die Trauer und er beschloss, wieder ins Leben zurückzukehren.

Seit Rosinas Tod war mehr als ein Jahr vergangen und Midas hatte sich zumindest äußerlich gut erholt. Er nahm wieder am Familienleben teil, wenn auch alle schmerzlich seinen Humor und seine fröhliche Ausgelassenheit vermissten.

Als er am Morgen die Augen aufschlug, wusste er dass der Tag anstrengend werden würde. Man schrieb den 18. Juni, den Tag seines zwanzigsten Geburtstages und wie er seine Familie kannte würden alle nichts unversucht lassen, ihm diesen Tag so schön wie möglich zu gestalten.

Seufzend erhob er sich aus dem Bett und suchte den Nebenraum auf, in dem ein Diener schon alles für seine Morgentoilette bereitgestellt hatte. Das Wasser in der Waschschüssel war mit duftenden Kräutern versetzt und ein junger Bursche stand bereit, ihm bei der Rasur und dem Ankleiden behilflich zu sein. Midas hasste es, sich so bedienen zu lassen aber seine Eltern bestanden darauf. Schließlich konnte sich der zukünftige Graf zu Walberg nicht selbst rasieren und ankleiden wie ein gewöhnlicher Mann. Leise seufzend ergab er sich in sein Schicksal und setzte sich nieder.

Wie er bereits geahnt und befürchtet hatte wurde der Tag zu einer Prüfung seiner Geduld. Jeder der unzähligen Diener und Zimmermädchen die ihm begegneten wünschte ihm artig Glück und Gesundheit. Und er dankte jedes Mal mit einem freundlichen Lächeln. Dabei war ihm kaum zum Lächeln zumute. Seit Rosas Tod fühlte er sich innerlich seltsam leer und es fiel ihm schwer, das vor seiner Familie zu verbergen. Meist gelang es ihm nicht, das sah er an ihren besorgten Gesichtern.

Beim Abendessen machte Midas' Bruder Ares plötzlich den Vorschlag: „Was hältst du eigentlich davon, wenn wir endlich unseren lange gehegten Plan ausführen und die Heimat unserer Mutter bereisen? Wir sind halbe Griechen, doch haben wir das Land unserer Vorfahren noch nie gesehen. Dabei lernen wir die Sprache bereit seit unserer Kindheit. Jetzt wäre die beste Gelegenheit, endlich zu erproben, was uns der Griechisch-Lehrer so lange zu vermittelt suchte."

„Oh, das wäre wunderbar", stimmte ihre Mutter sofort erfreut zu. Trotz der mehr als zwei Jahrzehnte die sie in Deutschland lebte, war ihr noch deutlich der griechische Akzent anzuhören. Sie hatte ihren Mann auf einer seiner Geschäftsreisen kennen- und lieben gelernt und war ihm nach der Hochzeit nach Deutschland gefolgt. Seither hatte sie ihr Heimatland nicht mehr wieder gesehen, was sie oft sehr schmerzte. Um ihr wenigstens ein klein wenig das Gefühl von Heimat zu geben gestattete ihr Gatte ihr, jedem ihrer Kinder einen griechischen Vornamen zu geben. Und da Helena zu Walberg einen großen Hang zur griechischen Mythologie hegte, bekamen ihre Kinder so ungewöhnliche Namen wie Midas, Ares oder Artemisia.

Midas schaute stumm in die Runde seiner Familie, die ihn mit hoffnungsvollen Blicken anstarrten. Sogar seine beiden jüngsten Geschwister, die mit ihren fünf und drei Jahren noch gar nicht verstanden um was es ging, blickten ihn so neugierig an, dass er lachen musste. Vielleicht, dachte er bei sich, war Ares' Vorschlag ja gar nicht so schlecht. Eine lange abenteuerliche Reise würde ihn sicher auf andere Gedanken bringen.

Ares' Vorschlag blieb das Thema an diesem Abend und schließlich willigte Midas ein. Alle waren begeistert und halfen eifrig beim Schmieden der Reisepläne. Als Midas später in seinem Bett lag wurde ihm bewusst, dass er zum ersten Mal seit Rosas Tod mehrere Stunden nicht an sie gedacht hatte. Und der Gedanke, endlich wieder Erwartungen in die Zukunft zu setzen, fühlte sich gut an. Die Reise nach Griechenland war beschlossene Sache und er hoffte, sie würde zu einem entscheidenden Wendepunkt in seinem Leben führen.

Kapitel 1: Ein unheimlicher Arbeitsplatz

Kühler Wind blähte die Vorhänge auf und es schien, als dränge plötzlich ein eisiger Hauch ins Zimmer. Fröstelnd zog Sina die Decke enger um ihren Körper. Ihr schlaftrunkener Blick glitt zum Fenster, dessen Flügel weit geöffnet waren. Ein fahler, von Wolken umflorter Mond erhellte die kleine Turmkammer und warf Schatten der wehenden Vorhänge an die Wand, die wie tanzende Gespenster anmuteten. Erneut aufkommender Wind griff in die dürren Äste des uralten Baumes der bis herauf zu den Zinnen des Burgturms reichte, schüttelte seine dürren Zweige, so dass sie wie die Knochen eines Skeletts klapperten.

Geister, Skelette. Sina stieß ein unwilliges Lachen aus, es musste wohl an der seltsamen Umgebung liegen, in der sie sich befand, was sie an solchen Unsinn denken ließ. Gähnend schlug sie die Decke zurück, tastete mit nackten Füßen nach ihren Pantoffeln, fand aber nur einen. Mit der Hand suchte sie unter dem Bett, bis sie den zweiten zwischen den Fingern spürte. Er war so weit nach hinten gerutscht, dass sie sich verrenken musste um ihn zu erwischen.

Welch ein Glück, dass sie niemand sehen konnte, dachte sie belustigt und kicherte glucksend während sie sich den Pantoffel über die Zehen stülpte. Normalerweise wäre sie schnell barfuß zum Fenster gehuscht, doch der Gedanke an den modrigen, mit allerlei Flecken verzierten Teppich vor ihrem Bett hielt sie davon ab.

Mit einem leisen Seufzer schlurfte sie zum Fenster, griff nach dem altersschwachen Hebel um es zu schließen. Doch der Wind hatte sich schon wieder gelegt, merkte sie, so schnell wie er aufgebraust war, hatte er sich verzogen. Unschlüssig lehnte sie sich über die Brüstung, spähte nach draußen. Es war völlig windstill, genauso wie gestern Abend als sie zu Bett ging. Fast meinte sie, nur geträumt zu haben.

Verwirrt schaute sie nach unten, dorthin wo sich der vom Mondlicht erhellte Burghof erstreckte. Selbst von hier oben konnte sie erkennen wie verwildert er war. Bäume und Büsche hatten vermutlich seit Jahrzehnten keinen Schnitt mehr erfahren und die Wege waren längst von Unkraut überwuchert oder unter dicken Laubschichten verschwunden.

Trotzdem oder gerade deshalb machte der Garten einen verwunschenen Eindruck, was noch durch eine Eule verstärkt wurde, die vom Ast eines Baumes abhob und lautlos davonflog. Sina verfolgte das Tier mit den Augen, bis es im Schatten eines kleinen Gemäuers verschwand, das sich fast unsichtbar in einer Mauerecke versteckte. Eine kleine Kapelle, mutmaßte sie als sie das schiefe Türmchen erspähte, das unter der Last es umrankenden Efeus zusammengesunken war.

Lange starrte sie es an, obwohl man kaum mehr als Umrisse davon erkennen konnte, übte das düstere Bauwerk eine seltsame Faszination auf sie aus.

„Du spinnst wirklich langsam, Sina", murmelte sie kopfschüttelnd und wollte sich abwenden um endlich wieder ins Bett zu gehen. Morgen, nahm sie sich vor, würde sie dem Burggarten auf jeden Fall einen Besuch abstatten. Einen letzten Blick zur Kapelle wollte sie jedoch noch einmal tun, warum wusste sie selbst nicht zu sagen.

Vor den Mond hatte sich jedoch eine Wolke geschoben, der Garten lag jetzt in tiefer Dunkelheit unter ihr. Dennoch meinte sie, aus der Ecke wo die Kapelle stand ein leichtes Glimmen zu sehen, zwei winzig kleine Punkte die zu ihr heraufzustarren schienen. Erschrocken wich sie einen Schritt zurück und das Glimmen erlosch.

Sicher die Augen einer Katze, beruhigte sie sich selbst. Oder vielleicht war es die Eule, die gerade zu dem Gemäuer geflogen war. Ja, ganz bestimmt war es die Eule, was denn sonst. Dennoch spürte sie ihr Herz bis zum Hals klopfen. Mit einem Ruck schloss sie das Fenster und eilte zurück zu ihrem Bett, verkroch sich tief in den Decken.

Die Luft im Zimmer wurde schnell stickig, der Modergeruch des alten Teppichs raubte ihr fast den Atem. Gar zu gerne hätte sie wieder das Fenster geöffnet, doch sie musste sich eingestehen, dass sie Angst hatte, nochmals dorthin zu gehen. Da half es auch nicht, sich selbst zu verspotten, sie konnte sich nicht überwinden, erneut das Bett zu verlassen.

Den Rest der Nacht lag sie schwitzend da und versuchte nicht allzu tief zu atmen. Eigentlich, so sagte sie sich, müsste sie die Schimmelsporen aus dem Teppich mehr fürchten als die glimmenden Augen einer harmlosen Eule. Dennoch konnte sie sich nicht aufraffen das Fenster erneut zu öffnen. Irgendwann im Morgengrauen schlief sie doch noch ein. Im Traum verfolgten sie glühende Augen, die langsam dunkler wurden, fast schwarz. Sie blickten sie grübelnd aber nicht böse an und als sie am Morgen erwachte, konnte sie ihre nächtliche Angst nicht mehr verstehen.

Nach einer Katzenwäsche in der angeschlagenen Waschschüssel und mit dem kalten Wasser, das in einem Krug daneben stand tupfte sie sich vorsichtig mit dem groben Handtuch ab, das überdies noch muffig roch und fragte sich zum zigsten Mal, welch ein Teufel sie geritten hatte, freiwillig hierher zu kommen. Hoffentlich würde heute wenigstens ihr Gepäck ankommen, dass sie per Bahn verschickt hatte, weil in ihrem kleinen Auto kein Platz dafür war.

Nach einem letzten kritischen Blick in den fleckigen Spiegel verließ Sina die kleine Turmkammer um nach unten zu gehen. Noch war sie im Zweifel ob sie wirklich hier bleiben oder lieber gleich wieder nach Hause fahren sollte. Doch dann siegte ihr Pflichtbewusstsein, das sie Manfred Dölger, ihrem Chef, gegenüber hegte. Sie hatte sich nun einmal bereiterklärt, die Vorarbeiten für die Instandsetzung dieser Ruine zu treffen, bis er in einer Woche eintraf. So lange würde sie wohl oder übel hier ausharren müssen.

Sie blieb stehen und schaute die breite Steintreppe hinunter auf den einstmals sicher prunkvollen Saal, der heute eher einer veralteten Bahnhofshalle glich. Der Boden war so schmutzig, das man kaum noch das edle Holz des Parketts erahnen konnte. Von den Wänden starrten düstere Gesichter aus verstaubten Bilderrahmen, eingesponnen von Generationen von Spinnen. Seidentapeten hingen in Fetzen herunter, vom Alter brüchig geworden wie die dicken Samtvorhänge an den Fenstern. Selbst die Lüster, die an langen Ketten von der hohen Decke hingen, hatten all ihre Pracht verloren. Wo früher edel geschliffenes Glas in allen Facetten schillerte, hingen heute Spinnfäden von den stumpf gewordenen Steinen. Und trotz der Morgensonne, die durch die verschmutzten Fensterscheiben fiel, war es in dem Saal düster wie in einer Leichenhalle.

Als sie sich anschickte die Treppe hinunter zu gehen schoss ihr ein Bild durch den Kopf und für einen kurzen Moment meinte sie den Saal so zu sehen wie er einmal ausgeschaut haben mochte. Alles war sauber und prachtvoll und von Leben erfüllt. Sie meinte Musik zu hören und Menschen zu sehen die tanzten und lachten. Livrierte Diener eilten geschäftig umher und Kinder spielten unter der Aufsicht einer Zofe in einer Ecke.

Doch so plötzlich wie das Bild gekommen war, so schnell verschwand es wieder und Sina beeilte sich den jetzt wieder ungemütlichen Ort der Düsternis hinter sich zu lassen und trat aufatmend durch eine geöffnete Seitentür. Sogleich fühlte sie sich wie in einer anderen Welt und mit einem erleichterten Seufzer setzte sie sich an den hübsch gedeckten Frühstückstisch. Kaffeeduft stieg ihr in die Nase und die frischen Brötchen sahen verlockend aus. Erst jetzt merkte sie wie hungrig sie war und ihr Magen knurrte verhalten.

Die Tür zur angrenzenden Küche wurde geöffnet und eine ältere Frau kam mit einer Kaffeekanne auf sie zu.

„Guten Morgen!" grüßte sie freundlich und lächelte Sina an.

„Na, haben sie einigermaßen gut geschlafen?" Ohne eine Antwort abzuwarten plapperte sie weiter: „Es tut mir Leid, dass das Zimmer noch nicht fertig war. Aber eigentlich hatten wir Sie erst ein paar Tage später erwartet."

„Oh, Sie müssen sich nicht entschuldigen", beeilte Sina sich, sie zu beruhigen. „Schließlich trifft Sie keine Schuld. Mein Chef hat sich vermutlich wieder mal im Termin geirrt. Das passiert ihm leider öfter seit seine Sekretärin in Mutterschaft ist. "

„Na, heute Abend werden Sie ein sauberes Zimmer haben und auch duschen können. Mein Sohn kommt heute Mittag vorbei und repariert den Gasboiler. Und seine Frau richtet das Zimmer für sie her. Die Beiden hatten noch ein paar Tage Urlaub gemacht, bevor hier die ganzen Umbauarbeiten beginnen. Mein Sohn besitzt ein kleines Installateurgeschäft, wissen Sie, und der neue Besitzer der Burg hat ihn beauftragt ein paar Arbeiten zu erledigen. Meine Schwiegertochter geht mir ein wenig zur Hand, schließlich bin ich nicht mehr die Jüngste. Und auf meinen Mann kann ich nicht zählen, der hat mit seinem Rücken zu tun und kann nicht mehr viel arbeiten."

Während Sina sich Kaffee und Brötchen schmecken ließ, setzte sich die Frau zu ihr und erzählte weiter von ihrer Familie. Wahrscheinlich kam es nicht oft vor, dass Besucher hier weilten, dachte Sina bei sich und hörte geduldig zu. Sie erfuhr, dass Anna Krämer mit ihrer Familie schon seit über vierzig Jahren in den Nebengebäuden der Burg wohnte. Früher waren sie und ihr Mann hier als Hausmeisterehepaar tätig gewesen. Vor mehr als zehn Jahren starb dann der letzte Besitzer der Burg, von seinen Erben wollte niemand den alten Kasten haben. Sie beschlossen, das Gemäuer zu verkaufen, da die Instandhaltung zu teuer war. Immerhin durften Anna und ihr Mann Walter gegen eine geringe Miete im Nebengebäude wohnen bleiben bis sich ein neuer Besitzer fand.

„Ich bin ja so froh, dass uns der neue Eigentümer nicht vor die Tür setzt", erzählte Anna weiter und hob wie betend die Hände zum Himmel. „Gott sei's gedankt. Er will uns sogar wieder als Hausmeister einstellen. Natürlich können wir nicht mehr viel arbeiten, aber das ist ihm egal. Er möchte bloß, dass wir da sind und darauf achten, dass alles in Ordnung ist. Für alle größeren anfallenden Arbeiten hat er Firmen beauftragt. Die schicken Leute her zum Putzen und so weiter. Ich bin dann nur noch für die Küche und die Wäsche zuständig."

„Sie haben den neuen Besitzer also schon kennen gelernt? Welchen Eindruck macht er denn auf Sie?" Sina war ehrlich neugierig. Bisher hatte sie nur wenig über den Mann erfahren, in dessen Auftrag sie die nächsten Wochen arbeiten würde. Ihr Chef, meinte nur, er müsse wohl in Geld schwimmen wenn er es sich leisten konnte die heruntergekommene Burg wieder in neuem Glanz erstrahlen zu lassen.

Manfred, ihr Chef war Inhaber eines exklusiven Architekturbüros, das auf die Restaurierung alter Herrenhäuser und dergleichen spezialisiert war. Sina arbeitete schon seit mehreren Jahren als seine Assistentin und verstand sich sehr gut mit ihm. Als er sie gefragt hatte, ob sie bereit wäre für die Zeit der Vorarbeiten in der alten Burg zu wohnen hatte sie sich nach kurzem Nachdenken einverstanden erklärt. Zum einen, weil die Burg über zweihundert Kilometer von ihrem Wohnort entfernt lag, aber auch weil ihr der vorübergehende Ortswechsel gerade Recht kam. Denn erst vor wenigen Tagen war es zu einer unschönen Trennung von ihrem Freund Jens gekommen, und sie war der Ansicht, der räumliche Abstand könne ihnen beiden nur gut tun.

„Oh, er ist ein netter Mann, wenn man dem ersten Eindruck glauben kann", beantwortete Anna ihre Frage. „Eigentlich zu jung für ein so altes Haus, würde ich meinen. Die meisten jungen Leute wollen doch lieber moderne Häuser in Stadtnähe, mit Disco und Kino gleich um die Ecke. Aber er schien ganz vernarrt in das Gemäuer und schwärmte richtig davon, wie es bald wieder aussehen könnte. Ansonsten kann ich nicht viel über ihn sagen. Er sieht sehr gut aus, groß, schlank und dunkelhaarig, modisch gekleidet. Ein Typ, der Frauenherzen schnell höher schlagen lässt. Wenn ich nicht schon so alt wäre könnte ich direkt Gefallen an ihm finden." Sie grinste verschmitzt und fügte kichernd hinzu: „Aber da hätte mein Mann sicher was dagegen."

Sie stand auf und schickte sich an, das Geschirr abzuräumen. Sina wischte sich mit der Serviette den Mund ab und erhob sich ebenfalls. Sie hatte viel Arbeit vor sich, bis ihr Chef kam musste sie jeden Winkel des Hauses vermessen, fotografiert und berechnet haben. Sie schlüpfte in ihre Jacke und verließ das Haus durch den Seiteneingang um zu ihrem Auto zu gehen.

Zum Nebengebäude gehörte ein kleiner, mit einer niederen Mauer eingefasster Garten. Ein Teil davon wurde von Gemüsebeeten eingenommen, der Rest bestand aus Rasen. Eine mit Bettwäsche und Handtüchern behängte Wäschespinne drehte sich träge und leise knarrend im lauen Frühsommerwind.

Ein Weg aus alten Steinplatten führte zum Tor und Sina folgte ihm. Vor dem Garten stand ihr kleines Auto neben einem älteren Kombi der den Krämers gehörte.

Sowohl der Kofferraum als auch der Rücksitz ihres Autos waren mit Geräten bedeckt, die Sina für ihre Arbeit benötigte. Sie lud sich auf, soviel sie gerade noch tragen konnte und schleppte ihre Last ins Haus. Da sie im großen Saal beginnen wollte, hatte sie nicht allzu weit zu tragen und stellte alles in einer Ecke ab. Dann ging sie zurück um den Rest zu holen.

Lautes Hupen ließ sie aufblicken, ein Postauto hielt hinter ihrem Wagen und der Fahrer stieg aus. Mit Schwung öffnete er die Schiebetür und zog ihr Gepäck heraus.

„Ich vermute, das gehört Ihnen, junge Frau?" rief er gutgelaunt.

„Wie lange wollen Sie denn hier bleiben? So viel Gepäck habe ich schon lange nicht mehr ausgeliefert. Wollen Sie etwa in dem alten Kasten Urlaub machen? Oder sind Sie mit den Krämers verwandt?"

Bevor Sina überlegen konnte, was sie dem neugierigen Postboten antworten sollte, ertönte hinter ihr Walter Krämers Stimme.

„Eigentlich geht dich das gar nichts an Paul. Aber da du die Neuigkeit ja eh bald erfahren wirst, kann ich's dir auch gleich sagen. Die Burg hat einen neuen Besitzer gefunden und der lässt sie herrichten. Die junge Frau ist die Assistentin des Architekten und wird vorübergehend hier wohnen. Ich hoffe, das hat deine Neugier befriedigt."

Der Postbote pfiff durch die Zähne: „Sag bloß der alte Spukkasten hat tatsächlich einen Käufer gefunden? Wer ist denn so verrückt und kauft so einen Haufen alter Steine? Der Kerl muss Geld wie Heu haben."

Sina sah, wie sich Krämers Augen bei dem Wort Spukkasten verdüsterten. Und sofort fielen ihr die leuchtenden Augen in der Nacht wieder ein. Ein Schauer lief ihr über den Rücken. Sie fing sich jedoch schnell wieder, Spuk und Gespenster gab es nicht. Den meisten alten Gemäuern wurde irgendein Gespenst nachgesagt, wirklich nachgewiesen hatte aber noch keiner eines.

Sie überließ es Walter den Postboten abzufertigen und trug ihre restlichen Geräte ins Haus. Eine Menge Arbeit wartete auf sie, über Gespenster nachzudenken blieb ihr da keine Zeit. Ihr momentan größtes Problem war es, woher sie den notwendigen Strom für ihre Geräte, vor allem für die Lampen, erhielt. Die Burg besaß früher sicher einmal Stromanschluss, doch in den letzten zehn Jahren war er bestimmt abgeklemmt worden. Manfred hatte ihr zwar versichert, Walter Krämer würde sich darum kümmern, dennoch traute sie den alterschwachen Sicherungen und Steckdosen nicht wirklich. Im Geist war sie darauf gefasst, dass ihre starken Lampen den Sicherungen schnell den Garaus machen würden.

Umso angenehmer war sie überrascht als sie ganz neue Stromanschlüsse vorfand. In den letzten Tagen mussten hier Heinzelmännchen am Werk gewesen sein. Frohgemut schloss sie ihre Lampen an und kurz darauf erstrahlte der alte Festsaal in lange nicht mehr erlebtem Licht.

Sina betrachtete staunend die Reste der einstigen Pracht, die das Licht zu Tage förderte. Die düsteren Gesichter an den Wänden wandelten sich zu individuellen Personen, die den Betrachter zu Zeugen einer längst vergangenen Zeit machten.

Neugierig trat Sina näher an die Wand heran um die Bilder genauer ansehen zu können. Hier hingen die ehemaligen Bewohner der Burg einträchtig nebeneinander. Männer, Frauen und Kinder, sogar ein paar Hunde starrten stumm in den Saal, den sie einst mit Leben erfüllt hatten, von Künstlern für die Nachwelt auf Leinwand gebannt. Der unterschiedliche Stil ihrer Gewänder zeugte von den jeweiligen Epochen, in denen sie gelebt hatten.

Sina fand alte Gemälde schon immer interessant, sie konnte stundenlang in Schlossgalerien und Museen verweilen um sich durch die Betrachtung der Bilder in frühere Zeiten zu versetzen. Vor allem bewunderte sie die Künstler sehr, denen es gelungen war, das Leben ihrer Zeit so detailgetreu wiederzugeben, wie es heute nur noch Fotografen vermochten.

Den Anfang der kleinen Ahnengalerie bildete das Portrait einer Familie, vermutlich den Erbauern der Burg. Das Bild war durch einen Wasserschaden fast ruiniert, seine Farben in großen Teilen abgeblättert, so dass man nur noch wenig erkennen konnte. Die Umrisse eines stehenden Mannes und einer sitzenden Frau, die ein Baby auf den Armen wiegte. Neben ihr saß ein größeres Kind mit langen, dunklen Locken, der Kleidung nach vermutlich ein Knabe.

Sina fand es sehr schade, dass ausgerechnet dieses Bild so stark beschädigt war, es hätte sie interessiert, wie die ersten Bewohner der Burg ausgesehen hatten. Sie wandte sich dem nächsten Portrait zu. Es war vom Wassereinbruch nicht in Mitleidenschaft gezogen worden, seine Farben waren über die Jahrhunderte hinweg jedoch so dunkel geworden, dass auf den ersten Blick nur ein Gesicht erkennbar war. Erst als Sina eine der Lampen genau darauf richtete konnte sie mehr Einzelheiten erkennen. Der Mann auf dem Bild war nicht alt, so um die zwanzig schätzte sie. Sein Teint wirkte dunkel, so als käme er aus einem südlichen Land. Seine markanten Gesichtszüge wurden von schwarzen Locken eingerahmt, die bis zu den Schultern reichten. Er blickte ein ernst aus dunklen Augen, um seinen kräftigen Mund spielte ein angedeutetes Lächeln. Er machte einen sehr selbstsicheren, starken Eindruck.

Ein wirklich schöner Mann, dachte Sina wehmütig. Schade, dass er schon seit Jahrhunderten tot war, er wäre genau ihr Typ gewesen. Sie vermutete, dass er mit dem Knaben auf dem anderen Bild identisch war, zumindest hatte er mit ihm die schwarze Lockenpracht gemein. Mit dem Finger rieb sie über die von Staub und Patina unkenntlich gewordene Schrift auf dem Messingschild unter dem Gemälde. Was es jedoch preisgab war weitgehend unleserlich. M da v al er meinte sie zu erkennen. Was immer das auch heißen sollte.

Der Platz daneben war leer, jedoch zeigte ein heller Umriss auf der vergilbten Tapete dass hier früher ein ziemlich großes Bild gehangen haben musste. Sina starrte den Umriss lange an, so als könne sie das Gemälde dadurch sichtbar machen. Gar zu gerne hätte sie gewusst, wen das Bild dargestellt hatte. Bestimmt eine schöne Frau in wallenden Kleidern, vielleicht die Verlobte des Beaus, simulierte sie. Und er hatte das Bild verbrannt, weil sie ihm untreu geworden war. Aber nein, welche Frau würde solch einen Mann betrügen.

Sie musste über ihre Gedanken lächeln und ging weiter zu den nächsten Gemälden, die zweifellos die Nachfahren des schönen

Unbekannten darstellten. Noch über drei, vier Generationen vererbten sich die dunklen Haare und Augen, sowie die markanten Züge auf seine männlichen Nachkommen, bis sich allmählich ein hellerer Typus darunter mischte. Unter den neueren Bildern konnte man auch Namen und Jahreszahlen der jeweiligen Personen lesen. Alle trugen den Grafentitel „von Walberg". Ein urdeutscher Name, dachte Sina bei sich. Wie passte da der schöne Exot dazu?

Wie fast jede Familie hatten vermutlich auch die früheren Bewohner dieser Burg ihre kleinen Geheimnisse, überlegte sie und lächelte. Nun, Geheimnisse waren ihr jedenfalls allemal lieber als Gespenster.

Am Abend ging sie müde die vielen Treppen hinauf zu ihrem Turmzimmer. Und staunte über die Veränderung, die dort stattgefunden hatten. Die kleine Kammer blitzte vor Sauberkeit, der alte, modrige Teppich vor dem Bett war durch einen neuen, flauschigen Läufer ersetzt worden. Die Vorhänge waren ausgewechselt, die Fenster geputzt und ein Blick ins angrenzende kleine Badezimmer zeigte ihr, dass auch hier fleißige Hände am Werk gewesen waren. Der Waschtisch samt Krug und Schüssel war verschwunden, dafür zeigte ein kleines flackerndes Licht in der Gastherme an, das es fortan warmes Duschwasser geben würde. Und die Handtücher auf der Konsole sahen frisch gewaschen und flauschig aus. Mit einem erleichterten Seufzer ließ Sina sich aufs Bett plumpsen und streckte sich aus. Verhalten gähnend überlegte sie, was sie mit dem restlichen Abend anfangen sollte. Es war erst 21 Uhr, zu früh, schon schlafen zu gehen. Das Angebot der Krämers, mit ihnen fernzusehen hatte sie dankend abgelehnt, sie machte sich nicht allzu viel aus Fernsehen. Auch das mitgebrachte Buch, ein Vampirroman, reizte sie nicht besonders. Vampire waren ihr suspekt, ebenso wie Gespenster. Sie las lieber Romane, die von wirklichen Menschen handelten, am liebsten Krimis, oder auch einmal einen Liebesroman. Den Vampirroman hatte Jens ihr aufgedrängt, er war verrückt nach derlei Literatur und ließ nichts unversucht, auch sie davon zu faszinieren. Warum sie das Buch überhaupt mitgenommen hatte, wusste sie nicht mehr zu sagen.

Unschlüssig stand sie wieder auf um zum Fenster zu gehen. Durch die nun blitzblanke Scheibe sah sie die Sonne hinter den fernen Bergen untergehen, ein romantischer Anblick, der sie erneut an Jens erinnerte. Wie viele romantische Sonnenuntergänge hatte sie mit ihm erlebt?

Die Trennung war ihr nicht leicht gefallen. Trotz ihrer meist gegensätzlichen Interessen hatten sie sich ineinander verliebt, was sie jedoch nicht daran hinderte, sich ständig zu streiten. Jens war einerseits ein Träumer mit manchmal unrealistischen Ansichten, andererseits konnte er ziemlich beharrlich auf diesen Ansichten bestehen. Sie hingegen war durch und durch Realistin, was zwangsläufig immer wieder zu Konfrontationen führte.

Sie hatten sich auf einer Sonnwendfeier kennen gelernt, auf die eine Freundin Sina mitgeschleppt hatte. Jens nahm sie gleich in Beschlag und erklärte ihr langatmig die Herkunft und Bedeutung des heidnischen Brauchs. Schon damals erkannte sie seine Faszination für Okkultismus und unheimliche Gestalten, es war wohl diese Gegensätzlichkeit zu ihr, die nur an das glaubte, was sie sah, die ihn für sie interessant machte.

In letzter Zeit war ihr sein Geisterglaube jedoch mehr und mehr auf die Nerven gegangen. Dazu kam, dass es im Bett zwischen ihnen nie wirklich gut geklappt hatte. Jens war ein Softie, zärtlich und - leider - langweilig. Sie stand auf leidenschaftlichen Sex, den er ihr nicht bieten konnte. Den Schlussstrich unter die Beziehung zog Sina schließlich, als Jens sich einer dubiosen Institution zuwandte, die parapsychologische Phänomene untersuchte und für ihre zahlreichen Mitglieder sogar eine Monatszeitschrift herausbrachte. Jens kündigte seinen Job als Werbetexter um sich ganz und gar seinen neuen Aufgaben zu widmen. Oft war er tagelang unterwegs um die angeblichen Aktivitäten diverser Poltergeister oder Gespenster nachzuweisen. Und nicht selten schlug er sich ganze Nächte um die Ohren um Recherchen dazu im Internet anzustellen. Seine kleine Wohnung, die gleichzeitig sein Büro war, quoll über von Büchern, Video- und Tonbändern, aus Lautsprechern ertönten seltsame Geräusche und vom Bildschirm des Fernsehers flimmerten undeutliche Aufnahmen.

Wenn er überhaupt einmal für Sina Zeit fand nervte er sie mit langatmigen Erklärungen über angeblich hieb- und stichfeste Nachweise, mit denen er die Existenz von Geistern und anderen Spukgestalten beweisen wollte. Um ihn nicht zu kränken versuchte sie zuerst Interesse zu heucheln, sein Fanatismus stieß sie jedoch mehr und mehr ab. Schließlich platzte ihr der Kragen und sie erklärte ihm, dass sie seine Geister und Gespenster für pure Fantasiegestalten hielt und schon immer gehalten hatte. Er reagierte darauf so gekränkt, wie sie es nie für möglich gehalten hätte. Fortan zog er sich merklich von ihr zurück und sie nahm das zum Anlass, endlich den lange fälligen Schlussstrich unter ihre Beziehung zu setzen. Das war vor drei Wochen gewesen. Seitdem hatte sie nichts mehr von Jens gehört.

Gedankenverloren starrte sie in die schnell einsetzende Dunkelheit und vage Zweifel kamen in ihr hoch, ob die rigorose Trennung tatsächlich der richtige Schritt gewesen war. Immerhin waren sie mehr als zwei Jahre zusammen gewesen und gefühlsmäßig hing sie immer noch an Jens. Andererseits konnte sie nicht leugnen, dass sie sich seit der Trennung wie befreit fühlte.

Ihr Blick schweifte über den verwilderten Burggarten tief unter ihrem Fenster und glitt wie selbstverständlich hin zu der kleinen, unter Efeuranken verborgenen Kapelle. Fast meinte sie erneut die glimmenden Augen zu sehen, die zu ihr heraufstarrten. Doch es war nur ein Trugschluss, - natürlich, was sollte es auch anderes sein…

Nach einer unruhig verbrachten Nacht erschien Sina etwas müde am Frühstückstisch. Wie am Tag zuvor brachte ihr Anna den Kaffee und leistete ihr ein wenig Gesellschaft. Munter plapperte sie drauflos, erzählte von den anstehenden Veränderungen und wie sehr sie sich darauf freute, dass bald wieder ein Eigentümer auf der Walburg wohnen würde.

„Was wissen Sie eigentlich über die Geschichte der Burg?" unterbrach Sina ihren Redeschwall. Den Namen Walburg hörte sie zum ersten Mal, bisher glaubte sie, das Gemäuer besäße überhaupt keinen Namen. Walburg war sicher von Walberg abgeleitet, dem Namen der früheren Besitzer.

„Och, allzu viel leider nicht", bedauerte Anna und zuckte die Schultern. „Den Namen hat die Burg von den Walnussbäumen, die früher hier in der Gegend angepflanzt wurden. Die Früchte dienten der Ölgewinnung, das Holz wurde zu edlen Möbeln verarbeitet. Damals war das ein einträgliches Geschäft, die Bauern konnten sich ein gutes Zubrot damit verdienen und die Grafen als Besitzer der Ländereien lebten sehr gut davon. Wohl deshalb nannten sie sich „von Walberg" und ein Walnussblatt schmückt auch heute noch ihr Wappen. Allerdings ist kaum noch ein Walnussbaum stehen geblieben, als sich der Anbau nicht mehr rentierte wurden die Bäume gefällt und nichts mehr nachgepflanzt. Ein paar stehen noch im Burggarten, als Wahrzeichen sozusagen.

Von den früheren Grafen ist nur wenig bekannt, die Chroniken sind nicht mehr auffindbar, sie verbrannten als ein Blitzschlag den Flügel, der auch die Bibliothek beherbergte, in Brand setzte. Der letzte Graf von Walberg starb ohne leibliche Erben zu hinterlassen. Seine Verwandtschaft ist ein geldgieriges Pack, Cousins zweiten oder dritten Grades, den gräflichen Titel darf allerdings keiner von ihnen weiterführen."

„Und der neue Besitzer? Wie ist sein Name?" Sina konnte sich zwar vage erinnern, das Manfred den Namen erwähnte als er ihr von dem Auftrag erzählte. Sie hatte ihn aber nicht im Kopf behalten.

„Das ist ja das Seltsame an der Geschichte", erzählte Anna aufgeregt. „Er heißt ebenfalls von Walberg, mit einem komischen Vornamen, den ich mir einfach nicht merken kann. Milan oder so ähnlich."

„Was, er heißt auch von Walberg? Das ist wirklich seltsam. Ist er mit dem alten Grafen verwandt?"

Anna wackelte mit dem Kopf. „Ich glaube ja, aber nicht direkt. Zumindest hat Graf von Walberg ihn nie erwähnt. Und auch seine Erben waren sehr erstaunt, als der Mann sich ihnen vorstellte. Ich glaube, sie haben schon Angst bekommen, dass doch noch ein leiblicher Erbe aufgetaucht ist. Doch ihre Furcht war unbegründet, sie bekamen anstandslos den geforderten Kaufpreis ausgehändigt. Obwohl der meiner Meinung nach viel zu hoch war. Sie haben ja selbst gesehen wie es um die Räume bestellt ist, hier muss noch sehr viel Arbeit und Geld rein gesteckt werden, damit aus dem heruntergekommenen Gemäuer wieder eine ordentliche Burg wird. Wenn der alte Graf sehen könnte, wie seine Erben alles verkommen lassen, im Grab würde er sich umdrehen."

„Vom Turmfenster aus kann ich ein kleines Gebäude sehen", wechselte Sina das Thema um Anna zu beruhigen, die vor Entrüstung bebte. „Ich meine es wäre eine Kapelle, genau kann ich es allerdings nicht erkennen, es ist ziemlich mit Efeu zugewachsen."

Anna überlegte einen Moment, dann schüttelte sie den Kopf. „Nein, nein, das ist keine Kapelle sondern eine alte Gruft. In ihr wurden die allerersten Familienangehörigen der von Walbergs beigesetzt. Später wurde der Friedhof dann ans andere Ende des Geländes verlagert. Die Gruft ist ziemlich verfallen, es ist Grundwasser eingedrungen und der alte Sandstein ist bröckelig geworden und alles droht einzustürzen. Das einzige Lebewesen, das sich dort noch hineintraut ist eine Eule, sie haust schon seit Jahren dort und brütet sogar darin."

„Die hat mich gestern Nacht ganz schön zum Narren gehalten", lachte Sina. „Ich sah nur ihre Augen im Dunkeln leuchten und dachte hier gäbe es Geister."

„Ja, diese Eule ist schon ein Biest", bestätigte Anna nickend. „Sie hat mich auch schon so manches Mal zu Tode erschreckt wenn sie mir abends so dicht über den Kopf streicht, dass sie meine Haare berührt. Aber ich kann Sie beruhigen, Geister gibt es auf Burg Walberg nicht."

„Der Postbote meinte aber, es sei ein Spukschloss…"

Anna kicherte belustigt und antwortete beschwichtigend: „Ja, die Leute aus dem Dorf erzählen schon seit Jahrhunderten, es spuke auf der Burg. Doch vermutlich erzählt man das von jedem Gemäuer, das ein bisschen älter ist. Aber ich kann Ihnen versichern; hier gibt es weder Geister noch Gespenster. Außer der Eule ist mir noch nichts begegnet, das unheimlich ist."

„Na, da bin ich ja beruhigt", murmelte Sina ironisch. Erneut fiel ihr Jens ein, er würde in der alten Burg bestimmt Anzeichen von Übersinnlichem wittern. Aber er wusste ja noch nicht einmal, dass sie nicht zu Hause war. Als Manfred sie nach Burg Walberg beordert hatte, war es zwischen ihnen schon längst aus gewesen.

Sie beschloss zuerst dem Burggarten einen Besuch abzustatten, bevor sie mit ihrer Arbeit begann. Sobald sie konzentriert arbeitete vergaß sie die Zeit und es würde, so wie gestern, bereits wieder zu dunkel sein, den verwilderten Park zu erkunden. Also verabschiedete sie sich schnell von Anna, bevor die sie in einen längeren Schwatz verwickeln konnte und ging ins Freie. Es war ein herrlicher Tag, wie geschaffen für eine kleine Erkundungstour. Die Sonne beschien die groben Steine der Burgmauer an der sie entlang schlenderte und hinterließ einen ersten Eindruck des nahenden Sommers. Die Luft roch würzig nach feuchter Walderde und blühenden Sträuchern.

Sina hielt sich an den kleinen Trampelpfad, der an der Burgmauer entlang führte, vermutlich von Walter und seinem Sohn ausgetreten, die ab und zu außerhalb der Burg zu tun hatten. Weit führte er jedoch nicht, nur bis zur ersten Ecke, dahinter wuchsen Blumen und Unkraut wild durcheinander. Zu ihrem Glück hielt sich der Wildwuchs noch in Grenzen, sie musste die Füße nicht allzu sehr anheben um darüber zu steigen. Der Park begann bereits hier, sie konnte noch gut erkennen wo einstmals gepflegte Beete und Wege verliefen. Doch die früher sicher sorgsam gestutzten Zierbüsche wuchsen bereits seit Jahren wie sie wollten und zwischen den Wegplatten spross Unkraut hervor, es hob teilweise sogar die Steine hoch, die die Beete einfassten.

Mit der Hand schirmte Sina ihre Augen gegen die Morgensonne ab um besser in die Runde schauen zu können. Ihre Suche galt der mit Efeu bewachsenen Außenmauer, in deren Ecke sich die Gruft befand. Sie konnte sich eigentlich selbst nicht erklären, wieso sie dieses zerfallende Gemäuer so sehr interessierte, aber sie wollte es unbedingt aus der Nähe sehen. Als sie es endlich erspähte ging sie zielstrebig darauf zu.

Die Gruft war wirklich sehr zerfallen, erkannte sie beim näher kommen, eigentlich grenzte es an ein Wunder, dass das Dach noch auf den schiefen Sandsteinwänden hielt. Der Eingang war durch ein schmiedeeisernes Gitter versperrt, gesichert mit einer massiven Kette und einem ziemlich neu aussehendes Schloss.

Warum war die Gruft so abgesichert, wunderte sich Sina. Weder Anna, noch ihr Mann würden hierher kommen, geschweige denn, die Gruft betreten wollen. Und sonst gab es niemand, der nur davon wusste. Auch mit Besuchern oder gar tollenden Kindern war nicht zu rechnen. Kopfschüttelnd trat sie näher an das Gitter und späte in die Düsternis dahinter.

Eine kaum wahrnehmbare Bewegung in einer Ecke ließ sie erschrocken zurückfahren, sie fasste sich jedoch schnell und tastete nach der Taschenlampe, die sie vorsorglich eingesteckt hatte. Mit ein wenig zittrigen Fingern schaltete sie die Lampe ein und richtete den gebündelten Strahl in die Ecke. Ein Fauchen ertönte und im Licht plusterte sich die Eule zu ihrer imponierenden Größe auf. Die Flügel gespreizt starrte sie mit großen, runden Augen in das ungewohnte Licht, dann duckte sie sich und hob von ihrem Schlafplatz ab. Mit lautlosem Flügelschlag flog sie direkt auf Sina zu, schwenkte dann nach oben und flog durch den Spalt über dem Gitter.

Sina keuchte vor Schreck auf, als sie so dicht über ihren Kopf flog, fing sich aber schnell wieder und drehte sich um. Sie sah den Vogel gerade noch im nächsten hohen Baum verschwinden wo er einen Ast anflog und sich so dicht an den Stamm kauerte, dass er fast damit verschmolz.

In Gedanken entschuldigte sie sich bei der Eule, die sie so rüde von ihrem Schlafplatz vertrieben hatte, dann trieb sie die Neugier dazu, sich erneut umzudrehen. Im Schein der Taschenlampe spähte sie jede Ecke der Gruft aus.

Eine Treppe führte zirka einen Meter nach unten und dort standen drei Sarkophage nebeneinander. Sie schienen aus demselben Sandstein wie die ganze Gruft zu bestehen und waren vom Alter fast schwarz geworden. Der Boden der Gruft war vollständig mit Wasser bedeckt, die Sarkophage standen in der dunklen Brühe. Sina schauderte unwillkürlich beim Anblick, der trostlosen Grabstätte, sie wollte sich schon abwenden um diesen düsteren Ort zu verlassen.

Da fiel der Lichtstrahl auf den Deckelrand des ersten steinernen Sarges. Er war ein Stück zur Seite geschoben, nur einen Spalt breit. Und aus dem Spalt schaute eine knöcherne Hand hervor.

Kapitel 2: Begegnung mit dem Burgherrn

Später konnte Sina nicht mehr verstehen, warum sie in blinder Panik zurück gerannt war. Wenn sie länger darüber nachdachte, war es gar nicht so gruselig gewesen, was sie gesehen hatte. Andererseits war eine Knochenhand aber auch kein Anblick, den man erwartete, nicht einmal in einer Gruft.

Sie lächelte, als sie an Annas Gesichtsausdruck dachte, als sie ins Haus gestürmt kam.

„Um Gottes Willen, Kindchen, was ist denn passiert?" hatte die ältere Frau besorgt ausgerufen. „Sie sehen aus, als sei Ihnen der Leibhaftige begegnet. Setzen Sie sich erst einmal hin und trinken Sie einen Kaffee. Oder ist ein Schnaps besser?" Ohne eine Antwort abzuwarten holte sie ein Glas und eine Flasche aus dem Schrank und schenkte ein. Dann drückte sie Sina das Glas in die Hand. Die roch kurz an der scharfen Flüssigkeit, bevor sie davon nippte. Der Schnaps brannte ihr in der Kehle, sie räusperte sich und stellte das Glas auf den Tisch.

Anna sah sie auffordernd an und so begann sie zu erzählen. Als sie geendet hatte schüttelte Anna tadelnd den Kopf: „Also wenn ich gewusst hätte, wie sehr Sie sich für die alte Gruft interessieren, hätte ich sie vorgewarnt."

„Sie wissen von dem offenen Sarg und der Knochenhand?" fragte Sina ungläubig.

„Was ist denn dort geschehen? Und warum unternimmt niemand etwas dagegen? Es kommt mir pietätlos vor, die Knochenhand so heraushängen zu lassen, der Anblick erinnert an eine billige Attraktion aus einer Geisterbahn."

Anna zuckte entschuldigend mit der Schulter, ihre Antwort klang aber keinesfalls schuldbewusst. „So einfach ist das nicht. Wie ich schon sagte, droht die alte Gruft einzustürzen. Und nur um ein Jahrhunderte altes Skelett wieder richtig in seinen Sarg zu legen, wollten weder mein Mann, noch mein Sohn es riskieren, verletzt zu werden."

„Ja, natürlich, das kann ich verstehen", murmelte Sina kleinlaut, fragte aber trotzdem nach: „Wie ist es denn überhaupt dazu gekommen?

Von allein hat sich der schwere Sargdeckel doch bestimmt nicht verschoben."

Anna hatte ihr inzwischen einen Kaffee eingeschenkt und stellte ihn vor Sina auf den Tisch. Dann setzte sie sich auf den Stuhl neben sie und verschränkte die Arme vor der Brust. „Es ist etwa zwei Jahre her", begann sie zu erzählen. „Mein Mann und ich waren drei Tage früher als geplant aus dem Urlaub zurückgekommen, weil ich mir beim Wandern den Fuß verstaucht hatte und nicht mehr auftreten konnte. Da wurden wir mitten in der Nacht von seltsamen Geräuschen geweckt. Sie kamen aus dem Burggarten, genauer gesagt aus der Ecke, in der sich die Gruft befindet. Mein Mann wollte nachschauen gehen, doch ich konnte ihn davon überzeugen, lieber erst die Polizei zu alarmieren. Er führte die Beamten dann zur Gruft und dort trafen sie auf zwei Männer, die im Schein einer Taschenlampe damit beschäftigt waren, den Deckel eines der Sarkophage aufzustemmen. Sie waren so sehr in ihre Arbeit vertieft, dass sie erst von ihrer Entdeckung bemerkten, als die Polizisten sie anriefen. Einer der Männer warf die Lampe nach den Beamten und wollte durch einen Sprung aus der Gruft entfliehen. Dabei glitt er jedoch im knietiefen Wasser aus und stürzte gegen die vom Grundwasser unterspülte und ohnehin schon schiefe Steinwand. Sie gab unter dem Anprall nach und verschob sich noch stärker. Woraufhin sich auch das Dach bedenklich neigte, zum Glück aber oben blieb. Die beiden Männer verließen jedenfalls schleunigst die Gruft und wurden von den Polizisten abgeführt. Am Morgen kam dann ein Mann vom Bauamt, der sich die Gruft genau ansah und danach das eiserne Tor mit einer Kette und einem mächtigen Schloss absicherte. Er meinte, das baufällige Gemäuer gehöre schnellstens abgerissen, da es sich jedoch im Privatbesitz befand und normalerweise niemand dort hin kam, bliebe es dem Besitzer überlassen, was er damit anstellen wolle. Den Schlüssel händigte er meinem Mann aus, ermahnte ihn aber, die Gruft lieber nicht zu betreten. Was er zum Glück auch beherzigt hat."

„Das kann ich natürlich verstehen", versicherte Sina schnell. Ihre Neugier war jedoch noch nicht ganz befriedigt. Deshalb fragte sie weiter: „Was hatten die Männer denn in der Gruft gesucht? Vermuteten sie etwa einen Schatz in dem Sarkophag? Bestimmt wollten sie doch keines der Skelette klauen, oder?"

„Es gab damals im ganzen Dorf ein großes Rätselraten darüber", meinte Anna. „Aber so wirklich rückte keiner der Beiden mit der Sprache heraus, was sie gesucht hatten. Sie behaupteten nur, es ginge um eine Wette. Einer von ihnen soll allerdings dafür bekannt sein Anhänger spiritueller Rituale zu sein, er gehört einer Gruppe an, die schwarze Messen, Geisterbeschwörungen und so einen Unsinn zelebrieren. Es wurde viel geredet und gemutmaßt, aber niemand wusste etwas Genaues. Die Ermittlungen wurden jedenfalls bald wieder eingestellt, schließlich war ja nichts passiert und niemand ist zu Schaden gekommen. Auch die Erben der Burg haben auf eine Anzeige verzichtet, die Gruft interessierte sie nicht. Die Angelegenheit wurde letztendlich als dumme Mutprobe abgetan, die beiden jungen Männer bekamen eine Geldstrafe, damit war die Sache erledigt."

Sie stand auf um sich wieder ihrer Arbeit zuzuwenden und auch Sina trank ihren Kaffee aus und verließ danach nachdenklich die Küche. Das Gehörte ging ihr nicht aus dem Kopf, es fiel ihr schwer sich auf ihre Aufgabe zu konzentrieren, immer wieder schweiften ihre Gedanken zu der geheimnisvollen Geschichte ab. Gar zu gerne hätte sie gewusst, welchen Hintergrund sie wirklich hatte. Sie konnte sich nicht vorstellen, dass es sich nur um eine Wette oder Mutprobe gehandelt hatte. Nicht, wenn einer der Männer Mitglied eines okkulten Kreises war. Aus ihren Erfahrungen mit Jens wusste sie nur zu gut, dass solche Menschen nichts aus Spaß taten. Sie nahm sich vor, sobald sie Zeit fand ins Dorf zu gehen um unbedingt mehr darüber zu erfahren.

Endlich war Sina mit ihrer Arbeit fertig und hatte alle Unterlagen per Email ihrem Chef zugesandt. Manfred Dölger würde noch heute hier ankommen um die anstehenden Arbeiten mit dem neuen Besitzer und den Unternehmern abzusprechen, die sie ausführen würden. Sina war schon sehr gespannt auf den zukünftigen Burgherrn, der aber erst heute Abend hier eintreffen wollte.

Anna stand bereits in der Küche um ein Buffet herzurichten, dass dem neuen Burgbesitzer Ehre machen sollte. Voller Tatendrang summte sie leise vor sich hin, während sie einen riesigen Rollbraten anbriet. Der Duft des schmorenden Fleisches durchzog die Halle. Sina wusste aus ihren Erzählungen, wie gerne Anna früher für den alten Grafen gekocht hatte und wie sehr sie hoffte, dass der Neue ihre Küche genauso schätzen würde.

Um sich die Zeit bis zum Eintreffen ihres Chefs zu vertreiben, beschloss Sina einen Spaziergang durch den verwilderten Garten zu machen. Es war ein herrlich sonniger Tag und der milde Wind trieb ihr den Duft blühender Sträucher entgegen. Langsam schlenderte sie den fast zugewachsenen Pfad entlang der um die Burg führte, blieb ab und zu stehen um eine erblühende Blume zu betrachten. Sie mochte Pflanzen, wenngleich sie als Stadtmensch nur wenig Gelegenheit hatte, welche zu sehen. Irgendwann, so war es ihr Wunsch, wollte sie jedoch unbedingt einmal auf dem Land ein Häuschen mit Garten haben, mit Blumen und Sträuchern. Und natürlich einem Ehemann, Kindern und einem Hund. So richtig schön spießig, dachte sie, und lachte bei dem Gedanken auf. So wie es aussah würde sich dieser Wunsch in nächster Zeit nicht erfüllen.

Jens fiel ihr ein, für ihn käme es nie in Frage, wo anders als in der Stadt zu leben. Natur und Pflanzen interessierten ihn nicht, eine Ehe und Kinder vermutlich auch nicht. Zumindest hatte er nie davon gesprochen. Das Geheimnis der Gruft hätte ihn jedoch zweifellos interessiert, da war Sina sich sicher. Und sie war froh, dass er nichts von ihrem Aufenthalt auf der Walburg wusste.

Sie verscheuchte die Gedanken an Jens und überlegte, während sie sich ihren Weg durch Unkraut und über Steine bahnte, wie der Burggarten wohl einmal ausgesehen haben mochte. Vielleicht würde der neue Burgherr ihn wieder herrichten lassen. Wenn sich eine Möglichkeit ergab, wollte sie ihn unbedingt darauf ansprechen, nahm sie sich vor.

Sie stand jetzt unter dem Turm in dem sich ihr Zimmer befand und schaute hinauf. Erstaunt stellte sie fest, dass sich unter ihrem Fenster noch ein weiteres befand. Schwere, dunkle Vorhänge waren zugezogen und ließen vermutlich keinen einzigen Sonnenstrahl hindurch dringen. Seltsam, grübelte sie, die Treppe führte nur zu ihrer Kammer, für das untere Zimmer musste es einen separaten Eingang geben. Sie ging um die Ecke des Turms und da sah sie, fast verborgen hinter einem dichten Buchsbaum, tatsächlich eine schwere, hölzerne Tür. Sie besaß jedoch keine Klinke, nur ein eingelassenes, sehr solide anmutendes Schloss. Ohne den passenden Schlüssel war es sicher nur durch rohe Gewalt mittels einer Axt möglich diese Tür zu öffnen. Im Gegensatz zum allgemein desolaten Zustand der Burg befand sich die Tür jedenfalls in bestem Zustand, stellte Sina verwundert fest. Doch ihr Interesse hielt nicht lange an, es war, als würde ihr jeder Gedanke an die verborgene Tür aus dem Gedächtnis gezogen und so ging sie schließlich weiter ihres Weges um die Burg, bewunderte wieder die sprießenden Pflanzen und erblühenden Blumen. Nachdem sie ihren Spaziergang beendet hatte, hatte sie die Tür und auch das Zimmer unter ihrem eigenen vollkommen vergessen.

Manfred Dölger war bereits eingetroffen und umarmte sie freundschaftlich. Mit seinen 46 Jahren war er mehr als zwanzig Jahre älter als Sina und ebenso ein väterlicher Freund wie ein Chef für sie. Sie arbeitete seit mehreren Jahren für ihn zu ihrer beiderseitigen Zufriedenheit.

„Du siehst gut aus", stellte er nach einem prüfenden Blick grinsend fest. „Dabei fürchtete ich schon, du wärst in diesem tristen, alten Kasten versauert."

„Ach so schlimm ist es nicht", versicherte sie ihm lächelnd. „Eigentlich gefällt es mir sogar recht gut hier. Und ich bin schon richtig neugierig, wie die Burg aussehen wird, wenn sie renoviert ist. Wie lange bleibst du hier?"

„Ich denke, ein, zwei Tage reichen aus. Dank deiner ausgezeichneten Vorarbeit konnte ich die Entwürfe recht schnell ausarbeiten. Wenn sie den Geschmack Herr von Walbergs treffen, ist meine Arbeit schon fast wieder beendet. Übrigens habe ich einen neuen Auftrag angenommen und soll möglichst bald dort eintreffen. Deshalb wollte ich dich fragen, ob du noch einige Zeit hier bleiben könntest um die Arbeiten zu beaufsichtigen. Du hast doch nichts Besonderes vor, oder? Privat meine ich. Sonst schicke ich Uwe her, wenn du es machst, wäre mir allerdings lieber."

Sina musste nicht lange überlegen, sie hatte insgeheim sowieso gehofft, noch einige Zeit auf der Burg verbringen zu können. Aus einem Grund, den sie selbst nicht benennen konnte, fühlte sie sich in dem maroden Gebäude wohl. Und dann wollte sie ja auch noch zu gerne das Geheimnis um die Gruft lösen. Also sagte sie ihrem Chef gerne zu.

Sie begaben sich gemeinsam in das Nebenzimmer, in dem Anna bereits ein kleines Buffet aufgebaut hatte. Es begann bereits zu dunkeln und nach und nach trafen zwei Männer und eine Frau ein, deren Betriebe mit der Ausführung der Arbeiten beauftragt worden waren. Der Einzige, der noch fehlte war der zukünftige Hausherr. Aber er hatte bereits angekündigt, dass es später werden könne, da er noch eine dringliche Angelegenheit tätigen müsse. Den Anderen schien das Warten nichts auszumachen, sie plünderten mit Appetit das kalte Buffet und verzogen sich dann in die Burghalle, in der mit den Arbeiten begonnen werden sollte.

Als der schwere Türklopfer ertönte waren alle bereits in die Arbeitspläne vertieft, die Manfred Dölger auf einem großen Holztisch ausgebreitet hatte. Aus der Küche erklang das Klappern von Geschirr, Anna war mit spülen und aufräumen beschäftigt. Deshalb ging Sina zur Tür um den Burgbesitzer einzulassen, der anscheinend noch keinen Schlüssel besaß. Als sie durch den düsteren Gang eilte begann ihr Herz schneller zu schlagen und im Geiste schalt sie sich selbst wegen der Aufregung, die sie bei dem Gedanken erfasste, endlich dem neuen Burgherrn gegenüberzustehen.

In den letzten Tagen hatte sie sich oft überlegt, wie er wohl aussehen mochte. Annas Beschreibung nach musste er ein großer, dunkelhaariger Schönling sein. Allerdings wusste sie nicht, was die ältere

Frau unter einem schönen Mann verstand. Nun denn, dachte sie, gleich würde sie ihn ja persönlich kennen lernen. Noch einmal atmete sie tief durch, dann zog sie die schwere Eingangstür auf. Und schaute auf den Rücken eines hoch gewachsenen, breitschultrigen Mannes, der mit irgendjemandem sprach, der allerdings unsichtbar war.

Er drehte sich zu ihr um und lächelte sie an. „Guten Abend, von Walberg ist mein Name. Leider habe ich mich etwas verspätet…" Er stockte und seine Augen weiteten sich für einen kurzen Moment, so als stände er vor jemandem, der ihm bekannt war. Er fing sich jedoch gleich wieder und sein Blick wanderte an ihrem Gesicht vorbei, so als wäre sie schon wieder uninteressant für ihn.

Sina enttäuschte seine Reaktion, denn sie selbst konnte nicht anders als ihn anzustarren. Von Walberg war wirklich der attraktivste Mann, den sie jemals gesehen hatte. Nur stotternd gelang es ihr, seinen Gruß zu erwidern. Ärgerlich über sich selbst räusperte sie sich und fragte: „Haben Sie noch jemanden mitgebracht?" Dabei schaute sie an ihm vorbei in den mondbeschienenen Burghof. Aber niemand war zu sehen.

Er blickte sie einen Moment verdutzt an, dann lachte er und schüttelte den Kopf. „Nein, nein, da war nur eine Katze, die mich angemaunzt hatte. Ich sagte ihr, ich hätte leider keine Zeit, sie zu streicheln."

Ein Bild von einem Mann, der mit Katzen sprach, dachte Sina leicht amüsiert. War er etwa auch ein Softie? Eigentlich sah er nicht wie einer aus. Obwohl, wenn sie ihn mit Jens verglich…, der hasste Katzen.

Als kenne er ihre Gedanken, lächelte der Mann spöttisch auf sie herab, blickte aber gleich wieder ernst und brummte ungeduldig: „Wollen wir nicht hineingehen, es ist ein bisschen kühl hier draußen."

Er drängte sie leicht zur Seite und ging an ihr vorbei. Anscheinend kannte er den Weg, ohne sich noch einmal nach ihr umzusehen, steuerte er den großen Saal an.

Sina machte sich gar nicht erst die Mühe, mit seinen ausgreifenden Schritten mitzuhalten, und starrte verärgert auf seinen breiten Rücken. Im Geiste beschimpfte sie sich selbst, warum hatte sie so dumm reagiert, ihm nur allzu deutlich gezeigt, wie sehr seine imposante Erscheinung sie verwirrte?

Im Saal angekommen begrüßte er die Anwesenden per Handschlag und widmete sich danach gleich den Plänen, die Manfred ihm vorlegte. Bald darauf waren alle Anwesenden in geschäftliche Gespräche verwickelt. Alle, außer Sina. Sie nahm auf einem der Stühle Platz und schaute ihnen zu. Doch eigentlich hatte sie nur Augen für den neuen Besitzer der Burg.

Er war sehr groß, sicher um die zwei Meter und schlank. Sein Haar, lockig und von tiefem Schwarz, war mindestens schulterlang. Er trug es nach hinten gekämmt und im Nacken durch ein breites Lederband gehalten, doch einige vorwitzige Strähnen im Schläfenbereich hatten sich daraus befreit. Auffällig für die frühe Jahreszeit war sein tief gebräunter Teint, für den die Sonne in einem südlichen Land verantwortlich sein musste. Vielleicht, so mutmaßte Sina, kam er ja direkt aus dem Urlaub.

Was sie jedoch am meisten an ihm faszinierte, waren seine dunklen Augen. Fast hätte sie geschworen, sie wären tiefschwarz, zumindest jedoch von dunkelstem Braun. Sie lagen ein klein wenig tief in ihren Höhlen, was ihnen eine düstere, geheimnisvolle Note verlieh. Seine Nase schien ebenso von einem Künstler modelliert wie seine übrigen Gesichtszüge, die ihm das Aussehen eines griechischen Gottes verliehen.

Sehr irdisch hingegen war seine Kleidung. Eine schwarze Jeans, die seine langen Beine und den knackigen Po betonte, schwarze Stiefeletten, ein mittelgraues Hemd und, lässig um die Schultern gelegt, ein schwarzer Pullover. Seine schwarze Lederjacke hatte er achtlos über eine Stuhllehne geworfen.

Plötzlich wurde ihr bewusst, dass sie ihn anhimmelte wie ein Teenager ein vergöttertes Idol und sie wandte peinlich berührt den Blick ab „Er ist nur ein Mann", sagte sie ärgerlich zu sich selbst, „und er hatte bestimmt seine Fehler, so wie alle anderen Männer auch."

Trotzdem, sie konnte einfach die Augen nicht von ihm lassen, er faszinierte sie wie sonst noch kein Mann zuvor. Obwohl sie ihn heute zum ersten Mal sah, war in ihr das Gefühl, ihn schon lange zu kennen. Alles an ihm kam ihr vertraut vor, besonders der Blick seiner dunklen Augen.

Sie beobachtete ihn aus den Augenwinkeln, wie er dastand und argumentierte. Obwohl er der Jüngste in der Runde war, Sina schätzte ihn auf höchstens dreißig, war sein ganzes Auftreten souverän, er wusste genau, wovon er sprach und was er wollte. Natürlich stand es ihm als Auftraggeber zu, seine Wünsche frei zu äußern, doch die Art wie er es tat, war die eines Mannes von großer Lebenserfahrung.

Nach seinen Ausführungen zu urteilen besaß er ein umfangreiches Wissen über die Entstehung der Burg und beschrieb deren einstiges Aussehen so detailgetreu, als habe er sie schon in ihrem Urzustand gekannt. Seine Zuhörer hingen gebannt an seinen Lippen, nicht einer von ihnen schien sich zu fragen, woher dieser junge Mann das alles wissen konnte. Sämtliche Chroniken und auch die Baupläne waren doch zerstört worden. Aber außer Sina schien das Niemandem aufzufallen, fast machte es den Eindruck als stünden alle außer ihr unter seinem Bann. Ihr Misstrauen erwachte, irgendetwas stimmte hier nicht.

Als hätte er ihre Gedanken erraten drehte sich von Walberg zu ihr um und sprach sie freundlich an: „Was ist mit Ihnen, Sina, sind Sie müde? Kommen Sie doch her zu uns, Ihre Meinung ist mir wichtig. Ihr Chef erzählte mir gerade, welch eine qualifizierte Mitarbeiterin Sie sind. Es hat mich sehr beeindruckt."

Sinas Misstrauen schwand mit seinen Worten, als hätte es nie bestanden und sie stand auf um sich zu der kleinen Gruppe zu gesellen. Jetzt stand sie direkt vor von Walberg und ihre Blicke trafen sich. Seine dunklen Augen schienen in ihr Innerstes zu dringen. Für wenige Sekunden schien die Zeit stillzustehen, dann wandte er sich wieder von ihr ab um seine Erläuterungen fortzusetzen und Sina hing ebenso gebannt an seinen Lippen, wie die restlichen Zuhörer.

Das Fazit des Abends war, dass Manfreds Pläne mit nur wenigen Änderungen die Zustimmung von Walbergs fanden. Die beiden Handwerksmeister hatten sich eifrig Notizen gemacht und verabschiedeten sich nun. Ihren Gesichtern sah man die Zufriedenheit über die lukrativen Aufträge an. Nur die Frau blieb noch. Sina hatte inzwischen erfahren, dass sie Ella Krüger hieß, seit drei Jahren Witwe war und das Baugeschäft ihres verstorbenen Ehemannes weiterführte. Sie war eine attraktive Frau, um die 35, und es war offensichtlich, wie sehr ihr von Walberg gefiel. Sie hatte ihn in ein Gespräch verwickelt und Sina, die die Beiden beobachtete, erkannte sofort die weibliche Raffinesse, mit der sie ihr Gegenüber auf ihre Reize aufmerksam zu machen versuchte. Es schien ihr zu gelingen, von Walberg lächelte sie oft an und beugte sich auch mehrmals nahe zu ihr hin, als wolle er ihr Dinge zuflüstern, die sonst niemand zu hören brauchte. Ella lachte gurrend und schaute den Mann dabei strahlend und verlockend an.

Für Sina war es fast unerträglich zuzusehen, es versetzte ihrem Innersten einen Stich und am liebsten hätte sie die Frau von der Burg verjagt. Doch das stand ihr natürlich nicht zu und hätte sie zudem in den Augen von Walbergs bestimmt zu einer noch größeren Närrin abgestempelt, als es schon durch die missglückte Begrüßung geschehen war. Deshalb schenkte sie sich ihr Glas nochmals mit Rotwein voll und wandte sich ab. Sie verstand ihre Gefühle selbst nicht. Erstens wusste sie kaum etwas über von Walberg, sie kannte noch nicht einmal seinen Vornamen, geschweige denn seinen Familienstand. Vielleicht war er ja verlobt oder gar verheiratet, mit zwei, drei süßen Kinderchen. Zweitens hatte sie erst eine gescheiterte Beziehung hinter sich gebracht und sich geschworen, so schnell nichts mehr mit einem Mann anzufangen. Und Drittens war sie bestimmt nicht sein Typ, schließlich hatte er sie an der Tür äußerst hochnäsig behandelt und sie dann den ganzen Abend kaum eines Blickes gewürdigt.

„Was ist mit dir?" unterbrach Manfreds besorgte Stimme ihre Grübeleien. Er legte ihr freundschaftlich den Arm um die Schulter und drückte sie leicht an sich. „Machst du dir über irgendetwas Gedanken? Du siehst angespannt aus."

„Nein, es ist nichts", versicherte sie ihm wenig überzeugend. Am liebsten hätte sie sich an seiner Schulter ausgeheult, so wie sie es nach ihrer Trennung von Jens getan hatte. Manfred war sehr verständnisvoll und ihre Sorgen waren bei ihm sicher. Aber sie konnte ja selbst nicht verstehen was mit ihr los war und kam sich albern vor. „Ich bin nur ein bisschen müde und habe Bauchschmerzen, das leidige Monatsproblem jeder Frau. Eine heiße Wärmflasche wird das schnell beheben."

Er schaute sie mitfühlend an und drückte sie nochmals. „Dann leg dich möglichst bald ins Bett. Zum Glück ist Wochenende, da kannst du dich ausruhen. Kommst du noch mit, unseren Auftraggeber verabschieden? Er sagte, er habe sich ein Zimmer im Dorf genommen und will sich bald auf den Weg machen."

Viel Lust verspürte Sina nicht, von Walberg nochmals unter die Augen zu treten. Trotzdem ging sie mit Manfred zu dem Mann hin, der noch immer in sein Gespräch mit Ella Krüger vertieft war. Jetzt wandte er ihnen allerdings den Kopf zu und sein Blick blieb an Sina hängen. Er schaute sie sehr lange an, anscheinend sehr zum Verdruss seiner Gesprächspartnerin. Ellas Stimme klang ein wenig zu laut, als ob sie unbedingt seine Aufmerksamkeit zurückgewinnen wollte.

„Sind Sie mit dem Wagen hier, Herr von Walberg?" fragte sie, während sie Sina einen giftigen Blick zuwarf. So als wolle sie drohen: Der gehört mir, lass die Finger von ihm.

Die Miene des Burgherrn blieb unbewegt, obwohl er bestimmt die Feindseligkeit herausgehört hatte. Lächelnd antwortete er: „Nein, ich bin mit dem Taxi gekommen und werde mir eines für die Rückfahrt bestellen."

„Aber das ist doch nicht nötig", schmeichelte Ella zuckersüß.

„Ich kann sie gerne mitnehmen, mein Weg führt fast an ihrem Hotel vorbei. Der kleine Umweg macht mir nichts aus."

„Dann nehme ich Ihr Angebot dankend an." Von Walberg verbeugte sich galant vor ihr.

Sina zog leicht amüsiert die Augenbrauen hoch. Sieh an, ein echter Gentleman, dachte sie mit leisem Spott. Fehlte nur noch der Handkuss. Der neue Burgbesitzer schien sich in seinen Umgangsformen bereits dem alten Gemäuer anzupassen.

Der Blick seiner dunklen Augen schien sie zu durchbohren und erneut beschlich sie das Gefühl, er wüsste genau was sie dachte. Ein eisiger Schauer rann ihr über den Rücken.

„Wollen wir gehen?" unterbrach Ella das unangenehme Schweigen und von Walberg nickte. Er reichte Sina die Hand und verabschiedete sich von ihr in lockerem Ton: „Ich wünsche Ihnen eine gute Nacht, und lassen Sie sich nicht von bösen Träumen schrecken."

Ohne auf ihre Erwiderung zu warten verabschiedete er sich auch von Manfred, dann ging er zielstrebig durch den Saal, gefolgt von Ella, die Mühe hatte ihm zu folgen. An der Tür lief er Anna über den Weg. „Ach, Herr von Walberg" sprach sie ihn an, „wollen Sie schon gehen? Sie haben noch gar nichts gegessen und müssen doch sicher hungrig sein. Es ist noch genug vom Buffet übrig, ich serviere Ihnen gerne etwas."

Doch von Walberg lehnte ab: „Nein, danke Anna, das ist sehr aufmerksam von Ihnen. Aber ich habe leider einen etwas empfindlichen Magen. Zu so später Stunde nehme ich nichts mehr zu mir. Sie können aber der kleinen Katze, die draußen herumstreicht, ein paar Brocken Fleisch hinlegen, sie ist sehr mager."

„Das ist doch nur eine Streunerin", wollte Anna abwehren. „Wenn ich die anfüttere bekommen wir sie nie mehr los. Der alte Graf duldete keine Tiere auf der Burg, und Katzen mochte er überhaupt nicht…"

„Nun, der Neue duldet und mag sie", unterbrach er sie freundlich aber bestimmt. „Also geben Sie ihr etwas von dem Fleisch und morgen besorgen Sie Katzenfutter im Dorf. Gute Nacht, Anna."

Gemeinsam mit Ella Krüger verließ er die Burg und kurz darauf zeugte Motorengeräusch von ihrer Abfahrt.

„Ein Mann weniger Worte", meinte Manfred schmunzelnd als er Annas offen stehenden Mund sah. „Und er macht wenig Kompromisse, was seine Wünsche angeht. Sehen Sie es positiv, Anna, zumindest wird es auf der Burg bald kaum noch Mäuse geben."

Er verabschiedete sich ebenfalls, und versprach, in den nächsten Tagen wieder vorbeizuschauen.

Endlich Ruhe. Sina streckte sich gähnend auf ihrem Bett aus, legte die Hände auf ihren schmerzenden Unterleib und starrte zur Decke hoch. Die Wärmeflasche auf ihrem Bauch tat langsam ihre Wirkung, die ziehenden Schmerzen ließen allmählich nach. Auch ihre aufgewühlten Gedanken beruhigten sich. Sicher war das Einsetzen ihrer Periode schuld daran, dass sie heute so übertrieben reagiert hatte, dachte sie bei sich. Sie kannte dieses leidige Problem zwar zur Genüge, dennoch ärgerte sich über sich selbst.

Mit dem Nachlassen der Bauchschmerzen wurden ihre Gedanken träger, der nahende Schlaf lullte sie ein. Sie wehrte sich nicht dagegen und war kurz darauf eingeschlafen.

Im Traum meinte sie, ihren Namen zu hören, jemand rief sie leise aber eindringlich und sie folgte schließlich dem Ruf und stand auf. Ihr Fenster war offen, ein leichter Wind bauschte die Vorhänge. Sie zog sie zur Seite und schaute aus dem Fenster in den Burghof. Zuerst sah sie nichts ungewöhnliches, der verwilderte Garten lag ruhig unter ihr. Die schmale Mondsichel verstrahlte nur wenig Licht, zauberte aus Bäumen, Büschen und Blumen ein Bild aus verschwommenen Grau- und Schwarztönen.

„Du hast geträumt, Sina", murmelte sie schläfrig und wollte sich schon wieder abwenden um ins Bett zurück zu kriechen, da bemerkte sie eine leichte Bewegung zwischen den Büschen. Sie schaute genauer hin, sah jedoch nur Schatten. Vielleicht die Katze, vermutete sie, die durch den Garten schlich. Oder die Eule, die eine Beute erlegt hatte und sicher gleich damit zur Gruft fliegen würde.

Trotzdem sie nichts Genaues erkennen konnte, wurde ihre Müdigkeit von Neugier verdrängt. Um besser sehen zu können kniff sie die Augen zu Schlitzen zusammen und starrte intensiv ins Dunkel. Und da war wieder eine Bewegung zu sehen. Sina hielt den Atem an, als erneut ihr Name erklang, leise zwar aber deutlich. Sie prallte zurück, wollte schnell das Fenster schließen, da trat unten eine dunkle Gestalt zwischen den Büschen hervor. Der Mann - sie vermutete zumindest, dass es ein Mann war, schien einen schwarzen Umhang zu tragen der seine Statur verhüllte. Jetzt hob er den Kopf und schien genau in ihr Gesicht zu blicken. Sie konnte seine Züge jedoch nicht deutlich sehen. Dennoch meinte sie, seine Augen zu erkennen, schwarze Augen, die wie Kohlen aus der hellen Scheibe seines Gesichts heraus glühten.

„Hab keine Angst, Sina" hörte sie ihn sagen. „Du gehörst zu mir." Doch die Stimme kam nicht aus seinem Mund. Sie erklang direkt in ihrem Kopf.

Mit einem leisen Aufschrei prallte sie zurück, schloss voller Panik das Fenster. Dann flüchtete sie zurück in ihr Bett und zog die Decke eng um sich. Sie zitterte und fürchtete sich vor dem Rest der Nacht. Doch bald überfiel sie bleierne Müdigkeit und sie fiel in tiefen, traumlosen Schlaf.

Als sie am Morgen erwachte war alles wie am Abend zuvor. Sie lag ausgestreckt im Bett, die nur noch lauwarme Wärmflasche lag noch immer auf ihrem Unterleib. Ein Blick zum Fenster machte ihr klar, dass die unheimlich Begegnung in der Nacht ein Albtraum gewesen war. Es stand noch immer offen und der Vorhang blähte sich sacht im Wind.

Kapitel 3: Geistergeschichten

Es war merklich kühler geworden und Sina zog fröstelnd ihre Jacke enger um sich. Typisch, dachte sie genervt, sobald es Wochenende war wurde das Wetter schlechter. Hoffentlich fing es nicht auch noch zu regnen an, sie hatte keinen Schirm mitgenommen. Zum Glück war der Weg von der Burg ins Dorf nicht weit, sollte sie doch ein Regenschauer überraschen, würde sie sich in ein Geschäft oder Café flüchten.

Während sie den leicht abschüssigen Weg in den Ort hinunter lief, dachte sie an den vergangenen Abend, vor allem aber an von Walberg. Warum, zum Teufel wollte er ihr nicht aus dem Kopf gehen? Seine Reaktion ihr gegenüber hatte kaum Zweifel daran gelassen, dass sie ihn nicht im Geringsten interessierte. Und eigentlich hätte sie ihn schon längst aus ihren Gedanken verbannen müssen. Es gab viele Männer, die blendend aussahen, - na ja, nicht *so* blendend wie er - und die sich für sie interessierten. Bislang hatte sie das ziemlich kalt gelassen, denn schöne Männer, so war jedenfalls ihre Erfahrung, wussten nur zu gut um ihre Wirkung auf Frauen und nützten das meist aus. Warum konnte sie also ausgerechnet diesen Mann nicht aus ihren Gedanken verbannen? Missmutig kickte sie einen Stein weg, der ihr im Weg lag und war froh, als sie das Dorf endlich erreicht hatte. Beim Einkaufen würde sie hoffentlich auf andere Gedanken kommen.

Der Ort mit dem Namen Dammbach war nicht besonders groß und besaß nur ein paar kleinere Geschäfte, die rund um den Marktplatz verstreut lagen. Einige Bauern aus der Umgebung boten ihre Erzeugnisse an kleinen Marktständen feil. Sina schlenderte daran vorbei und betrachtete die Waren, kaufte aber nur ein paar Äpfel ein. Da sie von Anna bestens verpflegt wurde, brauchte sie sich um Lebensmittel nicht zu kümmern. Dann steuerte sie ein Geschäft an, über dem großspurig „Supermarkt" stand. Von innen war es allerdings nicht viel mehr als ein kleiner Lebensmittelladen. Immerhin fand sie dort Katzentrockenfutter und nahm zwei Pakete mit. Sie hatte Anna versprochen sich um die Katze zu kümmern. Deshalb kaufte sie auch noch zwei billige Plastikschälchen für Futter und Wasser dazu. Neben der Kasse entdeckte sich ein Ständer mit Zeitschriften und wählte einige aus. Da es auf ihrem Burgzimmer weder Radio noch Fernsehen gab, wollte sie der Langeweile vorbeugen. Bis sie die Artikel gelesen und alle Kreuzworträtsel gelöst hatte würde das Wochenende vorüber sein.

Nachdem sie bezahlt und ihre Einkäufe in der Einkaufstasche verstaut hatte, verließ sie das Lädchen. Draußen blieb sie unschlüssig stehen. Eigentlich wollte sie ja Erkundungen über den Einbruch in der Gruft einholen, doch wo sollte sie damit anfangen? Wer von den Leuten hier würde ihr wohl am ehesten weiterhelfen können?

Ihre Wahl fiel schließlich auf eine Gaststätte mit dem sinnigen Namen „Zum Burggeist", die zudem aussah, als wäre sie genauso alt wie die Walburg. Bevor sie die schwere Holztür aufzog drehte sie sich noch einmal um. Erstaunt erkannte sie, dass Wirtshaus und Burg, nur durch den Höhenunterschied getrennt, direkt gegenüber zu liegen schienen. Von hier unten konnte man sogar die Burgmauer sehen und darüber ragte das schiefe Türmchen der Gruft.

„Wenn das mal kein Wink mit dem Zaunpfahl ist", murmelte Sina zufrieden und zog endgültig die Tür auf. Schummriges Licht empfing sie und ihre Augen mussten sich erst darauf einstellen. Ein Geruchsgemisch aus Bier-, Rauch- und Essensdüften schlug ihr entgegen, das ebenso aus den ausgetretenen Dielen, wie aus den alten Tischen und Stühlen und aus den Vorhängen zu strömen schien. Die Einrichtung schien uralt zu sein, ebenso wie der Wirt, der hinter der Theke mit zittrigen Händen Bier zapfte.

Nachdem Sina sich mit der Düsternis und dem strengen Geruch vertraut gemacht hatte, suchte sie sich in der Gaststube einen Platz an einem der Fenster und schaute sich um. Es saßen nur ein paar Männer an dem großen Stammtisch nahe der Theke, die bei ihrem Eintritt verstummt waren. Alle, selbst der Wirt, starrten mürrisch zu ihr hin, so als wäre sie ein unerwünschter Eindringling.

„Wo bin ich da denn hingeraten" fuhr es ihr durch den Kopf und sie bezweifelte, hier Antwort auf ihre Fragen zu bekommen.

Ein bisschen unsicher griff sie nach der Karte, die in einem Ständer auf dem Tisch stand. Viel Auswahl bot sie nicht, drei, vier Schnellgerichte und die üblichen Standardgetränke. Als der Wirt endlich an ihren Tisch geschlurft kam bestellte sie eine Cola.

Die Männer am Stammtisch waren wieder zu ihrem Gespräch übergegangen und unterhielten sich lautstark in einem Dialekt, den Sina kaum verstand. Was sie noch weiter von ihrer Absicht abbrachte, nach den Geschehnissen auf der Burg zu fragen. Wenn man ihr überhaupt Antwort gab, verstand sie am Ende nicht, was gesagt wurde. Diese Peinlichkeit wollte sie sich lieber ersparen und nahm sich vor, nur schnell ihre Cola auszutrinken und wieder zu verschwinden. Doch dann überraschte sie der alte Wirt mit seiner neugierigen Frage:

„Was führt Sie denn hierher zu uns Fräuleinchen? Sie sehen aus, als kämen Sie aus der Stadt. Sind Sie bei jemandem zu Besuch?"

„So kann man es auch nennen", gab sie zur Antwort und fuhr fort: „Ich wohne seit einer Woche auf der Burg. Sicher wissen Sie, dass sie verkauft wurde. Der neue Besitzer lässt sie von Grund auf herrichten und hat meinen Chef damit beauftragt. Ich bin hier um die Arbeiten zu koordinieren…"

„Dacht ich's mir doch!" triumphierte der Alte und warf einen Beifall heischenden Blick hin zum Stammtisch. Die Männer schauten alle mit neugierig gespitzten Ohren zu Sinas Tisch und begannen jetzt miteinander zu tuscheln. Der Wirt schien ebenso neugierig.

„Kennen Sie den neuen Burgbesitzer? Haben Sie ihn schon einmal gesehen? Es wird viel über ihn gemunkelt im Ort aber niemand weiß etwas Genaues. Er soll angeblich ein weitläufiger Verwandter des alten Grafen sein, der lange im Ausland gelebt hat."

„Ja, das stimmt", bestätigte Sina. „Viel mehr weiß ich allerdings auch nicht über ihn, ich sah ihn gestern zum ersten Mal. Er hat jedoch die Absicht auf der Burg zu leben, sobald sie wieder hergerichtet ist. Das dauert aber noch ein paar Wochen."

„Muss Geld haben, der Kerl", murmelte der Wirt nicht ohne Bewunderung, fuhr dann skeptisch fort: „Hoffentlich besitzt er auch gute Nerven."

„Wieso? Sina horchte auf. War es leichter als sie befürchtet hatte, etwas über das Geheimnis der Burg zu erfahren? Gespannt schaute sie dem Alten ins runzelige Gesicht.

„Es spukt auf der Burg, haben Sie das nicht gewusst?" mischte sich einer der Männer vom Stammtisch ein. Er sprach jetzt mit gemäßigtem Dialekt, so dass sie ihn verstehen konnte.

„Nein, das ist mir neu", erwiderte sie matt, gab aber vorsichtig zu bedenken: „Ich wohne bereits über eine Woche dort oben, ein Geist ist mir allerdings noch nicht begegnet."

„Nun, dann sind Sie mal froh darüber, es wäre sehr schade, wenn ihnen was passiert… Aber setzen Sie sich doch zu uns her, damit ich nicht so schreien muss. Im Gegensatz zum Burggespenst beißt von uns hier keiner, hä, hä, hä."

Sina kam der Einladung dankend nach, wenn auch mit klopfendem Herzen, was sie wohl zu hören bekommen würde. Mit ihrer Cola in der Hand ging sie zum Stammtisch und setzte sich auf den angebotenen Stuhl. Aus der Nähe betrachtet waren die Männer gar nicht unfreundlich, sondern nur neugierig. Nachdem sie Sina eingehend gemustert hatten, kam der Wortführer gleich auf das Thema Burggespenst zurück.

„Die Geschichte kennt hier jedes Kind, sie ist sogar in den Chroniken der Kirche festgehalten. Vor ungefähr 500 Jahren hat der damalige Pfarrer nämlich versucht, den Antichrist mit Exorzismus zu bekämpfen. Mit wenig Erfolg, denn er wurde bald darauf tot aufgefunden. Hing im Glockenturm, mit einem Fuß im Glockenseil und dem Kopf nach unten. Sein Gesicht war zerschmettert. Nach seiner Beerdigung stürmten alle Männer des Dorfes, die laufen und eine Waffe halten konnten, hinauf zur Burg. Den Geist, damals sprach man allerdings von einem Dämon, bekamen sie jedoch nicht zu Gesicht. Aus Wut zündeten sie die Burg an, hätte es nicht ein Unwetter mit Sturzfluten von Regen gegeben ständen heute höchstens noch die Grundmauern davon. Für die Angreifer war das der letzte Beweis, dass der Sohn des damaligen Burgherrn, den man für den Dämon hielt, mit dem Teufel im Bund stehen musste. Das Unwetter kam nämlich ohne Vorwarnung, sozusagen aus heiterem Himmel."

„Der Sohn des damaligen Burgherrn? Woran ist er denn gestorben?", fragte Sina gespannt. Sie musste zugeben, die Geschichte war gruselig, obwohl sie sich nach wie vor weigerte, an die Existenz von Geistern oder auch Dämonen zu glauben.

„Das weiß keiner so genau", mischte sich einer der anderen Männer ein, „es hieß, er sei von seiner Familie nach Griechenland geschickt worden um dort zu studieren. Seine Mutter war Griechin und wollte, dass er das Land seiner Vorfahren kennen lernt. Nach zwei oder drei Jahren brachte man ihn jedoch in einem versiegelten Sarg zurück. Was ihm dort widerfahren war, ist nicht bekannt. Die Familie hielt es geheim und hat ihn im engsten Kreis in der Familiengruft begraben. Doch schon wenige Tage nach seiner Beerdigung sah ihn eine Bedienstete angeblich des Nachts durch die Gänge schleichen. Er habe Blut vor dem Mund gehabt, hat sie geschworen, und die Burg in Richtung der Gruft verlassen. Woraufhin der Burgherr die Magd entlassen hat, die Gruft jedoch schon bald darauf mit einem schweren Eisengitter versehen ließ."

„Und, hat es etwas genutzt, ist der Dämon nochmals gesehen worden?" wollte Sina wissen.

Der ältere Mann zuckte die Schultern. „Danach war lange Zeit Ruhe, zumindest hat man nichts mehr davon gehört. Erst vor ungefähr fünfzig Jahren lebte die Geschichte plötzlich wieder auf. Allerdings war aus dem Dämon oder Wiedergänger, wie man ihn damals auch noch nannte, ein Gespenst geworden. Die meisten Leute im Ort glaubten jedoch, der wieder auferstandene Geist sei bloß eine Erfindung des letzten Grafen gewesen. Er war als Eigenbrödler verschrien, der außer den Krämers, die für ihn Haus und Hof in Ordnung hielten, niemand in seiner Nähe duldete. Es wurde gemunkelt, er habe mit der Schauergeschichte die Familie seines jüngeren Bruders fernhalten wollen, die nach dessen Tod Wohnrecht auf der Burg eingeklagt hatte."

„Und hatte er Erfolg damit?" wollte Sina wissen.

„Nicht sofort. Als sich jedoch plötzlich zu mysteriösen Unfällen kam, bei denen es mehrere Verletzte gab, verzichteten von Walbergs Verwandte auf ihr Wohnrecht und zogen in die Stadt zurück. Danach war auch der Spuk schnell wieder vorbei."

„Ich hörte aber, es gab vor nicht allzu langer Zeit einen seltsamen Vorfall in der Gruft", kam Sina endlich auf das zu sprechen, was ihr besonders am Herzen lag. „Angeblich soll es sich um eine Mutprobe junger Leute gehandelt haben…"

„Ach das", winkte der Mann geringschätzig ab. „Das war nur ein dummer Streich."

Sina wollte trotzdem mehr wissen und bohrte weiter: „Waren es Jungs aus dem Ort?"

„Ein junger Kerl namens Boris stammt von hier", gab der Wirt bereitwillig Auskunft, „allerdings ist die Sache bestimmt nicht auf seinem Mist gewachsen, man kann ihn höchstens als Mitläufer bezeichnen. Boris ist nicht sehr hell im Oberstübchen."

Er tippte sich bezeichnend mit dem Finger an die Stirn bevor er weiter erzählte. „Der Andere, Andreas Fischer hieß er, wenn ich mich recht erinnere, der stammt nicht von hier, kam aus der Stadt. Eigentlich kannte ihn keiner und niemand wusste, was er hier wollte. Er war jedenfalls der Anstifter der dummen Idee. Später behauptete er erst hier, in meiner Wirtschaft, von dem angeblichen Geist gehört zu haben. Man habe mit ihm gewettet, dass er sich nicht getrauen würde, den Sarg in der Gruft zu öffnen und einen Knochen als Beweis mitzubringen."

Er hielt inne und blickte auffordernd in die Runde der Männer, die alle bestätigend nickten, so als wüssten sie bereits, was er als nächstes sagen würde. Dann fuhr er entrüstet fort: „Er war zwar hier an jenem Abend, hat aber mit Boris allein an einem Tisch gesessen und ständig auf ihn eingeredet. Wenn überhaupt, hat er höchstens ein paar Worte mit den übrigen Gästen gewechselt. An ein Gespräch über den Geist der Burg oder gar eine Wette, konnte sich keiner davon erinnern."

„Die Polizei hat auch nicht mehr aus ihm herausgekriegt?" gab Sina nicht auf. Es musste doch einen Grund für die Schändung des Sarkophags gegeben haben, einen besseren als eine bierselige Wette.

Der Wirt zuckte mit der Schulter. „Nein, sie hatten wohl auch kein besonderes Interesse daran, war ja auch nicht wirklich ein Verbrechen, das die Beiden begangen hatten. Hausfriedensbruch in einer Gruft. Der Einzige, der der Geschichte ein wenig Beachtung schenkte war der „Stadtanzeiger", aber der ist sowieso ein ziemlich übles Revolverblatt. Immerhin fand der Reporter heraus, dass Andreas Fischer mit irgendeiner seltsamen Vereinigung von Geisterjägern in Verbindung stehen sollte. Von denen wollte sich jedoch keiner zu Fischer bekennen. Der „Stadtanzeiger" stellte seine Spekulationen jedenfalls bald darauf wieder ein und so ist die Geschichte dann langsam in Vergessenheit geraten."

Auf dem Heimweg dachte Sina intensiv über das Gehörte nach, doch allzu viel Neues, so musste sie zugeben, hatte sie nicht erfahren. Sie überlegte kurz, ob sie mit ihrem Auto in die Stadt fahren sollte, um im Archiv des „Stadtanzeigers" zu recherchieren. Doch sie entschied sich genauso schnell dagegen, es war Samstagnachmittag, der Stadtanzeiger hatte bestimmt geschlossen. Einfacher war es, sich die Artikel übers Internet zu besorgen, das wäre auch gleich eine passende Beschäftigung für den Abend.

Auf der Burg angekommen setzte sie sich auf die Holzbank neben der Haustür. Die Wolkenbank war noch aufgerissen und die Sonne erwärmte angenehm die Wand hinter ihrem Rücken. Sie lehnte sich entspannt zurück und genoss das Gefühl, allein zu sein. Die Krämers waren zu einem Verwandtenbesuch aufgebrochen und würden erst am späten Abend zurück sein. Der zukünftige Burgherr würde heute vermutlich auch nicht auftauchen, wahrscheinlich trieb er sich mit seiner neuen Verehrerin in irgendeinem Hotelbett herum.

Du bist doch nicht etwa eifersüchtig, Sina, rügte sie sich selbst und runzelte ärgerlich die Stirn wegen des Stichs, der sie bei diesem Gedanken durchfuhr. Sie konnte jedoch nicht abstreiten, dass von Walberg ihr mehr Kopfzerbrechen bereitete als ihr lieb war.

Auch wenn er sie alles andere als freundlich behandelt hatte und sie ihm eigentlich die Krätze an den Hals wünschen sollte, er wollte ihr einfach nicht aus dem Kopf gehen.

Genervt sprang sie auf um ins Haus zu gehen, die Gedanken an von Walberg vergällten ihr sogar die Freude an den wärmenden Sonnenstrahlen. Als sie nach ihrer Einkaufstasche griff, ertönte ein leises Maunzen zu ihren Füßen. Die kleine Katze strich schnurrend um ihre Beine und rieb ihr Köpfchen an ihrer Jeans. Sofort vergaß sie von Walberg.

„Da bist du ja, meine Kleine, schön dass ich dich endlich kennen lerne. Schau mal, ich hab dir auch ein feines Fresschen mitgebracht."

Sie zog eins der Futterpakete aus der Tasche und schüttelte es leicht. Woraufhin das Kätzchen vor dem ungewohnten Geräusch floh. Es kam aber gleich wieder zurück, als ahne es, dass es etwas zu essen gab.

Sina holte auch die Schüsselchen aus der Tasche, füllte eines zur Hälfte mit dem Katzenfutter und stellte es neben die Bank. Neugierig steckte das Kätzchen die Nase hinein und lies es sich gleich darauf hörbar schmecken. In kürzester Zeit war das Näpfchen leer und Sina füllte nochmals ein paar Bröckchen ein. Während es schnurrend weiter fraß, betrachtete sie das kleine Geschöpf genauer.

Es schien noch sehr jung, höchstens ein paar Monate alt zu sein und sie fragte sich, wo wohl seine Mutter und seine Geschwister waren. Vermutlich stromerten sie in dem weitläufigen Garten umher und hatten das Kleine als Vorhut geschickt. Sie lächelte bei dem Gedanken, dass sich in einigen Tagen vielleicht die ganze Katzen-familie durchfüttern ließ.

Das Kätzchen schien endlich satt und trollte sich davon, nachdem es auch noch von dem Wasser getrunken hatte, das Sina in das andere Schälchen gefüllt und hingestellt hatte. Sie schaute ihm nach, bis es zwischen den Sträuchern verschwand. Dann füllte sie das Schälchen erneut auf und stellte es unter die Bank, wo es vor eventuellem Regen geschützt war. Mit leisem Seufzer suchte sie in ihrer Einkaufstasche nach dem Hausschlüssel und schloss die Tür auf.

Im Innern empfing sie dämmrige Kühle und eine Stille, die nach dem lauten Treiben während der Woche seltsam anmutete. Anna hatte die Küchentür aufgelassen, damit Sina sich ihre Mahlzeit aufwärmen konnte, die im Kühlschrank bereit stand. Hungrig war sie jedoch noch nicht, so ging Sina den Gang entlang, der zur Treppe und somit in ihr kleines Reich im Turm führte. Auch hier war es unheimlich still wie in einem Grabgewölbe. Nur ihre eigenen Schritte waren zu hören und sie erklangen immer schneller als Sina den Gang entlang eilte. Natürlich fiel ihr prompt der Geist ein, der sich hier tummeln sollte und sie konnte nicht verhindern, dass Furcht ihren Rücken herauf kroch und sich in ihrem Kopf etablierte. Vergeblich versuchte sie, ihre Selbstsicherheit zurück zu gewinnen, die sie normalerweise an den Tag legte, wenn es um Geister ging. Aber es wollte ihr nicht gelingen. Irgendwie gelangte sie dennoch in ihr Zimmer und warf die Tür unziemlich laut ins Schloss. Fast war sie versucht abzuschließen, doch dann sagte sie sich in einem Anflug von Galgenhumor, das würde einen Geist sicher nicht abhalten trotzdem einzudringen und ließ es bleiben. Sie stellte ihre Einkaufstasche ab und ging zuerst in ihr kleines Bad um sich frisch zu machen. Danach hatte sich ihre Anspannung weitgehend gelöst und sie lachte über ihre Ängste. Die Sonne beschien ihr Fenster und sie öffnete einen Flügel um möglichst viel Frühlingswärme ins Zimmer zu lassen. Von den dürren Zweigen des alten Baumes schmetterte eine Amsel ihren Lockruf in den Garten, das muntere Gezwitscher vertrieb endgültig Sinas Gedanken an Geister und Dämonen. Mit ihren Zeitschriften und einem Kugelschreiber bewaffnet ließ sie sich bequem aufs Bett sinken.

Die Sonne war unaufhaltsam weitergewandert und es wurde merklich kühler und auch düsterer im Zimmer. Sina stand auf, dehnte sich um die Steifheit aus ihren Gliedern zu vertreiben und ging zum Fenster, um es zu schließen. Wie immer nutzte sie die Gelegenheit, ihren Blick über den verwilderten Garten streifen zu lassen. Er bot jedoch keinen aufregenden Anblick, ruhig lag er in der beginnenden Dämmerung unter ihr, bereit für die Nacht.

Sina überlegte, ob sie runter gehen sollte um sich in der Küche etwas zu Essen zu machen oder einfach einen der Äpfel essen sollte, die sie gekauft hatte. Eigentlich verspürte sie weder auf Annas Essen, das vermutlich sehr üppig war, noch auf Obst besonderen Appetit. Ein schöner frischer Salat mit ein paar Schinken- oder Putenstreifen wäre ihr am liebsten gewesen. Doch wie sollte sie daran kommen? Einfach bestellen, wie sie es zu Hause gemacht hätte, war hier nicht möglich und nochmals ins Dorf fahren wollte sie auch nicht. Zumal sie nicht wusste, in welcher Gaststätte sie einen ordentlichen Salat bekommen würde.

„Also doch einen Apfel", murmelte sie, schnappte sich einen vom Tisch um ihn im Bad abzuwaschen. Da klopfte es so energisch an ihre Tür, dass sie vor Schreck zusammenzuckte. Wer um Himmels Willen stand vor ihrer Tür? Die sie nicht einmal von innen abgeschlossen hatte, wie ihr siedend heiß einfiel. Die Krämers wollten doch erst spät am Abend zurückkommen.

„Wer ist da?" fragte sie und ärgerte sich, dass ihre Stimme so unsicher klang.

„Ich bin's, von Walberg", erklang eine männliche Stimme, die sich verdammt danach anhörte, als ob er sich das Lachen verkniff. „Keine Angst, ich tu ihnen nichts, Sie können mir ruhig öffnen."

Augenblicklich vertrieb der Zorn auf diesen arroganten Schnösel Sinas Furcht. Sie machte die drei Schritte zur Tür und riss sie auf. Er stand lässig mit der Schulter an die Wand gelehnt da und grinste sie an. „Für mich?" fragte er und deutete auf den Apfel, den sie ihm vor die Nase hielt. „Gut gemeint, aber ich esse kein Obst."

Schnell ließ sie den Arm sinken, zu verwirrt, als dass ihr eine passende Antwort einfallen wollte. „Nicht schon wieder, Sina", dachte sie wütend bei sich, musste sie denn jedes Mal wie eine Idiotin vor ihm dastehen. Wo, zum Teufel, kam von Walberg denn plötzlich her?

„Ich war gerade in der Nähe und dachte, ich schau mal vorbei", beantwortete er die Frage, die sie ihm doch gar nicht gestellt hatte, konnte er vielleicht tatsächlich Gedanken lesen? Na prima, sie war deprimiert, anscheinend konnte sie in seiner Nähe nicht einmal mehr denken was sie wollte.

„Eigentlich wollte ich Sie nur fragen, ob sie mit mir Essen gehen wollen?" schlug er versöhnliche Töne an und in seinem Blick war nicht ein Funke von Spott. Da Sie in der Gegend genauso wenige Leute kennen wie ich, dachte ich, da wären wir Beide heute Abend nicht allein."

„Was ist mit Frau Krüger, hat sie heute keine Zeit für Sie?" platzte Sina ohne nachzudenken heraus und biss sich auf die Lippen. Verdammt, sie war schon wieder auf dem besten Weg, sich als eifersüchtige Zicke zu outen.

Von Walbergs Augenbrauen zuckten kurz, dann hatte er sich wieder in der Gewalt. „Frau Krüger…?" fragte er betont harmlos und schaute Sina dabei so unschuldsvoll in die Augen, dass ihr ganz heiß wurde. „Ich denke, die ist zu Hause bei ihrer Familie. Warum, was soll mit ihr sein?"

„Ich dachte nur, …" Sina brach den Satz ab, bevor sie sich noch mehr in Gestammel verstrickte. Krampfhaft suchte sie nach Worten, die locker und unverfänglich klangen, doch es wollten ihr partout keine einfallen.

Deshalb holte sie tief Luft und meinte: „Abendessen wäre nicht schlecht, ich habe auch schon darüber nachgedacht. Doch leider kenne ich mich in der hiesigen Gastronomie nicht aus. Was würden Sie denn vorschlagen?"

„Im Nachbarort gibt es ein nettes kleines Restaurant, leichte Küche und am Wochenende Tanz. Ich dachte, das könnte Ihnen vielleicht gefallen." Er sprach jetzt ganz normal mit ihr, so als wären sie schon bestens vertraut. Sina war insgeheim froh, dass er seine arrogante Art abgelegt hatte, der sie sich einfach nicht gewachsen fühlte.

„Was ziehe ich denn an?" murmelte sie mehr zu sich selbst. Abendgarderobe hatte sie natürlich nicht mitgenommen.

„Nichts allzu elegantes", gab er ihr zur Antwort. „Das Lokal ist nett und gemütlich, aber nicht besonders edel. Falls Sie so was suchen, müssen wir ein Stück weiter fahren…"

„Nein, nein, nicht nötig" beeilte sie sich zu versichern. „Ich vertraue ihrem Geschmack. Äh…, wollen Sie nicht reinkommen. Leider kann ich Ihnen nur einen Stuhl anzubieten, das Zimmer ist nicht besonders komfortabel." Sie trat einen Schritt zurück um ihn einzulassen.

Als er an ihr vorbei ging, atmete sie den berauschenden Duft seines Körpers ein, ein Geruch, den sie niemals zuvor an einem Mann wahrgenommen hatte, eine herbe Mischung aus Holz, Leder und exotischen Kräutern.

Er ging zum Fenster und schaute hinaus, während Sina ein paar Kleidungsstücke aus dem Schrank suchte und damit im Bad verschwand. Sie zog sich eilig um, legte noch ein wenig Makeup auf und fuhr sich mit den Fingern durch ihre üppige rotblonde Lockenmähne, bevor sie sie zurechtschüttelte. Zum Abschluss warf sie nochmals einen kritischen Blick in den Spiegel und streckte sich selbst die Zunge heraus. Es musste gehen, für mehr Pflege hatte sie weder Zeit noch Lust.

Von Walberg stand noch immer am Fenster und blickte in den inzwischen dunklen Garten. Sein Blick war in die Ecke mit der Gruft gerichtet, doch als er sie hörte, drehte er sich langsam zu Sina um. Sie fühlte förmlich, wie sein Blick über ihren Körper strich und an ihrem Gesicht hängen blieb. Für einen kurzen Moment meinte sie Anerkennung in seinen dunklen Augen aufblitzen zu sehen, dann schauten sie wieder ein ganz klein wenig arrogant. Trotzdem ließ er sich zu einem schnellen Kompliment herab:

„Wunderschön siehst du aus, komm lass uns gehen."

Er legte leicht die Hand auf ihren Rücken und geleitete Sina die Treppe hinunter und durch die stillen Gänge. In seiner Gegenwart schienen die Geister verschwunden, die sie am Mittag noch geängstigt hatten, so als reiche allein seine Präsenz aus, sie zu vertreiben.

Er hielt ihr galant die Eingangstür auf und schloss sie dann sorgfältig ab. „Ich hörte, es gäbe hier Einbrecher", erklärte er auf ihren fragenden Blick und hielt einen Schlüssel hoch, der ziemlich neu aussah. „Deshalb habe ich Sicherheitsschlösser einbauen lassen. Ich möchte nicht, dass irgendwelche Chaoten in meine Burg einbrechen."

„Wann haben Sie denn die Schlösser auswechseln lassen?" wollte Sina verdutzt wissen. Heute Mittag war sie noch mit dem alten Schlüssel ins Haus gekommen.

„Ich habe den guten Mann vorhin zufällig vor der Haustür getroffen. Er wollte schon wieder gehen, da niemand auf sein Klopfen öffnete. Er war so nett und hat das Schloss gleich ausgetauscht, er meinte, dann habe er sich einen Weg gespart. Der ist übrigens für Sie." Er hielt einen Schlüssel hoch und ließ ihn in Sinas Hand fallen.

„Danke", murmelte sie, dann fiel ihr etwas ein: „Was ist mit den Krämers? Die kommen ja später mit ihrem alten Schlüssel gar nicht rein."

„Die Krämers wissen Bescheid" tat er die Angelegenheit ab und griff Sina am Ellbogen um sie zu seinem Auto zu bugsieren, das in der Einfahrt stand. Es handelte sich dabei um einen großen, eleganten, dunklen Wagen, der irgendwie exotisch aussah. Er schien speziell für von Walberg angefertigt, zumindest konnte Sina nicht erkennen, um welche Marke es sich handelte.

„Wow", entfuhr es ihr anerkennend. Auch wenn sie sich nicht besonders viel aus Autos machte, beeindruckte sie der dunkle, elegante Wagen durchaus.

„Gefällt er Ihnen?" Aus von Walbergs Stimme war deutlich der Stolz über sein ungewöhnliches Gefährt herauszuhören. „Eine Spezialanfertigung, ein Maybach. Man gönnt sich ja sonst nichts."

Er lachte selbstgefällig und für einen Moment kam wieder der arrogante Lebemann zum Ausdruck, für den anscheinend Geld keine Rolle spielte. In Sina brodelte sofort der alte Ärger auf ihn hoch und sie war versucht, auf der Stelle umzukehren und den Abend doch auf ihrem Zimmer zu verbringen.

Als spüre er ihren Stimmungsumschwung lenkte von Walberg schnell ein: „Das war nur ein kleiner Scherz. Tut mir leid, aber manchmal benehme ich mich nicht sehr feinfühlig. Aber ich verspreche, mich den Rest des Abends zusammenzunehmen." Er hielt ihr die Autotür auf und lächelte sie dabei so entwaffnend an, dass sie ihren Ärger sofort vergaß und sich in den Sitz sinken ließ.

Während der Fahrt sprach er nur wenig und auch Sina wusste nicht was sie reden sollte. So genoss sie einfach die Fahrt in dem Luxuswagen und hing ihren Gedanken nach. Schnell waren sie im Nachbarort und von Walberg hielt vor einer Gaststätte mit dem alltäglichen Namen „Zur Linde". Der Parkplatz stand voller Autos, was auf regen Besuch schließen ließ. Von Walberg parkte etwas abseits im tiefen Schatten eines großen Baumes, anscheinend wollte er mit seinem protzigen Wagen nicht auffallen. Ganz Gentlemen half er Sina beim Aussteigen und hielt sie leicht am Ellbogen gefasst, während sie zum Eingang gingen.

Für Sina war sein Benehmen leicht befremdlich, keineswegs so, wie sie es von Männern seines Alters gewohnt war. Welcher junge Mann öffnete heutzutage noch Autotüren, half beim Ein- oder Aussteigen oder geleitete eine Frau so fürsorglich? Außer vielleicht es handelte sich um seine achtzigjährige Oma. Aber schließlich war sie mit ihren fünfundzwanzig Jahren noch bestens zu Fuß.

Misstrauisch blickte sie zu ihrem Begleiter hoch, ob er etwa schon wieder wusste, was sie über ihn dachte, doch er tat zumindest so, als ahne er nichts von ihren Gedanken. Wenngleich wieder einmal ein leicht spöttisches Grinsen um seine Mundwinkeln zu spielen schien.

Die Gaststätte war wie erwartet gut besucht aber so groß, dass sie auf Anhieb einen gemütlichen kleinen Tisch für zwei Personen fanden. Sina gefiel die Atmosphäre sofort, die Tische standen weit genug auseinander, dass man sich vertraut unterhalten konnte und aus dem angrenzenden Tanzsaal drang die Musik nur als leichte Untermalung zu ihnen. Die meisten, der überwiegend jungen Besucher hielten sich auf der Tanzfläche auf oder frequentierten die Bar, die sich an den Tanzsaal anschloss.

Ein junger Mann brachte ihnen die Karte und Sina suchte sich aus dem reichhaltigen Angebot einen Salatteller mit gebratenen Putenstreifen aus, dazu wählte sie einen Rotwein. Ihr Begleiter schien zuerst unschlüssig, entschied sich dann für ein Rindersteak ohne Beilagen und ein Wasser.

Sehr vernünftig, fand Sina, schließlich musste er ja noch fahren. Ihm an dem kleinen Tisch so nah gegenüber zu sitzen fand sie nicht so toll, es blieb ihr gar nichts anderes übrig, ihn anzustarren. Krampfhaft überlegte sie, was sie sagen sollte, doch natürlich wollte ihr kein Gesprächsthema einfallen. Und da sie in seiner Nähe immer den unangenehmen Eindruck hegte, er könne in ihrem Gehirn lesen, traute sie sich nicht einmal, ihren Gedanken freien Lauf zu lassen.

Ihr Gegenüber schienen derlei Nöte nicht zu plagen, er schaute sie ungeniert und grinsend an.

„Entspann dich, Sina", sagte er schließlich lachend, weil er ihr ansah, wie unwohl sie sich fühlte und fuhr in lockerem Ton fort: „Du hast doch hoffentlich nichts einzuwenden, dass ich dich duze, oder?"

„Nein, natürlich nicht", erwiderte sie und meinte es durchaus ehrlich. Steifes Siezen fand sie nur viel Älteren gegenüber als notwendig.

„Schließlich sind wir ja ungefähr im gleichen Alter. Du musst mir aber deinen Vornamen verraten, den anscheinend niemand kennt."

Einen Moment lang meinte sie, seine ohnehin fast schwarzen Augen würden sich noch mehr verdunkeln, doch dann huschte wieder das leicht spöttische Grinsen über sein Gesicht. „Mein Name ist Midas", sagte er und seine Brauen zogen sich drohend zusammen, so als wolle er dem vorbeugen, was unweigerlich kommen musste.

Prompt konnte sich Sina das Lachen nicht verkneifen. „Midas", prustete sie los, weil ihr sofort der eselohrige Dummkopf aus der griechischen Sage einfiel. „Du hast deine Eselsohren aber gut versteckt."

„Jeder Witz über meinen Namen wurde bereits gemacht", knurrte er ungnädig, lachte dann aber selbst darüber. „Außerdem gibt es eine ganze Reihe von Midas, die durchaus respektable Könige waren. Nur weil ein törichter darunter war, muss ich ständig Spott wegen meines Namens erdulden."

„Nun, ungewöhnlich ist er allemal. Wer von deinen Eltern hat ihn dir denn gegeben?"

„Meine Mutter war… ist Griechin. Sie bestand auf griechische Namen bei allen ihren Kindern. Mein Vater zeigte sich einverstanden, da sie ihm andernfalls vermutlich das Leben zur Hölle gemacht hätte. Frauen aus Griechenland sind sehr temperamentvoll und willensstark."

„Aber wie kam sie ausgerechnet auf Midas? Wie heißen denn deine Geschwister?"

„Ares, Helena, Artemisia und Paris, meine Mutter schwärmte schon immer für die alten Götter. Als Erstgeborener bekam ich den Namen Midas, weil schon mein Großvater und Generationen von Altvorderen so hießen. Das ist in Griechenland Tradition."

„Aber dein Vater ist Deutscher, oder? Von Walberg klingt alles andere als Griechisch."

„Mein Vater lernte meine Mutter auf einer Geschäftsreise kennen, sie verliebten sich und sie kam mit ihm nach Deutschland."

„Und wo leben deine Eltern und Geschwister?" Sinas Neugier wuchs, sie wollte endlich mehr über von Walberg – Midas - erfahren. Obwohl das dem gar nicht zu behagen schien. Denn anstatt einer Antwort schaute er über ihren Kopf hinweg und sagte: „Ah, das Essen kommt." Der Kellner stellte zuerst den Salat vor Sina ab und servierte danach das Steak. Midas betrachtete es gedankenvoll, machte aber keine Anstalten, mit dem Essen zu beginnen. Er lehnte sich im Stuhl zurück und wünschte Sina einen guten Appetit. Dabei drehte er das Wasserglas spielerisch zwischen seinen langen, schlanken Fingern, getrunken hatte er daraus jedoch noch nicht.

„Was ist, ist das Steak nicht nach deinem Geschmack?" fragte Sina ihn schließlich. „Mir wäre es zu blutig, es ist ja noch fast roh."

„Das ist schon in Ordnung, ich habe bloß keinen besonderen Hunger." Endlich griff er doch zu Messer und Gabel und säbelte an dem Fleisch herum. Er schien tatsächlich nicht hungrig, schnitt nur ein paar Brocken aus der Mitte des Fleisches, da wo es am blutigsten war. Er kaute lange darauf herum, so als ob er Zahnschmerzen hätte und schluckte es dann mit einem wilden Ruck hinunter. Sina, die ihn aus den Augenwinkeln beobachtete, meinte Anzeichen von Ekel in seinen Zügen zu entdecken, seine Nasenflügel blähten sich als nähme er einen besonders üblen Geruch war. Nach drei oder vier Bissen legte er das Besteck zur Seite, bedeckte das zerstückelte Fleisch mit der

Serviette und schob den Teller weit von sich. Schweigend wartete er ab, bis Sina ihren Salatteller verspeist hatte. Als der Kellner zum Abräumen kam, und irritiert auf das zerpflückte Steak sah, murmelte er entschuldigend, dass sein Magen leider nicht ganz in Ordnung sei.

„Geht es dir nicht gut?" fragte Sina ihn mitfühlend als der Kellner gegangen war. Forschend sah sie in sein Gesicht, nach Anzeichen einer Krankheit suchend. Doch als ihr Blick den seiner Augen traf, war ihr als würde ihre Besorgnis ausgelöscht. Er schaute sie so intensiv an, dass sie alles um sich herum vergaß. Schließlich erhob er sich und reichte ihr die Hand.

„Komm, tanzen", sagte er lockend und zog sie von ihrem Stuhl hoch. Sie folgte seiner Aufforderung auf der Stelle und ließ sich von ihm auf die Tanzfläche führen.

Midas erwies sich als ausgezeichneter Tänzer und Sina meinte in seinen Armen zu schweben. Sie schmiegte sich an seinen harten, muskulösen Körper und überließ sich ganz seiner Führung. Sein Geruch berauschte sie wie ein Aphrodisiakum und sie kam nicht umhin, sich zu überlegen, wie es wäre mit Midas im Bett zu liegen, von ihm wild und leidenschaftlich geliebt zu werden.

Er suchte ihren Blick, so als wisse er wieder einmal genau was in ihren Gedanken vorging. Dann beugte er sich zu ihr und küsste sie mit solch einer Intensität, dass ihr schwindelig wurde. Dabei drückte er sie so besitzergreifend an sich, dass sie sein hartes Geschlecht an ihrem Bauch spürte. Anstatt ihn jedoch empört von sich zu stoßen, drängte alles in ihr zu ihm hin. Keinen Augenblick dachte sie an die übrigen Tänzer um sie herum, ebenso wenig an ihren Vorsatz, so schnell keinen neuen Mann in ihr Leben zu lassen. Für sie gab es in diesem Moment nur noch Midas. Sie wollte ihn unbedingt haben. Deshalb folgte sie ihm willenlos über die Tanzfläche zurück in den Speisesaal. Midas steckte dem Kellner einen Schein zu und führte sie zu seinem Auto, half ihr galant beim Einsteigen. Er sprach während der ganzen Heimfahrt kein Wort und Sina war viel zu sehr mit ihren Gefühlen beschäftigt, als dass es ihr überhaupt auffiel. Sie fragte sich keine Sekunde, was er mit ihr angestellt hatte, sie fieberte nur dem Moment entgegen, endlich mit ihm in einem Bett zu landen und seinen Körper an ihrem zu spüren. Das Verlangen nach ihm zog schmerzhaft durch ihren Unterleib, unruhig rutschte sie auf dem Sitz hin und her.

Endlich hielt er den Maybach an, wo, wusste Sina nicht, es war ihr auch egal. Nachdem sie ausgestiegen war, legte Midas ihr wie beschützend den Arm um die Schulter und geleitete sie zu einer Tür. Noch immer verspürte sie keinerlei Neugier, wo sie war, sie folgte ihm wie ein Hündchen seinem Herrn. Das Zimmer in das er sie führte war so dunkel, dass sie nicht die Hand vor Augen sah. Doch Midas schien genügend zu sehen, er führte sie ohne irgendwo anzustoßen zu einem Bett und drückte sie leicht darauf.

„Entspann dich, Sina", raunte er leise an ihrem Ohr und küsste sie flüchtig auf den Mund. Dann war er weg und sie verspürte sofort ein Gefühl des Verlustes. Doch schon Sekunden später war er wieder bei ihr. Sie hörte ein ratschendes Geräusch und eine kleine Flamme flackerte kurz auf. Mit dem Streichholz entzündete er zwei Kerzen, die auf einem Bord über dem Bett standen. Weiches Licht verbreitete sich und umschmeichelte sie.

Sina lag auf dem Rücken mitten in dem riesigen Bett. Unter sich fühlte sie Pelze und weiche Kissen und über sie gebeugt saß Midas neben ihr auf dem Bettrand. Er lächelte sie an und sie entdeckte eine Mischung aus Zärtlichkeit und Leidenschaft in seiner Miene. Und noch etwas sah sie in seinen dunklen Augen, die sie intensiv musterten, die Andeutung einer tödlichen Gefahr…

Kapitel 4: Ein ungebetener Gast

Er starrte unbewegt auf sie herab, so als wolle er ihr noch eine letzte Chance geben, vor ihm zu fliehen. Doch Sina nutzte die Chance nicht, sie wollte diesen betörenden Mann, wollte ihn auf sich, in sich spüren, selbst wenn es sie das Leben kosten würde. Warum sie ihn eigentlich so dringend haben wollte, wusste sie hingegen nicht und es interessierte sie auch nicht. Sie machte sich keinerlei Gedanken über den magischen Bann, den er über sie gelegt haben musste.

Sie keuchte leise auf, als er sie ohne Eile zu entkleiden begann. Während seine Hand mit routinierten Bewegungen den Reißverschluss ihrer Stoffhose öffnete, beugte er sich zu ihr herab. Seine Lippen öffneten sich als er sie anlächelte und Sina konnte sein prächtiges Gebiss sehen. Er besaß wunderschöne, gleichmäßige und schneeweiße Zähne und sein Atem roch einfach wunderbar. Bereitwillig bot sie ihm ihren Mund, begierig von ihm geküsst zu werden.

Er nahm ihr stummes Angebot sofort an, stieß seine Zunge tief in ihren Mund und begann dort ein aufregendes Spiel. Sein Kuss entfachte in ihr ein Feuer der Leidenschaft, das sie zu verbrennen drohte. Sie wand sich unter ihm, begierig endlich mehr von ihm zu spüren.

Seine Hand glitt in ihren Slip und erkundete die feuchte Wärme zwischen ihren Schenkeln. Sina sog zischend die Luft ein und erschauerte unter den streichelnden Bewegungen seiner Finger. Schon jetzt meinte sie vor Lust zu explodieren, um ihn noch intensiver zu spüren hob sie ihm ihr Becken entgegen.

„Komm schon, komm zu mir", murmelte sie begehrlich an seinem Mund und wand sich stärker unter seinen Berührungen. Als stände sie unter der Wirkung einer Droge vergaß sie jegliche Scham und auch, dass sie Midas eigentlich kaum kannte. Noch nie zuvor hatte ein Mann auch nur annähernd solche gewaltigen Gefühle in ihr erweckt, sie so sehr erregt wie Midas es tat. Schon gar nicht Jens, mit dem der Sex eher langweilig gewesen war.

„Langsam, langsam, du bekommst schon was du willst." Er lachte leise und half ihr bei ihren Bemühungen, seine Hose zu öffnen.

Inzwischen hatte er sie irgendwie von ihren Kleidern befreit, sie lag völlig nackt auf seinem Bett. Voller Wohlgefallen betrachtete er ungeniert ihren Körper.

„Du musst dich auch ganz ausziehen", maulte sie und zog an seiner eng anliegenden Hose. Sein Hemd lag bereits irgendwo auf dem Boden und Sinas Blick glitt anerkennend über seinen nackten Oberkörper.

Auch Midas zeigte keinerlei Scham, er zog sich völlig aus und bot ihr seinen muskulösen, braungebrannten Körper, damit sie ihn betrachten konnte. Sie lag noch immer auf dem Bett und ergötzte sich an seinem Anblick. Er war wirklich der perfekteste Mann, den sie je gesehen hatte, alles an ihm schien vollkommen und mehr denn je erschien er ihr wie ein griechischer Gott.

Er legte sich erneut zu ihr und begann sofort ein ausgedehntes Liebesspiel. Seine Hände, seine Zunge glitten über ihren Körper um ihn genau zu erkunden und Sina genoss jede seiner Berührungen. Sie umfing mit ihren Fingern seinen erigierten Schaft, um ihn sanft aber nachdrücklich zum Ort ihrer größten Begierde zu führen. Willig folgte er ihr und stieß endlich tief in sie.

Sina empfing ihn mit einem lustvollen Schrei und schlang ihre Beine um seine Schenkel um seine kraftvollen Stöße noch intensiver zu empfangen. Sie gab sich ihm so vertrauensvoll hin, passte sich so mühelos seinem Rhythmus an, als wäre er schon seit ewigen Zeiten ihr Liebhaber. Midas' Ausdauer schien unendlich zu sein, er brachte Sina mehrmals zum Höhepunkt ohne Müdigkeit oder Schwäche zu zeigen. Erst als er merkte, dass ihre Lust ausgereizt war, stieß er ein letztes Mal tief in sie und kam selbst mit einem wilden, triumphierenden Schrei. Danach ließ er sich auf sie sinken, seinen Kopf neben ihrem gebettet.

Sina lag mit geschlossenen Augen reglos da. Sie fühlte sich auf herrliche Weise völlig ausgebrannt, zwar müde aber so zufrieden wie noch niemals zuvor in ihrem Leben. Sie spürte wie Midas sich von ihr gleiten ließ und fühlte ihn gleich darauf dicht neben sich. Seine Hand strich ihre wirren Haare aus dem Gesicht und legte sich dann auf ihren

Halsansatz. Im Gegensatz zu ihrem erhitzten Körper strahlte er eher Kühle aus und sein Atem ging langsam und gleichmäßig. Sie kam nicht umhin seine ungewöhnliche Kondition zu bewundern und drehte den Kopf herum um es ihm zu sagen.

Fast gewaltsam öffnete sie die Augen, sie war so müde, dass es ihr schwer fiel. Doch sie wollte ihn ansehen, sein schönes Gesicht noch einmal betrachten, bevor sie endgültig dem Schlaf verfiel. Doch auf den Anblick, der sich ihr bot, war sie nicht gefasst.

Midas Gesicht war dicht über dem ihren, sein Mund geöffnet. Doch anstatt der perfekten Zahnreihe die sie so sehr bewundert hatte, ragten jetzt lange, spitze Fangzähne aus seinem Mund. Und seine dunklen, faszinierenden Augen glitzerten plötzlich dämonisch und kalt. Sein Gesicht war noch immer schön, doch nichts Menschliches war mehr darin zu erkennen.

Mit einem Schrei wollte Sina hochfahren aber Midas hielt sie mit solcher Kraft gepackt, dass sie zu keiner Bewegung fähig war. Er sprach nicht zu ihr und doch meinte sie seine Stimme in ihrem Kopf zu hören. „Wehr dich nicht gegen mich", meinte sie zu verstehen. „Dann wird dir nichts Schlimmes geschehen. Schlaf ein und wenn du morgen früh erwachst wird alles so sein wie immer."

Sie wollte der Stimme nicht gehorchen, doch sie konnte sich ihrem Bann nicht entziehen. Willenlos schloss sie die Augen und versank in tiefe Bewusstlosigkeit.

Midas schaute einen Moment verärgert auf sie herab. Doch nicht ihr galt sein Ärger sondern sich selbst. Was an dieser Frau verwirrte ihn so, dass er vergaß seinen Bann über sie zu werfen? Nicht einmal während seiner langen Lebensspanne war ihm ähnliches passiert. Ebenso wenig konnte er sich erinnern, jemals eine Gespielin mit solcher Inbrunst genommen zu haben. Sina hatte ihm so viel seiner Energie abverlangt, dass er sich unbedingt durch Blut regenerieren musste.

Durch ihr Blut, eine andere Quelle stand ihm momentan nicht zur Verfügung. Zudem lechzte alles in ihm danach, von ihr zu trinken. Schon den ganzen Abend hatte er sich gefragt, wie sie wohl schmecken mochte. Der köstliche Geruch und Geschmack ihres Körpers hatte seine Gier auf ihr Blut nur noch mehr angefacht. Jetzt war es endlich soweit, sie lag schlafend unter ihm und keine Macht der Welt konnte sie jetzt noch vor ihm retten. Erneut beugte er sich über sie, strich nochmals sorgsam die lockigen Haare von ihrem Hals. Er wollte sie nicht mit Blut besudeln und so verräterische Spuren hinterlassen. Dann legte er seinen geöffneten Mund auf ihren Hals, dort wo ihre Schlagader kräftig pulsierte. Seine messerscharfen Fangzähne durchdrangen mühelos ihre Haut und die darunter liegende Vene, stanzten winzige Schnitte hinein. Als er seinen Kopf zurücknahm, verschwanden seine Fangzähne und sein normales Gebiss blieb zurück. Er schaute mit glitzernden Augen auf die Schnitte in Sinas Hals, aus denen ihr Blut sickerte. Erneut beugte er sich zu ihr hinab und legte seine Lippen über die kleinen Wunden. Mit geschlossenen Augen begann er zu saugen, wobei ein leises Knurren aus seiner Kehle drang. An ihrem Herzschlag merkte Midas, dass es an der Zeit war, von Sina abzulassen. Schließlich wollte er ihr keinen Schaden zufügen oder sie gar töten. Und jetzt, da er endlich von ihrem Blut getrunken hatte, gefiel sie ihm noch besser. Sein Entschluss stand felsenfest, er würde niemals mehr von ihr lassen. Sie gehörte ihm – für alle Ewigkeit.

Sina schlief lange und tief und erwachte erst, als jemand nachhaltig an ihre Tür pochte. Verwirrt öffnete sie die Augen und musste sich erst besinnen wo sie war. Natürlich in ihrem Turmzimmer auf der Burg, wo auch sonst. „Ja, was ist los", krächzte sie heiser. Schlaftrunken setzte sie sich im Bett auf um auf den Wecker neben ihrem Bett zu sehen. Schon elf…, sie hatte fast den ganzen Vormittag verschlafen. „Entschuldigen Sie die Störung". Es war Annas Stimme, die vor der Tür erklang und weiter erklärte: „Unten ist ein Besucher für sie, ein junger Mann. Er sagte, er sei ihr Verlobter."
Alarmiert riss Sina die Augen auf, die ihr schon wieder zuzufallen drohten. Jens? Was um Himmels Willen wollte der hier? Und woher wusste er überhaupt, dass sie sich hier aufhielt?

Ihr erster Gedanke war, Anna zu beauftragen, sie solle Jens zum Teufel jagen. Doch schnell besann sie sich, dass ihr Streit mit ihrem Exverlobten Anna nichts anging. Deshalb rief sie durch die Tür: „Ich komme gleich nach unten."

Anna murmelte eine Erwiderung, dann entfernten sich ihre schlurfenden Schritte. Sina schwang die Beine aus dem Bett und stand etwas zu schnell auf. Das Zimmer begann sich um sie zu drehen und sie musste sich schnell wieder setzen. Was war mit ihr los? fragte sie sich verwundert und beschirmte die Augen mit ihrer Hand bis sie sich einigermaßen gefangen hatte. Der vergangene Abend fiel ihr ein, sie war mit von Walberg – Midas – zum Abendessen und Tanzen gefahren.

„Ich hab doch gar nicht so viel getrunken", murmelte sie während sie einen erneuten Versuch startete aufzustehen. Diesmal gelang es ihr stehen zu bleiben, nach kurzer Pause ging sie leicht schwankend ins Badezimmer. Sie streifte ihr Nachtshirt ab und stellte sich unter die Dusche. Das heiße Wasser tat ihr gut, ihre Gedanken wurden zunehmend klarer. Dennoch wollte ihr nicht einfallen, weshalb sie so müde und schlapp war. Während das Wasser auf sie nieder rieselte, versuchte sie krampfhaft, den vergangenen Abend zu rekonstruieren. Außer einem Glas Wein hatte sie nichts getrunken, daran konnte ihr Blackout nicht liegen. Nach dem Essen hatte sie mit Midas getanzt, danach hatte er sie nach Hause gefahren. Aber was war dann geschehen? Daran konnte sie sich einfach nicht mehr erinnern. Doch, an ihre Träume erinnerte sie sich, seltsame und sehr erotische Träume und neben ihr selbst spielte Midas darin die Hauptrolle.

Sie merkte, wie ihr bei der Erinnerung an das Traumerlebnis das Blut ins Gesicht schoss. Dennoch konnte sie nicht abstreiten, dass allein der Gedanke an das, was sie mit Midas getan hatte, Lust in ihr erweckte. Obwohl es nur ein Traum war, es war der beste Sex ihres bisherigen Lebens gewesen. Und so real, dass sie sogar einen leicht ziehenden Schmerz in ihrem Unterleib verspürte, so als habe sie tatsächlich Midas' gewaltiges Glied in sich gehabt. Noch immer meinte sie seine animalisch wilden Stöße zu spüren.

„Sina, komm zu dir", murmelte sie vor sich hin und stellte den Hahn auf kalt. Sie meinte zwar, das Herz bliebe ihr stehen als es eiskalt auf sie nieder regnete, doch ihre Strategie ging auf. Blitzschnell vergaß sie ihre erotischen Gefühle und stellte mit einem quiekenden Schrei die Dusche ab. Eilig griff sie nach dem Badetuch und wickelte sich hinein. Sie wischte den angelaufenen Spiegel ab und betrachtete sich kritisch darin. Ich sehe schrecklich aus, fand sie und beugte sich vor um ihr Spiegelbild besser betrachten zu können. Dunkle Ringe unter ihren Augen ließen sie kränklich wirken.

„Du siehst aus wie ein Vampir", sagte sie zu sich selbst und erschrak, weil ihr plötzlich für Sekundenbruchteile ein Gesicht mit langen Fangzähnen vor ihrem inneren Auge erschien. Es verschwand jedoch so schnell wieder, dass sie es nicht erkennen konnte.

„Diese Burg tut mir nicht gut, zu viele Geister und Dämonen", erzählte sie frustriert ihrem Spiegelbild während sie Zahnpasta aus der Tube auf die Zahnbürste quetschte. Nachdem sie ihre Morgentoilette beendet hatte, trug sie sorgsam Makeup auf, um die Spuren der seltsamen Nacht zu kaschieren. Eine ausgewaschene Jeans und ein weiter Pulli machten ihr Outfit komplett. Danach fühlte sie sich einigermaßen gewappnet ihrem ungebetenen Besucher unter die Augen zu treten.

Jens erwartete sie anscheinend schon ungeduldig, er kam ihr aus dem großen Saal entgegen, sobald er ihre Schritte im Gang hörte.

„Na endlich, ich dachte schon, ich müsse dich persönlich aus dem Bett holen. Was ist los mit dir? So lange schläfst du doch sonst nie."

„Ja, ich freue mich auch dich zu sehen", erwiderte Sina gereizt. Nicht genug, dass Jens einfach ungebeten hier auftauchte, er versuchte zudem sofort wieder, sich in ihr Leben einzumischen.

„Was tust du hier?" wollte sie wissen, „und woher weißt du überhaupt von meinem Aufenthalt? Lass mich raten, vermutlich hat Manfred es dir gesagt."

Ärger stieg in ihr hoch. Es konnte nur ihr Chef gewesen sein, er war der Einzige, der davon wusste, sie selbst hatte es jedenfalls keinem ihrer Bekannten verraten. Dabei hatte sie Manfred ausdrücklich gebeten, Jens auf keinen Fall zu sagen wo sie war.

„Er wollte es mir zuerst nicht sagen", gestand Jens ein. „Aber ich erklärte ihm, ich müsse ganz dringend eine geschäftliche Angelegenheit mit dir bereden, die keinen Aufschub duldet. Was übrigens stimmt, es geht um die Wohnung, die wir eigentlich gemeinsam kaufen wollten. Der Makler hat noch einen anderen Interessenten und drängt auf eine baldige Antwort."

„Du wolltest unbedingt diese Wohnung kaufen", erinnerte Sina ihn kühl. „Es ist also ganz allein deine Entscheidung ob du sie nimmst oder nicht. Wir sind nicht mehr verlobt, Jens, das musst du endlich akzeptieren."

Er schaute sie so unglücklich an, dass ihr ihre harten Worte schon fast wieder leid taten. Dennoch blieb sie dabei. Sie wollte nichts mehr von ihm, je eher er das akzeptierte, umso besser für sie Beide. Aber Jens schien das nicht einsehen zu wollen, sein gleichzeitig verletzter und trotziger Gesichtsausdruck sprach Bände. Nein, er würde nicht so einfach aufgeben. Sina seufzte innerlich auf.

„Willst du dir das nicht noch einmal überlegen, Sina?" Genau wie sie vermutet hatte, versuchte Jens erneut sie umzustimmen. In Gedanken verschloss sie ihre Ohren gegen das, was er sagen würde. Doch es klappte nicht.

„Es ging doch eigentlich alles gut mit uns. Ich verspreche dir auch mich in Zukunft mehr um dich zu kümmern, ich habe mit meinem Chef schon ausgemacht, dass ich ab sofort nicht mehr Tag und Nacht zur Verfügung stehen kann. Er hat es eingesehen und mir geregelte Arbeitszeiten zugesagt."

Er hätte vermutlich noch weiter auf sie eingeredet wenn nicht Anna aus der Küche gekommen wäre um Sina zu fragen: „Wollen Sie noch frühstücken oder soll ich Ihnen einen Brunch herrichten? Der junge Mann kann gerne mitessen, wenn er das möchte."

„Brunch wäre super, danke Anna." Sina war froh über die Ablenkung, wenngleich sie vermutete, dass Jens bei nächster Gelegenheit erneut versuchen würde, sie umzustimmen. „Isst du eine Kleinigkeit mit?" fragte sie ihn und er nickte. „Ja, gerne."

Während des Essens verschonte er sie zu ihrer Freude mit weiteren Umstimmungsversuchen und plauderte stattdessen ungezwungen über alles Mögliche. Keine langatmigen Erzählungen über Gespenster und ihre Vernichtung und auch keine Versuche, sie zurück zu gewinnen. Es bereitete ihr Vergnügen ihm zuzuhören. Sinas Laune besserte sich zunehmend, dass war der Jens, in den sie sich einmal verliebt hatte.

Nach dem Essen fragte sie ihn, ob sie ihm die Burg zeigen sollte. Wie sie schon vermutete stimmte er begeistert zu. Sie nahm sich jedoch vor die Sache mit dem hauseigenen Dämon lieber zu verschweigen, Jens würde sonst freiwillig nicht mehr gehen - ein Albtraum.

Sie begann mit den oberen Räumen, die demnächst das Domizil des neuen Hausherrn sein würden. Die Umbauten waren bereits weit vorangeschritten und man konnte mit ein wenig Fantasie schon erkennen, wie die Zimmer bald aussehen würden. Jens zeigte sich beeindruckt und meinte, er würde gerne einmal den Mann kennen lernen, der bald hier Burgherr sein würde.

Sina fand diese Idee ganz und gar nicht prickelnd, aus irgendeinem Grund, den sie eigentlich nicht nachvollziehen konnte, hoffte sie, die beiden Männer würden sich nie begegnen.

Sie führte Jens ins Erdgeschoss um ihm das Prunkstück der Burg zu zeigen, den Ballsaal. Hier herrschte zwar noch ein ziemliches Chaos, die meisten Wände waren mit Gerüsten versehen und Folien oder Pappe bedeckten den Boden. Auch die hohen Fenster waren mit Laken verhängt und es roch intensiv nach Farbe und Mörtel. Dennoch konnte man an einigen Stellen noch die einstige Pracht erkennen.

Jens' Blick war in Sachen sehenswerter Altertümer dank seiner häufigen Aufenthalte in alten Häusern geschärft. Mit sicherem Instinkt fand er die Ecke, in der die Bilder der früheren Burgbewohner aufbewahrt wurden. Interessiert begann er sie im Licht eines Scheinwerfers zu betrachten. Sina trat neugierig neben ihn, sie hatte die alten Gemälde inzwischen fast schon vergessen und wollte sie gerne wieder einmal betrachten.

Natürlich konnte auch Jens nicht sagen was die Buchstaben unter dem Familienbild bedeuteten, er meinte aber, dass er einen Fachmann kennen würde, der sich mit altem Adel auskannte und dem die dargestellte Familie vielleicht bekannt war. Falls der neue Besitzer daran interessiert wäre, meinte er, könne er dem Mann gerne mal Bescheid geben.

Sina hörte ihm kaum zu, ihr Blick haftete auf dem zweiten Gemälde, das den jungen Edelmann darstellte. Das Licht des Scheinwerfers zeigte ihr jede Einzelheit seines schönen Gesichtes, ein Gesicht, dass sie vor ein paar Stunden noch in Fleisch und Blut gesehen hatte. Ihr blieb fast das Herz stehen vor Schreck, denn das Bildnis zeigte zweifellos Midas.

Sie schlug die Hand vor den Mund um den verblüfften Schrei zu ersticken, der ihr die Kehle hinauf stieg, konnte jedoch ein Quieksen nicht verhindern. Jens sah verwundert zu ihr hin und sie tat schnell, als müsse sie husten.

„Entschuldige", japste sie atemlos und hustete zum Schein noch einmal. „Der Staub…"

Er brummelte etwas Unverständliches und betrachtete jetzt ebenfalls das Bild mit Midas' Konterfei. Sina konnte den Blick nicht davon abwenden, ihre Augen suchten nach Abweichungen zwischen den Gesichtern, doch sie konnte keine entdecken. Der Künstler hatte jede Einzelheit mit dem Pinsel verewigt, die langen, leicht gewellten schwarzen Haare ebenso wie die dunklen Augen, die so arrogant blicken konnten. Sogar die kleine, gezackte Narbe auf dem Nasenrücken war identisch. Ihr war, als betrachte sie ein Foto von Walbergs. Aber das konnte doch gar nicht sein, das Gemälde war mindestens fünfhundert Jahre alt, eine Fälschung so gut wie ausgeschlossen. Und Midas besaß zwar vielleicht einen etwas seltsamen Humor, doch warum sollte er ein Bild von sich malen lassen und es in der Ahnengalerie aufhängen?

Völlig verwirrt starrte Sina noch immer das Bild an, Jens neben sich hatte sie völlig vergessen.

„Was ist denn plötzlich los mit dir?" fragte er besorgt und legte seine Hand auf ihre Schulter. „Du bist ja ganz abwesend."

Erschrocken zuckte sie zusammen und überlegte fieberhaft, was sie ihm sagen sollte. Auf keinen Fall konnte sie ihm von der Ähnlichkeit von Walbergs mit dem Gemälde erzählen. Er würde sofort zu recherchieren beginnen und in Midas womöglich den Geist der Burg sehen. Am Ende war er das ja tatsächlich, kam ihr in den Sinn. Doch sie verwarf den Gedanken konsequent, zumindest für den Moment.

Um in Jens gar nicht erst das Jagdfieber zu erwecken lenkte sie in kläglichem Ton ab: „Ich fühle mich heute nicht so besonders, ich denke, ich habe mich erkältet und bekomme einen Husten. Kein Wunder bei den zugigen Gängen hier."

Wie zur Bestätigung ihrer Worte zog ein kühler Luftzug durch den Raum und ließ die Folien vor den Fenstern wehen. Sina verschränkte fröstelnd die Arme vor der Brust und hüstelte erneut. Sie war froh als sie sah, dass Jens sich von dem Bild abwandte, um sich die anderen zu betrachten. Er gab hin und wieder einen Kommentar zu einem Gemälde ab, doch Sina hatte Mühe ihm zuzuhören. Unaufhörlich spukte die Ähnlichkeit zwischen Midas und dem Bild in ihrem Kopf herum. Gar zu gerne hätte sie ihn auf der Stelle dazu befragt, doch das ging nicht. Sie wusste ja noch nicht einmal wann sie ihn wieder sehen würde. Zudem durfte er auf keinen Fall mit Jens zusammentreffen, dessen geschultem Auge würde die Ähnlichkeit von Walbergs mit dem Gemälde sicher sofort auffallen. Und er würde sofort zu kombinieren beginnen.

Was aus einem Zusammentreffen der beiden Männer entstehen konnte, wollte sie sich gar nicht ausmalen. Es konnte jedoch nicht gut gehen, soviel wusste sie schon im Voraus. Obwohl sie nichts mehr für ihn empfand, verspürte sie plötzlich Angst um Jens. Sie ahnte, dass er keinesfalls als Sieger aus einer Konfrontation mit Midas hervorgehen würde.

„Mein Gott, du bist ja ganz abwesend, was ist denn nur mit dir los?" hörte sie Jens eindringliche Stimme in ihre angstvollen Gedanken dringen. Er schaute sie äußerst besorgt an. Um ihn zu beruhigen schüttelte sie den Kopf.

„Es ist nichts, nur diese dumme Erkältung. Vielleicht hilft es, wenn ich einen Spaziergang an der frischen Luft mache. Kommst du mit?"
Er klang nicht gerade begeistert, stimmte aber zögernd zu. Um ihn zu ermutigen lächelte sie ihn dankbar an. „Das ist nett von dir, sicher wird es mir danach besser gehen. Ich hol nur schnell meine Jacke aus meinem Zimmer." Sie eilte davon, bevor er etwas erwidern konnte.
Das Wetter war mild, der Himmel jedoch von Wolken verhangen. Während sie den Waldweg entlang schlenderten der ins Dorf führte, versuchte Sina ihre wirren Gedanken zu ordnen. Was in Jens Gegenwart nicht ganz einfach war, der sie immer wieder misstrauisch von der Seite beäugte. Leider kannte er sie zu gut, als dass er ihr wirklich abnahm, dass eine profane Erkältung an ihrer seltsamen Stimmung schuld war. Auch wenn sie hin und wieder demonstrativ hustete und schniefte.
Sie hasste sich dafür, ihm so ein Theater vorzuspielen, wusste aber andererseits auch nicht, wie sie sich sonst verhalten sollte. Eigentlich wünschte sie ihn weit fort um in Ruhe ihre chaotischen Gedanken zu ordnen. Die sie allerdings ohne Jens gar nicht plagen würden, den an das verwirrende Gemälde hatte sie überhaupt nicht mehr gedacht.
Zuerst ein wenig verkrampft, ließ sie sich doch bald auf ein Gespräch mit ihrem früheren Verlobten ein. Jens erzählte ihr mehr oder weniger interessante Neuigkeiten über gemeinsame Bekannte und Freunde. Es gelang ihm schließlich tatsächlich, sie damit von ihren drängenden Sorgen abzulenken und ein bisschen aufzuheitern.
Redend und lachend folgten sie in gemäßigtem Tempo dem gewundenen Waldweg, der sie rund um das Dorf führte. Aus dem geplanten Spaziergang war eine kleine Wanderung von über zwei Stunden geworden. Endlich erreichten sie wieder den Marktplatz des Ortes.
„Puh, jetzt bin ich ganz schön geschafft", lachte Jens und sah sich um. „So lange bin ich schon ewig nicht mehr gelaufen. Hast du auch Durst?"
Sina nickte. Auch sie spürte die ungewohnte Bewegung in den Beinen. Der Gedanke, sich bei einem erfrischenden Getränk auszuruhen bevor sie den Anstieg zur Burg bewältigen musste, war verlockend.

„Eine große Auswahl an Gasthäusern scheint es hier nicht zu geben", brummelte Jens, nachdem er sich umgesehen hatte. „Na, gehen wir halt in den „Burggeist", sieht zwar nicht gerade nach Sterneküche aus, aber etwas zu trinken bekommen wir dort allemal."

Sina war nicht ganz wohl bei dem Gedanken, mit Jens in den „Burggeist" zu gehen aber eine Alternative gab es tatsächlich nicht. Er war bereits auf dem Weg dorthin und sie folgte langsam. Er hielt ihr die Tür auf und als sie eintrat warf sie sogleich einen Blick zum Stammtisch. Doch dort saß heute niemand, was sie beruhigte. Außer einem älteren Paar war niemand in der Gaststube.

Sie setzten sich an einen der Fenstertische und Jens nahm ihr gegenüber Platz. Er schaute sie lange prüfend an ehe er meinte:

„Irgendetwas ist anders an dir und du siehst ziemlich erschöpft aus. Willst du mir nicht sagen, was dich bedrückt?"

Ärgerlich lachte sie auf. „Das bildest du dir nur ein. Ich bekomme vermutlich eine Erkältung, das sagte ich doch schon."

„Da ist aber noch etwas anderes", beharrte er. „Ich kenne dich lange genug, um das zu erkennen.

„Seltsam, als wir noch zusammen waren hast du mich nicht so genau beobachtet. Wenn du in deine Arbeit vertieft warst hätte ich eine Lungenentzündung haben können, du hättest es vermutlich nicht einmal bemerkt…"

Er schaute sie betroffen an, verteidigte sich aber. „Jetzt tust du mir aber Unrecht. Ich gebe zwar zu, dass ich öfter nur wenig Zeit für dich hatte. Aber das hat sich geändert. Seit ich fest angestellt bin, habe ich geregelte Arbeitszeiten. Wir könnten zusammen wieder viel mehr unternehmen. Alles, was du schon immer gerne tun wolltest."

Sina schüttelte kategorisch den Kopf. „Das hast du mir früher auch schon versprochen. Und dann kam doch immer etwas dazwischen. Es ist vorbei Jens, ich will nicht mehr mit dir zusammen sein. Das habe ich mir lange und reiflich überlegt. Also versuche gar nicht, mich umzustimmen."

Bevor Jens eine Erwiderung geben konnte, kam der alte Wirt an den Tisch geschlurft. Seine mürrischen Züge erhellten sich als er Sina erkannte, dann wanderte sein Blick weiter zu Jens, den er neugierig musterte bevor er nach ihren Wünschen fragte. Sie bestellten und er schlurfte zum Tresen zurück.

Sina mied Jens Blick und schaute zum Fenster hinaus. Trotzdem spürte sie, dass er sie unentwegt anstarrte, so als wolle er sie mit schierer Gedankenkraft umstimmen. Sie kaute auf den Lippen und überlegte, wie sie ihn schnell – und möglichst für immer loswerden konnte. Ein bisschen tat er ihr zwar leid, doch sie empfand nichts mehr für ihn. Dafür ging ihr ein anderer Mann nicht aus dem Sinn und insgeheim wünschte sie sich nichts sehnlicher, als dass Midas sie heute Abend wieder besuchen käme.

Durch die Scheibe sah sie drei Männer, die den „Burggeist" ansteuerten. Gleich darauf betraten sie erzählend die Gaststube und redeten aufgeregt auf den Wirt ein. Obwohl sie ziemlich laut sprachen verstand Sina kaum ein Wort, da sie Dialekt redeten. Der Wirt schüttelte mehrmals den Kopf, so als könne er nicht glauben was er hörte. Schließlich schienen die Gäste ihre Neuigkeiten losgeworden sein und nahmen am Stammtisch Platz.

Der Wirt brachte Sina und Jens endlich die Getränke. Sein Gesicht glühte, so als könne er es kaum erwarten, die eben erfahrenen Neuigkeiten weiter zu erzählen. Vertraulich beugte er sich zu Sina herab und sprudelte los: „Sie arbeiten doch auf der Burg, nicht wahr. Da haben Sie doch sicher auch die Frau Krüger kennen gelernt, oder? Die das Bauunternehmen leitet."

Als Sina nickte, redete er aufgeregt weiter: „Stellen Sie sich vor, die wurde heute früh tot aufgefunden."

„Tot? Aber wie kann das sein? Vor ein paar Tagen war sie doch noch gesund und munter." So munter, dass sie Midas unverfroren schöne Augen gemacht hatte. „Litt sie denn an einer Krankheit?"

„Falls ja, ist sie zumindest nicht daran gestorben. Sie wurde umgebracht, stellen Sie sich das nur vor. Ein Mord in unserem Dorf, so etwas ist hier seit mindestens 150 Jahren nicht mehr passiert. Schrecklich, nicht wahr?" er starrte sie an und in seinen Augen glühte die Sensationsgier.

Sina spürte, wie ihr ein kalter Schauer den Rücken herunter rann. Ella Krüger war ihr zwar nicht gerade sympathisch gewesen, einen so schrecklichen Tod hatte sie jedoch nicht verdient.

„Ihre Putzfrau hat sie heute früh gefunden", erzählte der Wirt weiter. „Die Krüger lag in ihrem Schlafzimmer auf dem Bett, nackt. Sie muss grauenhaft zugerichtet gewesen sein, so als habe ein Raubtier sie zerfleischt. Angeblich sei ihre Kehle aufgerissen gewesen aber seltsamerweise fand man kaum Blut an der Leiche. So, als habe sie ein Vampir ausgesaugt." Er bekreuzigte sich bei seinen Worten.

„Ein Vampir?" Es war Jens, der das fragte und seine Stimme vibrierte vor Aufregung.

Sina stöhnte innerlich auf, weil sie wusste, dass seine Jagdleidenschaft durch dieses einzige Wort geweckt worden war. Er würde nicht wieder nach Hause fahren, so wie er es eigentlich vorgehabt hatte. Nicht, solange nur der geringste Verdacht bestand, Ella Krügers Tod sei durch ein übernatürliches Wesen verursacht worden.

„Vampire gibt es nicht", erklärte sie genervt, obwohl sie wusste, dass ihre Worte auf Jens keinen Eindruck machen würden. „Es kann nur ein Mensch gewesen sein, der die arme Ella ermordet hat, das wird die Obduktion sicher beweisen."

Warum zum Teufel geisterte dann aber ein unheimliches Bild durch ihr Gehirn. Ein undeutliches Gesicht und ein weit geöffneter Mund mit dolchartigen Zähnen…

Schnell schob sie das Bild von sich, das fehlte noch, dass sie selbst an Vampire zu glauben begann. Nie und nimmer würde das der Fall sein. Sie war froh, als der Wirt von seinen anderen Gästen gerufen wurde und brummend davon schlurfte. Mit hastigen Zügen trank sie ihre Cola aus und drängte Jens dann zum Aufbruch. Er folgte ihr nur widerwillig, viel lieber hätte er sich mit den Männern am Stammtisch unterhalten, das sah sie ihm an. Doch dann verließ er doch mit ihr den „Burggeist" um sie den Weg durch den Wald zur Burg zu begleiten. Unterwegs sagte er kaum ein Wort und auch Sina hing ihren Gedanken nach.

Sie waren viel länger unterwegs gewesen als sie es eigentlich vorgehabt hatten. Jetzt im Frühsommer begann es bereits relativ früh zu dämmern und als sie die Burg endlich erreichten war es fast schon dunkel. Vor dem Tor stand Jens Auto und Sina hoffte wider besseres Wissen, er würde sich umgehend auf den Heimweg machen. Aber wie sie schon befürchtet hatte, trug er sich offensichtlich mit anderen Plänen.

„Meinst du Frau Krämer hat noch etwas von dem köstlichen Brunch übrig?" fragte er und klopfte sich auf den Magen. In seiner Stimme klang unterschwelliger Vorwurf. „Ich verspüre langsam ziemlichen Hunger. In der Wirtschaft kam ich ja nicht dazu, mir etwas zu bestellen weil du unbedingt aufbrechen wolltest."

Sina argwöhnte zwar, dass er seinen plötzlichen großen Hunger nur vortäuschte um einen Grund zu haben, nochmals mit in die Burg zu kommen. Andererseits verspürte sie jedoch selbst ein leises Grummeln in der Magengegend. Kein Wunder, dachte sie, schließlich war es viele Stunden her, dass sie zuletzt etwas gegessen hatten. Deshalb schloss sie mit einer gemurmelten Zustimmung die Haustür auf. Gemeinsam gingen sie ins Esszimmer und Sina rief nach Anna, die auch gleich erschien.

„Können wir etwas zu essen bekommen, Anna?" fragte sie die alte Frau. „Wir waren den ganzen Nachmittag unterwegs und sind ziemlich hungrig."

„Ja freilich, gerne, ich mache Ihnen Schweinebraten und Knödel warm. Oder wollen Sie den Braten lieber kalt aufgeschnitten mit Brot und Gurken?"

„Kalter Braten ist in Ordnung. Und wenn Sie noch zwei Gläser Bier für uns hätten wäre es perfekt." Sie setzten sich an den Tisch und schwiegen, während Anna in der Küche hantierte. Sinas Füße taten weh vom langen laufen. Sie zog unter dem Tisch die Schuhe aus und bewegte die Zehen in der Luft um die Durchblutung anzuregen.

„Ich hätte bequemere Schuhe anziehen sollen", durchbrach sie schließlich das Schweigen. „Aber wer konnte auch schon ahnen, wie ausgiebig unser kleiner Spaziergang ausfallen würde."

Jens lachte, ging aber nicht auf das Thema ein. Stattdessen fragte er sie: „Kennst du zufällig eine preiswerte Pension im Dorf?"

„Warum?" fragte sie misstrauisch. „Willst du etwa…?"

„Na ja, ich dachte, ich könne noch ein paar Tage hier bleiben und diese Mordsache weiter verfolgen. Vielleicht ist ja tatsächlich etwas an dieser Vampirgeschichte dran."

Bevor sie etwas erwidern konnte, pochte es zweimal kräftig an die Tür und als sie erschrocken den Kopf hob trat Midas durch den Türrahmen.

Kapitel 5: Gibt es Vampire?

Er blickte Jens missbilligend an, dann sagte er in scharfem Ton: „Vampire, was für ein Unsinn. In welchem Jahrhundert leben Sie denn?"

Ohne eine Antwort abzuwarten trat er an den Tisch, nickte Sina kurz grüßend zu und stellte sich Jens dann in seiner arroganten Art vor: „Von Walberg mein Name, und wer sind Sie?"

Jens starrte ihn einen Moment verdutzt an, bevor er sich langsam erhob und Midas die Hand hinhielt. Der zögerte einen Moment, ergriff sie dann jedoch mit kräftigem Händedruck. Für Sina, die noch immer erschrocken verharrte war sofort klar, dass hier ein Kräftemessen zwischen zwei Kontrahenten stattfand. Ehe sie jedoch schlichtend eingreifen konnte verschärfte Jens die Situation noch mehr indem er sagte: „Ich bin Jens Klausen, Sinas Verlobter."

„Exverlobter! Wir sind schon seit Wochen getrennt", beeilte sie sich zu sagen und warf Jens einen giftigen Blick zu. Aus irgendeinem Grund war es ihr wichtig, das Midas keine falschen Schlüsse zog.

„Und nun wollen Sie versuchen, Sina zurück zu gewinnen? Warum sonst sollten Sie den weiten Weg aus der Stadt bis in unsere verlassene Gegend machen." Er starrte Jens herausfordernd an. Sina erkannte sofort, dass er ihn absichtlich provozierte, so als wollte er ihn so schnell wie möglich von der Burg vertreiben.

Ehe es zu einer wirklichen Auseinandersetzung zwischen den beiden Männern kommen konnte, entschärfte Anna zumindest für den Moment die Situation. Sie kam mit einem voll beladenen Tablett zwischen den Händen ins Zimmer und stellte es auf dem Tisch ab. Dann wandte sie sich freundlich lächelnd Midas zu.

„Guten Abend Herr von Walberg. Darf ich Ihnen auch etwas bringen? Es ist noch genügend da."

Er wehrte ab: „Nein danke, Anna. Machen Sie sich keine Umstände, ich habe bereits im Hotel zu Abend gegessen. Aber ein Bier nehme ich gerne."

Anna nickte und stellte üppig beladene Teller vor Sina und Jens ab. „Lasst es euch schmecken", wünschte sie leutselig und verschwand samt leerem Tablett wieder in ihrer Küche um die Getränke zu holen. Midas hatte sich inzwischen einen Stuhl herangezogen und am Tisch Platz genommen. Er wünschte ihnen einen guten Appetit und lehnte sich bequem zurück. Als Anna kurz darauf ein Glas und eine Flasche Bier vor ihn hinstellte, schenkte er sich das Glas halb voll, rührte es aber nicht an.

Sina widmete sich hungrig ihrem gefüllten Teller, musterte Midas dabei aber immer wieder unauffällig. Zumindest hoffte sie, dass er es nicht bemerkte, war sich aber keinesfalls sicher. Immerhin, stellte sie erleichtert fest, schien er mit weiteren Provokationen zumindest solange warten zu wollen, bis sie mit dem Essen fertig waren. Doch als ihr Blick zu Jens glitt schwand ihr Optimismus.

Jens hatte sein Essen noch nicht angerührt, stattdessen starrte er Midas so grüblerisch an, dass sie zu wissen meinte, was in seinem Kopf vorging: Das verdammte Bildnis aus der Ahnengalerie. Warum, zum Teufel, hatte sie Jens bloß die Möglichkeit geboten es anzusehen? Noch schlimmer, warum hatte sie die Ähnlichkeit zwischen Midas und dem Gemälde nicht selbst längst bemerkt? Das Bild war ihr doch sofort wegen seiner geheimnisvollen Ausstrahlung aufgefallen, allein deshalb sollte es eigentlich in ihrem Gedächtnis verankert sein. Trotzdem hatte sie es vollkommen vergessen.

Natürlich blieb Midas Jens grüblerisches Anstarren nicht verborgen, dennoch ließ er es kommentarlos zu. Sina merkte gar nicht, dass sie mit dem Essen aufgehört hatte um die beiden Männer zu beobachten. Und wieder einmal konnte sie sich des Gefühls nicht erwehren, Midas könne die Gedanken seines Gegenübers hören, als würden sie laut ausgesprochen.

Dann veränderte sich plötzlich der angespannte Ausdruck in Jens Gesicht und machte einer gelösten Miene Platz. Er lächelte Midas sogar zu, bevor er sich seinem gefüllten Teller widmete.

Sina starrte Midas verblüfft an, durch welchen Zaubertrick hatte er diesen plötzlichen Sinneswandel herbeigeführt? Dass er ihn bewirkt hatte stand für sie außer Frage Trotzdem schien er noch nicht zufrieden zu sein, denn nun stellte er gezielte Fragen.

„Weshalb sind Sie hier her gekommen Jens? Es ist doch ein ziemlich weiter Weg für einen einfachen Freundschaftsbesuch."

„Ich wollte versuchen, Sina umzustimmen. Seit sie mir den Laufpass gab, merke ich erst, was ich mit ihr verloren habe. Ich liebe sie mehr als es mir bisher bewusst geworden war."

Verwundert schaute Sina ihn an, so ehrlich hatte er sich ihr gegenüber nicht gezeigt. Selbst als er sie gebeten hatte ihre Trennung noch einmal zu überdenken, war er nicht so offen gewesen.

Misstrauisch musterte sie Midas über den Tisch hinweg. Welche geheimnisvollen Fähigkeiten besaß dieser undurchsichtige Mann, durch die er seine Mitmenschen beeinflusste? Erneut hegte sie keinerlei Zweifel daran, dass er gerade Jens Gedanken in seinem Sinn manipulierte.

Überdies schien er auch ihre Gedanken zu kennen, denn jetzt schaute er zu ihr und zwang sie mit purer Willenskraft seinen Blick zu erwidern. Plötzlich wurde ihr ganz leicht zumute, ihre Zweifel und Ängste schwanden und machten Desinteresse am weiteren Fortgang des Gesprächs Platz. Mit neu erwachtem Appetit widmete sie sich ihrem Teller und hörte nur noch mäßig interessiert zu.

„Was tun Sie eigentlich beruflich?" befragte Midas Jens weiter, als sei nichts geschehen.

Der antwortete bereitwillig: „Ich bin seit etwa einem Jahr als Mitarbeiter für eine kirchliche Gemeinschaft tätig, die es sich zur Aufgabe gemacht hat Dämonen das Handwerk zu legen. Die Institution nennt sich CVKD, eine Abkürzung für christliche Vereinigung im Kampf gegen Dämonen."

„Eine Sekte?" mutmaßte Midas mit gerunzelter Stirn. Doch Jens schüttelte energisch den Kopf.

„Nein, keine Sekte. Die CVKD gehört der katholischen Kirche an und arbeitet mit Wissen und Unterstützung höchster Kirchenväter. Schon seit Jahrhunderten bekämpft die Kirche den Antichrist."

„Und was versteht die CVKD unter Dämonenbekämpfung?

„Das Aufspüren von Geistern oder Gespenstern in alten Gemäuern? Oder das unschädlich machen von Poltergeistern?"

„Keineswegs", verteidigte Jens beleidigt seine Arbeit und erklärte in belehrendem Ton. „Der Antichrist tritt in verschiedenen Gestalten auf, Geister und Gespenster gehören allerdings nicht dazu. Das sind nur armselige verirrte Seelen, die es versäumt haben, sich von ihrem irdischen Dasein zu lösen. Natürlich helfen wir auch denen, sofern man uns um Hilfe bittet. Wir machen ihnen klar, dass sie schon längst tot sind und keine Daseinsberechtigung mehr auf Erden haben. Die meisten sind letztendlich froh, ihrem Schattendasein mit unserer Hilfe endlich entfliehen zu können. Unsere eigentliche Aufgabe ist es allerdings, Dämonen zu bekämpfen. Also Wesen die mit dem Teufel im Bund stehen und versuchen, die Welt ins Verderben zu stürzen."

„Und wie erkennt man solche Dämonen? Was ist ihr Plan und wo halten sie sich auf?" Midas Fragen hatten längst ihren spöttischen Unterton verloren, er zeigte jetzt echtes Interesse an Jens Beruf.

„Dämonen halten sich überall auf, niemand ist vor ihnen sicher. Besonders gern nehmen sie von Menschen Besitz, die Einfluss auf andere Menschen haben, zum Beispiel von Politikern aber auch Firmen- und Bankenchefs gehören durchaus zu ihrer bevorzugten Beute. Sie sitzen ihren Opfern im Genick und flüstern ihnen unaufhörlich Schlechtigkeiten ins Ohr, solange, bis diese die Meinung der Dämonen zu ihrer eigenen gemacht haben. Oberstes Ziel der Dämonen ist es, die Welt zu erobern."

Midas schaute ihn nachdenklich an. Er konnte sich durchaus vorstellen, dass Jens Befürchtungen den Tatsachen entsprachen. In seinem Dasein spielten Politik und Wirtschaft zwar eine untergeordnete Rolle, dennoch wusste er natürlich um das Weltgeschehen Bescheid. Und er konnte sich durchaus vorstellen, dass Dämonen versuchten, das Schicksal der Menschheit zu beeinflussen. Begegnet war ihm ein Dämon allerdings noch nie, dazu fehlte ihm, genau wie den Menschen, das Geschick Dämonen zu erkennen.

„Aber wer besitzt überhaupt die Fähigkeit einen Dämon als solchen erkennen?" fragte er interessiert. „Gewöhnliche Menschen sicher nicht. Werden die Jäger speziell ausgebildet oder besitzen sie besondere Gaben?"

Jens gab ihm weiter bereitwillig Auskunft: „Es gibt keine Ausbildung, zumindest nicht was das erkennen von Dämonen betrifft. Das können nur Menschen mit besonderen Fähigkeiten, wie Hexen, Seher oder Schamanen. Auch einige Priester sind fähig Dämonen zu erkennen."

„Und wie verhält es sich bei Ihnen?"

„Ich selbst besitze diese Fähigkeit leider nicht."

Midas schaute ihn grübelnd an, während er den Wahrheitsgehalt von Jens Antworten überprüfte. Ab und zu begegnete er Menschen, die eine gewisse Resistenz gegen seinen Bann entwickelten oder instinktiv dagegen ankämpften. Doch sein Gegenüber gehörte nicht dazu. Was ihn eigentlich ein wenig verwunderte, da Jens mit Leib und Seele in seinem Beruf als Dämonenjäger aufzugehen schien.

Umso besser, dachte er bei sich. Denn in seinem Jahrhunderte währenden Leben hatte ihm schon so mancher, mit seherischen Fähigkeiten ausgestatteter Jäger das Leben schwer gemacht.

Er fragte weiter: „Wie wollen Sie Dämonen bekämpfen, wenn Sie gar keine wahrnehmen können? Das erscheint mir unmöglich."

Wiederum antwortete Jens ihm verblüffend ehrlich. „Ich arbeite mit einem Priester zusammen, der diese Fähigkeiten besitzt. Er berichtet mir alles, was ich wissen muss und wir entwickeln dann gemeinsam die Pläne zur Vernichtung des Dämons. Diese Art der Zusammenarbeit hat sich bewährt, denn dadurch habe ich den Kopf frei, um die richtige Strategie auszuknobeln."

„Das heißt, Sie und ihr Partner haben wirklich schon einmal einen Dämon unschädlich gemacht?"

Jens Augen begannen vor Stolz zu funkeln als er antwortete: „Einen? Pah! Wir haben ein ganzes Nest dieser widerlichen Kreaturen ausgehoben."

„Und wie macht man einen Dämon unschädlich?" Das interessierte Midas sehr, vor allem, ob die Vorgehensweise eines Dämonenjägers ähnlich der eines Vampirjägers war. Während seiner langen Lebensspanne hatten schon einige Vampirjäger versucht, ihn zu töten.

Die Methoden, derer sie sich dabei bedienten waren je nach Jahrhundert oder Landstrich verschieden ausgefallen. Einige waren einfach nur lachhaft oder nervend gewesen, andere hatten seine geheime Existenz zumindest vorübergehend in ernsthafte Gefahr gebracht. Als wirklich bedrohlich hatte sich für ihn bislang jedoch nur ein einziger Jäger erwiesen. Doch auch der konnte letztendlich keinen Erfolg verbuchen, wie sein noch immer währendes Dasein bewies. Dennoch konnte es nicht schaden, stets wachsam zu bleiben und immer Augen und Ohren offen zu halten.

„Wir haben es hauptsächlich durch den Einsatz der effektivsten christlichen Waffe, des Exorzismus geschafft", erzählte Jens stolz. „Die Dämonen hatten sich die Mönche eines kleinen Ordens ausgesucht und sie zu äußerst unchristlichen Handlungen verführt. Der Obere des Ordens hat uns um Hilfe gebeten, da er sich außerstande sah, den Dämonen allein entgegenzutreten. Gemeinsam mit ihm haben wir den Mönchen ins Gewissen geredet, die Dämonen durch Fasten und Beten zu bekämpfen. Nachdem sich die Unholde endlich von ihren Opfern gelöst hatten, trieben wir sie unter Zuhilfenahme von Weihwasser und brennenden Kreuzen in einen hölzernen Schuppen. Den Boden darum herum hatten wir zuvor geweiht, so dass kein Dämon entweichen konnte. Als alle darin gefangen waren zündeten wir den Schuppen mit den brennenden Kreuzen an. Keine der Kreaturen ist entkommen, sie starben unter schrecklichem Geheul und Gekreische in den Flammen. Als es vorüber war, fegten wir die glimmende Asche zusammen und löschten sie mit Weihwasser, damit auch noch der letzte Lebensfunke ausgelöscht wurde."

Für Midas war das Gehörte beruhigend. Selbst wenn es tatsächlich möglich sein sollte Dämonen durch Gebete, brennende Kreuze oder Weihwasser zu bannen, als Vampir war er gegen jegliche Formen von Exorzismus immun. Auch wenn Kruzifixe in Filmen und Literatur immer wieder als erfolgreiche Bannwaffe gegen Vampire gepriesen wurden, zeigten sie bei ihm keinerlei Wirkung. Dass ein Vampir überhaupt nur schwer zu töten war, wurde eindrucksvoll durch seine schon fünf Jahrhunderte überdauernde Präsenz bestätigt. Doch gab es außer ihm selbst niemanden, der das bestätigen konnte.

Er hatte genug über Dämonen gehört, deshalb kam er endlich zu dem Thema, das ihn am meisten interessierte: „Wie verhält es sich mit Vampiren? Zählen die auch zu den Kreaturen, die von der Kirche gejagt werden?"

Eigentlich wusste er die Antwort darauf bereits. Vampire gehörten sehr wohl ins Beuteschema der christlichen Kirche, das hatte er bereits schmerzhaft am eigenen Leib erfahren müssen. Er musste jedoch unbedingt wissen, ob sich auch die CVKD dem Kampf gegen die Mitglieder seiner Gattung verschrieben hatte. Wenn ja, könnte das seine Pläne empfindlich stören.

„Vampire?" Jens schaute ihn mit gerunzelter Stirn an und überlegte eine Weile bevor er antwortete: „Vermutlich schon, allerdings habe ich bislang noch keinen gejagt. Falls mir jedoch einer begegnen sollte, würde ich selbstverständlich versuchen ihn unschädlich zu machen. Aber wie kommen Sie auf Vampire?"

Midas merkte, dass er seinen Bann unbewusst gelockert hatte, wie ihm das plötzlich in Jens Augen aufloderte Neugier bewies. Er beeilte sich dessen Gedanken erneut zu vernebeln, bevor sich das Wort *Vampir* darin manifestierte. Denn was sich einmal im Kopf eines Menschen festgesetzt hatte, konnte auch sein magischer Bann nicht mehr daraus entfernen.

Ein Blick zu Sina machte ihm gänzlich deutlich, dass es an der Zeit war die Frageaktion zu beenden. Sie hatte aufgehört zu essen und schaute ihn nachdenklich an.

Midas stieß einen lautlosen Fluch aus, der seinem eigenen Leichtsinn galt. Er hatte lange Jahre die Gesellschaft von Menschen gemieden, sie nur aufgesucht, um sich von ihrem Blut zu ernähren. Dazu hatte er die Gabe des Gedankenvernebelns immer nur kurzzeitig anwenden müssen. Zudem waren es meist Einzelpersonen gewesen, auf die er sich voll und ganz konzentrieren konnte. Die Gehirne mehrerer Menschen über längere Zeit zu manipulieren war für jeden Vampir anstrengend. Außer Sina und Jens befanden sich ja auch noch Anna und ihr Mann in unmittelbarer Nähe, die er daran hindern musste das Zimmer zu betreten.

Obwohl er noch nicht alles erfahren hatte was er wissen wollte, beendete er vorerst sein Frage- und Antwortspiel und löste behutsam seinen Bann auf. Fast schlagartig veränderte sich Jens eben noch nachgiebiges Verhalten und er musterte Midas erneut mit bösem Blick. Allerdings hatte er vergessen, welch aufschlussreiche Dinge er soeben preisgegeben hatte. Er kam deshalb umgehend auf das ursprüngliche Gespräch zurück, das Midas mit seiner abfälligen Bemerkung über die Existenz von Vampiren unterbrochen hatte.

Entrüstet hielt er ihm vor: „Ich lebe im hier und heute, genau wie Sie. Trotzdem glaube ich dass es Wesen gibt, die zwar vorgeben menschlich zu sein, es aber nicht sind. Zumindest würde ich nicht behaupten es gäbe keine Vampire, obwohl ich zugeben muss, dass mir noch keiner begegnet ist. Aber wenn Sie hören, was wir erst vor kurzem erfahren haben, würden Sie ihre Meinung vielleicht auch ändern."

„Stell dir vor, was wir im Dorf gehört haben", mischte sich Sina aufgeregt ein. „Ella Krüger wurde ermordet. Angeblich soll sie übel zugerichtet und völlig blutleer aufgefunden worden sein. Deshalb wird gemunkelt, ein Vampir habe sie ausgesaugt."

„Ella Krüger - ermordet - von einem Vampir?" Midas schien einen Moment fassungslos, Sina konnte sich nicht erinnern, ihn jemals so bestürzt gesehen zu haben. Dabei wusste sie nicht zu sagen ob es Ellas Tod war der ihn schockierte, oder eher die Behauptung, dass sie durch einen Vampir gestorben sein sollte. Misstrauisch studierte sie seine Miene, doch er hatte sich schnell wieder in der Gewalt.

„Sicher wird sich eine plausible Erklärung für das Fehlen ihres Blutes finden", knurrte er gereizt. Doch sie meinte, dass er nicht ganz so selbstsicher klang, wie sie es von ihm gewohnt war. Hatte Ella Krüger ihm vielleicht doch mehr bedeutet als er ihr gegenüber vorgegeben hatte?

Ein Stich Eifersucht bohrte sich in ihr Gehirn, sie verscheuchte ihn jedoch schnell wieder weil es ihr pietätlos vorkam auf eine tote Frau eifersüchtig zu sein. Zudem wurde sie das Gefühl nicht los, dass ausgerechnet das Wort *Vampir* für Midas offensichtliche Verwirrung verantwortlich war. Wo er doch eben noch Jens wegen dessen Glauben an diese Wesen verspottet hatte.

Er schien tatsächlich verunsichert, so wie er da saß und gedankenverloren das Bierglas zwischen seinen Händen drehte. Eine steile Falte zwischen seinen Brauen verlieh seinem Gesicht einen grüblerischen Ausdruck. Schließlich stellte er das Glas abrupt auf dem Tisch ab und stand auf.

„Ich muss wieder weg", sagte er und es klang schroff. Eiligen Schrittes verließ er den Raum und seine Schritte verklangen kurz darauf im Flur. Das laute Zuschlagen der Haustür klang endgültig.

„Was ist denn plötzlich in den gefahren?" fragte Jens verdutzt und starrte zur Tür. „Man könnte fast meinen, der Tod dieser Krüger ginge ihm nahe. Hat er sie denn gut gekannt?"

Sina konnte nicht verhindern, dass ihr Ton sarkastisch klang, doch sie beschränkte sich auf die ihr bekannten Tatsachen. „Ja, das hat er allerdings. Frau Krügers Unternehmen ist mit der Ausführung der Bauarbeiten beauftragt worden."

„Vielleicht fürchtet er, die Arbeiten würden nach ihrem Tod nicht fertig gestellt werden", mutmaßte Jens. „Gibt es denn jemanden der den Betrieb weiterführt?"

„Keine Ahnung. Ich habe die Frau nur einmal gesehen und nur über die anliegenden Arbeiten mit ihr gesprochen." Sie gähnte verhalten und schaute Jens entschuldigend an. „Tut mir leid Jens, aber ich bin ziemlich müde und würde gern zu Bett gehen."

Es war eine unausgesprochene Aufforderung an ihn zu gehen. Jens verstand und erhob sich. „Ich muss sowieso gehen, ich will mir ja im Dorf noch ein Zimmer suchen." Auf dem Weg zur Tür drehte er sich nochmals zu ihr um. „Überlegst du es dir nochmals mit unserer Trennung? Darf ich dich morgen anrufen?"

Sein Blick war so flehend, dass er ihr fast schon wieder leid tat. Trotzdem blieb sie hart und schüttelte den Kopf. „Es hat keinen Sinn mit uns Beiden, begreif das doch endlich. Aber anrufen kannst du mich selbstverständlich, schließlich möchte ich dich nicht als Freund verlieren. Gute Nacht Jens!"

Niedergeschlagen erwiderte er ihren Gruß und ging dann endlich. Sie horchte seinen Schritten nach und verglich sie im Geiste mit denen von Midas. Deutlich meinte sie den Unterschied zu hören, Midas Schritt hatte selbstsicher geklungen, herausfordernd. Jens hingegen klang leiser, so als wolle er kein unnötiges Geräusch machen. Als sich die Eingangstür mit leisem Klacken hinter ihm schloss blieb keine Präsenz von ihm zurück.

Sina erhob sich ebenfalls von ihrem Stuhl. Sie war müde und die Füße taten ihr weh. Sie stellte Jens und ihren Teller übereinander, klemmte sich die leeren Bierflaschen unter den Arm und griff zum Schluss nach den Gläsern. Sie trug ihre Last in die Küche und stellte sie auf der Spüle ab. Nachdem sie noch ein paar belanglose Worte mit Anna gewechselt hatte, wünschte sie ihr eine gute Nacht.

Auf dem Tisch im Speisezimmer stand noch immer Midas Bierglas und -flasche. Beide waren jeweils zur Hälfte voll, wie sie wusste hatte er nichts davon getrunken. Kurz entschlossen nahm sie Glas und Flasche mit hinauf in ihr Turmzimmer. Sie wollte heute Nacht tief und fest schlafen und sich nicht grübelnd im Bett herum werfen und hoffte, der zusätzliche Schlummertrunk würde ihr zur nötigen Bettschwere verhelfen.

Midas lenkte seinen Wagen das gewundene, mit groben Steinen gepflasterte Sträßchen entlang, das von der Burg ins Dorf führte. Seine Miene war versteinert, seine Zähne, vor hilfloser Wut zusammengepresst, knirschten leise. Obwohl er es eigentlich sicher zu wissen glaubte, musste er sich doch Gewissheit verschaffen. Gewissheit darüber, dass ihn sein Erzfeind Zenon nach so vielen Jahren doch wieder aufgespürt hatte. War es ein Fehler gewesen, an die Stätte seiner Kindheit und Jugend zurückzukehren? Nach fünf Jahrhunderten, die er in allen Teilen der Welt zugebracht hatte, war er sich eigentlich sicher gewesen, Zenon endgültig abgeschüttelt zu haben.

„Verdammter Bastard" knirschte er durch die Zähne und hob die Faust, um sie aufs Armaturenbrett zu schmettern. Doch er bezähmte sich mühsam und schloss seine Finger wieder behutsam um das Lenkrad. Zu gut wusste er um seine zerstörerischen Kräfte, es war unsinnig seinen Zorn an dem Auto auszulassen.

Er durfte nicht die Nerven verlieren, denn das bezweckte sein Gegner nur. Zenon wollte ihn verunsichern, so dass er in Panik geriet und einen verhängnisvollen Fehler beging. Doch diesen Gefallen würde er ihm nicht tun, so wie er ihm schon zigmal entkommen war, würde er ihn auch dieses Mal überlisten.

Er war an seinem Ziel, dem Haus von Ella Krüger, angekommen und stellte den Motor ab. Lange starte er das Gebäude an, das inmitten eines parkähnlich angelegten Gartens lag. Schließlich stieg er aus und ging auf den Eingang des Gartens zu. Dabei spähte und witterte er in die Nacht, wie ein Raubtier, das gefährliches Terrain nach möglichen Feinden absuchte. Aber da war niemand. Zwar hingen noch immer die Gerüche der Menschen in der Luft, die den Mord an Ella Krüger untersuchten, doch sie waren nur noch schwach ausgeprägt. Es war Stunden her, seit der letzte Mensch das Haus verlassen hatte.

Intensiver nahm er hingegen den Geruch von Tod und Blut wahr, Ellas Blut wie er unschwer erkannte. An seinem geistigen Auge zogen Bilder vorbei, Ella nackt auf ihrem Bett, berauscht vom Sex, den er mit ihr hatte. Und noch immer meinte er das Aroma ihres Blutes auf der Zunge zu schmecken. Doch getötet hatte er sie nicht, als er sie verließ hatte sie ermattet aber unversehrt schlafend auf ihrem zerwühlten Bett gelegen.

Noch ein dritter Geruch hing in der Luft, schwer und ätzend wie eine Giftwolke. Obwohl sein Träger schon längst verschwunden war, lag seine Ausdünstung über dem gesamten Anwesen wie der Gestank eines Raubtieres. Midas kannte diesen Geruch nur zu gut, wie immer erregte er Abscheu und Übelkeit in ihm. Es war der typische Gestank eines Ghouls. Ein Ghoul war eine seelenlose Kreatur, von einem Vampir erschaffen und ihm sklavisch ergeben.

Midas wusste, dass Zenon öfter mindestens eines dieser widerlichen Monster bei sich hatte. Sie taten die Drecksarbeit für ihn und falls einer getötet wurde, erschuf er sich kurzerhand einen neuen indem er sich einen Menschen mit verbrecherischer Gesinnung aussuchte und ihn in eine reißende Bestie verwandelte. Sobald er ihm lästig wurde tötete er seinen Handlanger um sich den nächsten zu erschaffen, sobald er ihn benötigte.

Der Ghoul hatte Ella in Zenons Auftrag getötet, das war Midas sofort klar. Ein Vampir würde sich niemals zu solch einer widerlichen Bluttat herablassen. Vampire nährten sich zwar vom Blut der Menschen aber sie töteten ihre Wirtspersonen in der Regel nicht. Wenn es doch einmal geschah, dann so, dass man dem Opfer den Gewaltakt nicht ansah. Außerdem wurde der Leichnam dann so gut versteckt, dass er meist nie mehr auftauchte.

Der Ghoul hatte Ella getötet, ihr Blut getrunken und danach den toten Körper zerfleischt und Stücke davon verschlungen. Die Reste ließ er liegen, vermutlich um später zurückzukehren und nochmals davon zu fressen. Menschenfleisch und -blut war eine Delikatesse für einen Ghoul, die ihm normalerweise vorenthalten wurde. Seine übliche Nahrung bestand aus dem Blut von Schafen oder Ziegen oder auch aus Kadavern.

Midas war sich sicher, dass die Bestie in Zenons Auftrag gehandelt hatte, ein Ghoul tat nie etwas ohne den ausdrücklichen Befehl seines Meisters. Zenon hatte mit dem Mord an Ella bezweckt, dass der Verdacht auf ihn, Midas, fallen sollte. Er war von etlichen Dorfbewohnern in Begleitung der attraktiven Unternehmerin gesehen worden und bestimmt war darüber gemunkelt worden, ob wohl mehr zwischen ihnen lief. Es interessierte ihn nicht besonders, ob man ihm das Image eines Lebemann oder Verführer aufstempelte, Hauptsache man nahm ihn als neuen Burgherrn wahr. Da er die Absicht hatte für lange Zeit hier zu bleiben, war es wichtig jedermann bekannt zu sein. Welchen Ruf er dabei genoss war ihm eher gleichgültig, solange man ihn nur nicht als Vampir entlarvte.

Das war sicher auch nicht in Zenons Sinn. Auch für ihn konnte es schnell brenzlig werden, falls sich aufgebrachte Dorfbewohner auf die Suche nach einem Blutsauger machten. Nein, Zenon wollte ihn als Ellas Mörder denunzieren um ihn so zu zwingen Burg Walberg zu verlassen und Hals über Kopf zu flüchten. Damit er ihn erneut jagen konnte.

Denn nur in seinem eigenen Heim war Midas sicher vor seinem vampirischen Verfolger, Zenon konnte dort nur hinein, wenn er Midas ausdrückliche Einladung dazu erhielt. Aber er würde den Teufel tun, ihm freiwillig Einlass zu gewähren. Lange genug war er von Zenon durch sämtliche Länder der Welt gejagt worden und mehrmals war er ihm in die Fänge geraten. Er wusste selbst nicht mehr zu sagen, welch glücklichen Zufällen er es verdankte, noch immer am Leben zu sein. Wenn er an deren Existenz glauben würde, müsste er vielen Schutzengeln dafür Danke sagen, dass sie ihn nicht im Stich gelassen hatten.

Er konzentrierte seine Gedanken wieder auf das Wesentliche. Hier vor Ellas Grundstück konnte er nichts mehr erfahren, ihr toter Körper war längst in die Gerichtsmedizin gebracht worden. Und Zenons widerliche Kreatur würde nicht mehr hierher zurückkehren. Der Ghoul hatte seine blutige Aufgabe erfüllt und war bestimmt längst von seinem Herrn eliminiert worden. Der alte, erfahrene Vampir hatte sicher umgehend dafür gesorgt, dass nicht der geringste Hinweis seine geheime Existenz verriet.

Midas überlegte, was er als nächstes tun sollte. Kurz dachte er daran, die Polizeistation aufzusuchen um einen Blick in die Mordakten zu werfen. Doch er verwarf den Gedanken schnell wieder, er würde darin nichts finden, dass für ihn interessant wäre.

Dann plötzlich kam ihm eine Idee, die ihn zuerst selbst verwegen vorkam. Doch je länger er sie überdachte, desto weniger gefährlich stufte er sie ein. Bis er schließlich endgültig den Entschluss fasste: Er würde sich auf die Suche nach Zenon machen und falls er ihn fand, zur Rede stellen.

Entschlossen startete er den Motor und steuerte den Wagen in Richtung des Dorfplatzes. Von dort würde er seine Suche starten und wenn er sich nicht ganz irrte, würde er schnell fündig werden.

Kapitel 6:   In tödlicher Gefahr

Jens parkte sein Auto auf dem Parkplatz im Zentrum des Ortes. Er stieg aus und schaute sich kurz um. Viel war um diese Zeit, es ging auf einundzwanzig Uhr zu, nicht mehr los stellte er fest. Es waren kaum noch Menschen unterwegs. Immerhin hatten alle drei Gasthäuser des Ortskerns geöffnet, wie er an der Leuchtreklame erkannte. Kurz entschlossen steuerte er den „Burggeist" an, der Wirt würde ihn bestimmt wieder erkennen und ihm hoffentlich noch ein paar Details zu dem mysteriösen Mordfall berichten. Wenn er Glück hatte, konnte er vielleicht sogar ein Zimmer bekommen. Er war nicht anspruchsvoll was seine Unterkunft betraf, wenn das Bett sauber war und eine Möglichkeit zum Duschen bestand, war er vollauf zufrieden.

Lautes Stimmengewirr schlug ihm entgegen als er die alte Wirtschaft betrat, der „Burggeist" schien ein beliebter Treffpunkt zu sein. Tatsächlich war kein Tisch mehr frei und Jens überlegte, ob er doch eine der beiden anderen Kneipen aufsuchen sollte. Doch dann entdeckte er einen Tisch an dem ein einzelner Mann saß und brütend vor sich auf den Tisch starrte. Just in dem Moment als Jens ihn beobachtete sah er auf. Ein Lächeln spielte um seine Lippen und ehe er sich besann stand Jens schon an dem Tisch.

„Ist hier noch frei?" fragte er höflich und der Fremde deutete mit einladender Geste auf den Stuhl der seinem gegenüber stand. Jens setzte sich hin und musterte seinen Tischnachbarn neugierig. Doch der schien das Interesse an ihm bereits wieder verloren zu haben, er hielt den Kopf abgewandt und starrte durch die Fensterscheibe in die Nacht. Was für ein ungewöhnlich schönes Männergesicht, dachte Jens bei sich. Und wunderte sich sofort über sich selbst, denn im allgemeinen schaute er Männer, mit denen er nicht direkt zu tun hatte, höchstens flüchtig an. Doch dieser hier fiel ihm auf, aus welchem Grund das so war wusste er im ersten Moment gar nicht zu sagen. Dann fiel es ihm wie Schuppen von den Augen; der Mann sah dem Grafen von Walberg ähnlich. Nicht unbedingt von den Gesichtszügen her, darin bestand eigentlich keinerlei Ähnlichkeit. Nein, es war eher die Art des

Fremden, sich darzustellen. Genau wie von Walberg machte er einen durchtrainierten und geschmeidigen Eindruck, der an eine sprungbereite Raubkatze erinnerte. Dazu kam dieser schläfrige Gesichtsausdruck, der völliges Desinteresse an seiner Umgebung vortäuschte. Aber eben nur vortäuschte, denn dem Mann schien nichts zu entgehen. Seine halb unter den Lidern verborgenen Augen zuckten immer wieder zu der fröhlichen Wirtschaftsrunde, überflogen alles im Sekundenbruchteil um gleich darauf wieder aus dem Fenster zu starren, als erwarte er dort draußen jemanden Bestimmtes zu entdecken.

Der Wirt kam angeschlurft um Jens nach seinen Wünschen zu fragen. Er bestellte ein Bier und fragte gleich nach einem Zimmer.

„Hier im Haus gibt es keine Gästezimmer", gab der Wirt mit bedauerndem Kopfschütteln Auskunft. „Aber gleich um die Ecke betreibt meine Tochter eine kleine Frühstückspension. Ich kann sie gerne anrufen und fragen, ob sie noch etwas frei hat. Wie lange wollen Sie denn bleiben?"

„Ich denke, etwa eine Woche, vielleicht wird es auch etwas länger werden."

Der Wirt zog von dannen und kam Minuten später mit einem Bier und der Nachricht zurück, dass Jens bei seiner Tochter wohnen könne. Das Zimmer wäre in einer Stunde fertig.

Jens dankte ihm und der Wirt tappte zu seiner Theke zurück.

„Sind Sie geschäftlich hier?" ertönte plötzlich eine angenehm dunkle Stimme. Jens sah auf und direkt in die dunklen Augen seines Gegenübers, der ihn jetzt aufmerksam musterte. „Welche Geschäfte kann man in solch einem verschlafenen Nest denn tätigen?"

„Nun, Sie sind doch sicher auch nicht von hier", mutmaßte Jens nach einem forschenden Blick. Er hatte nicht die Absicht, einem Fremden seine Pläne zu erläutern. „Was hat Sie denn hierher verschlagen?"

Der Mann schien seine Gedanken zu ahnen und lachte gutmütig: „Nichts für ungut, ich hatte nicht die Absicht, sie auszuhorchen, ich wollte bloß ein harmloses Gespräch mit Ihnen beginnen. Wie sie richtig vermuten bin ich auch nicht von hier. Mit den Einheimischen kommt man nicht so leicht ins Gespräch, die bleiben lieber unter sich. Da wird einem schnell langweilig."

Er prostete Jens mit seinem Rotwein zu, von dem er noch nichts getrunken hatte und nahm dann einen winzigen Schluck. Sein Gesicht verzog sich kurz, so als hätte er Essig getrunken. „Nicht ganz nach meinem Geschmack", sagte er und schob das Glas weit von sich. „Ich kann dem Zeug nichts abgewinnen."

Warum bestellte er sich einen Wein, wenn er gar keinen mochte? wunderte sich Jens im Stillen, sprach es aber nicht aus. Der Fremde strahlte Autorität und Unnahbarkeit aus - auch das hatte er mit von Walberg gemein - die seine Mitmenschen davon abhielten, allzu vertraulich zu werden.

„Die Leute beschäftigt wahrscheinlich dieser grausame Mord an einer Bewohnerin des Ortes", sagte er stattdessen um das Gespräch fortzuführen. „So etwas kommt hier höchstens alle hundert Jahre einmal vor, wenn überhaupt. Haben Sie davon gehört?"

„Der Mord an dieser Unternehmerin? Ja, davon hörte ich. Schreckliche Sache." Der Fremde sprach es so gelangweilt aus, als interessiere ihn eigentlich nichts weniger. Kein Zweifel, er wollte nicht darüber sprechen. Jens war es egal, was sollte dieser durchreisende Geschäftsmann schon wissen? Es war sicher informativer sich mit den Einheimischen zu unterhalten.

Er löste seinen Blick von dem Fremden und ließ ihn über die Anwesenden schweifen, auf der Suche nach einem Gesicht, das er vom Nachmittag kannte. Aber von den Männern war keiner mehr hier, stellte er mit leisem Bedauern fest. Und der Wirt hatte zu viel zu tun, von dem würde er heute vermutlich auch keine weiteren Einzelheiten zu dem Mordfall erfahren. Enttäuscht nahm er einen tiefen Schluck aus seinem Glas und schaute dann wieder auf den Fremden.

Der Mann schien ihn beobachtet zu haben, seltsam starr blickten ihn die dunklen Augen an um dann schnell von ihm abzugleiten.

„Kennen Sie den neuen Burgbesitzer?" Die Frage kam so unvermittelt und klang so fordernd, dass Jens mechanisch nickte und spontan antwortete: „Herr von Walberg? Ja, den kenne ich." Verwirrt schaute er in das Gesicht, das sich ihm wieder zuwandte. Die magischen Augen des Fremden schienen in seine eigenen zu dringen und hinderten ihn daran, den Blick abzuwenden. Er fühlte sich plötzlich schwach und ausgelaugt, so als würde jegliche Energie aus ihm gesogen. Seine Gedanken stockten und er merkte gar nicht, dass er seinem Gegenüber bereitwillig Rede und Antwort stand.

Dabei sprach er kein Wort, saß stumm da, die Hand locker um sein Glas gelegt und den Rücken bequem an die Stuhllehne gedrückt. Für die anderen Gäste wirkte er wie ein Mann, der entspannt sein Bier geniest.

Nachdem der Fremde alles erfahren hatte was er wissen wollte, gab er Jens Gedanken wieder frei, jedoch nur soweit, dass der in der Lage war zu sprechen und dem Wirt zu antworten, der jetzt wieder an den Tisch kam. Er legte einen Schlüssel auf den Tisch, an dem ein Plastikanhänger mit einer Zahl darauf hing.

„Der passt für die Haus- und die Zimmertür", erklärte er knapp. „Die Pension ist gleich links um die Ecke, „Haus Ellen" steht in Leuchtschrift darüber. Sie können sie nicht verfehlen."

Jens griff nach dem Schlüssel und murmelte ein „Danke." Dann griff er in die Tasche um ein paar Münzen für sein Bier hervorzukramen und drückte sie dem Wirt in die Hand. Auch sein Tischnachbar nutzte die Gelegenheit, seine Zeche zu zahlen. Nachdem der Wirt gegangen war erhob er sich und legte seine Hand leicht auf Jens Arm. Der erhob sich wie selbstverständlich und verließ neben dem Fremden die Wirtschaft.

Auch draußen wich er nicht von der Seite des Mannes, der zielstrebig den Fußweg zur Burg einschlug. Schweigend liefen sie durch die Nacht. Obwohl es so dunkel war, dass man kaum die Hand vor Augen sehen konnte, schritt der Fremde zügig voran. Ab und zu packte er Jens am Arm wenn der über eine Wurzel oder einen Stein stolperte. Er selbst strauchelte kein einziges Mal, so als könne er jedes Hindernis erkennen.

Noch immer lief Jens wie in Trance neben dem Mann her, ohne eine Frage nach dem Ziel ihres Spaziergangs zu stellen. Er bemerkte auch nicht, dass sie auf dem Parkplatz vorm Burgeingang stehen blieben. Der Fremde spähte einen Moment durch das schmiedeeiserne Eingangstor und schien in die Nacht zu wittern wie ein Raubtier. Dann wandte er sich Jens zu und befahl ihm knapp:

„Ruf deine Freundin an und bitte sie, herunter auf den Parkplatz zu kommen. Sag ihr, du hättest dich verletzt und bräuchtest ihre Hilfe."

Auch jetzt dachte Jens nicht daran, sich ihm zu widersetzen. Willenlos griff er in seine Jacke, holte sein Handy hervor und wählte Sinas Nummer.

Nachdem sie heiß geduscht hatte, verließ Sina das kleine Badezimmer. Für einen Moment genoss sie die frische Nachtluft, die durch das geöffnete Fenster über ihren nackten Körper strich. Sie hatte sich nur flüchtig abgetrocknet, die kühle Luft bewirkte, dass eine Gänsehaut ihre Arme und Beine überlief, weshalb sie schnell zu ihrem Nachthemd griff und es sich überzog. Unschlüssig setzte sie sich auf den Bettrand, zum Schlafen war es noch viel zu früh und sie überlegte, ob sie fernsehen oder lesen sollte. Die Kramers hatten ihr einen kleinen tragbaren Fernseher ins Zimmer gestellt, den sie allerdings noch nicht benutzt hatte. Ein kurzer Blick ins Programmheft ließ sie dann aber doch zu dem Buch greifen, wie meist bot das Fernsehprogramm nichts nach ihrem Geschmack.

Aus den vorhandenen Kissen baute sie sich einen gemütlichen Berg hinter ihrem Rücken zusammen und kuschelte sich hinein. Sie griff nach dem Buch und schlug es auf. Nach den Erlebnissen der letzten Zeit erweckten Vampire etwas mehr ihr Interesse, vielleicht war Jens Geschenk ja doch nicht so langweilig, wie sie eigentlich vermutet hatte. Das Nachtlämpchen über dem Bett gab gerade genug Licht ab, dass sie die Buchstaben gut erkennen konnte. Midas Bier stand griffbereit auf dem Nachtkasten neben dem Bett, hin und wieder nahm sie einen Schluck während sie versuchte, sich in das Buch hineinzulesen. Und bald war sie tatsächlich fasziniert von dem was sie las.

Als ihr Handy klingelte zuckte sie leicht zusammen und ihr Blick glitt zu dem kleinen Wecker auf dem Nachttisch. Zwanzig vor Zehn, wer wollte sie um diese Zeit noch sprechen? Seufzend legte sie das Buch weg und stand auf um ihr Handy zu suchen. Das hartnäckige Klingeln wies ihr den Weg und sie kramte das Minitelefon aus der Tasche ihrer Jeans, die über dem Stuhl hing. Etwas ungehalten murmelte sie ihren Namen hinein.

„Hallo Sina, tut mir leid, dass ich dich so spät noch störe. Aber mir ist ein kleines Missgeschick passiert. Ich habe mich verletzt und bringe das bluten nicht zum Stillstand. Kannst du mir vielleicht helfen?"

Sina war sofort besorgt und fragte nach: „Verletzt? Eine Blutung? Was um Himmels Willen ist geschehen?" Vor ihrem geistigen Auge sah sie Jens blutüberströmt in irgendeiner Ecke liegen und ihr Herz begann vor Aufregung zu rasen. Auch Jens beschwichtigende Worte konnten sie nicht wirklich beruhigen.

„Es ist nicht so schlimm, nur eine Schnittwunde. Aber sie hört nicht zu bluten auf. Und du fielst mir als Einzige ein…"

„Wo bist du denn? Wäre es nicht besser, du würdest einen Arzt aufsuchen?" Nach dem ersten Schrecken begann Sinas Gehirn wieder logisch zu denken. Deshalb ließ sie Jens Antwort verwundert die Augenbrauen hochziehen.

„Ich stehe auf dem Parkplatz vor der Burg. Kannst du bitte zu mir herunter kommen?"

„Auf dem Parkplatz? Aber warum kommst du nicht herein? Die Krämers sind bestimmt noch auf, sie gehen vor 23 Uhr nicht zu Bett." Eine Pause entstand und Sina meinte Jens murmeln zu hören. Dann war er wieder dran und sagte kleinlaut: „Ich wollte nicht, dass mich jemand sieht. Ich erkläre es dir wenn du hier bist. Du kommst doch, oder?"

In Sinas Kopf begann eine Alarmglocke zu läuten, doch sie ignorierte sie. Mit Jens stimmte etwas nicht und sie musste ihm helfen.

„Ich komme sofort, muss mich nur schnell anziehen", sagte sie deshalb und unterbrach die Verbindung. Achtlos warf sie das Handy auf den Tisch und zog sich das Nachthemd über den Kopf. Für Unterwäsche nahm sie sich nicht die Zeit, streifte hastig Jeans und T-Shirt über und schlüpfte in ihre Schuhe. Dann eilte sie aus dem

Zimmer und die Treppe hinab. Weder Anna noch Walter Krämer schienen sie zu hören, was Sina nur Recht war. Die Tür ließ sie offen stehen und lief den nur spärlich beleuchteten Weg zum Parkplatz entlang. Inzwischen hatten sich ihre Augen an die Dunkelheit gewöhnt so dass sie Jens sogleich erspähte, der neben einem Gebüsch stand und irgendwie verloren zu ihr hersah. Erneut keimte Misstrauen in ihr auf, zumindest auf den ersten Blick wirkte ihr Ex-Verlobter vollkommen unversehrt. Dennoch ging sie weiter auf ihn zu, bis sie direkt vor ihm stand.

Sein Augenausdruck war anders als sonst, er kam ihr leer vor, so als wisse er gar nicht, wo er sich befand. Und er sah durch sie hindurch, reagierte überhaupt nicht auf ihr Erscheinen.

„Jens, was ist los? Wo bist du verletzt? Sag doch was." Sie wollte nach ihm greifen, da nahm sie eine Bewegung in den Büschen wahr und erstarrte als ein großer, schlanker Mann daraus hervortrat. Er musterte sie kurz mit kaltem Blick und grinste dann zynisch.

„Dachte ich's mir doch, dass er Sie zu seiner Geliebten gemacht hat. Er lässt wirklich nichts anbrennen. Erst die Krüger und jetzt Sie, hat mich mein Instinkt also nicht getäuscht."

Sina starrte ihn verwirrt an, wovon sprach dieser Mann überhaupt? Ihre aufkeimende Angst wurde von Ärger überdeckt, der in ihr aufwallte. Wessen Geliebte sollte sie sein? Seltsam, dass ihr sofort Midas in den Sinn kam. Verdammte Träume.

Doch der Fremde ließ ihr keine Zeit zum Nachdenken. Bedrohlich nahe trat er an sie heran und starrte auf sie herab.

„Wirklich schade um Sie", murmelte er und es klang fast bedauernd. Seine Augen jedoch blickten kalt und ohne jeden Funken Mitleid. Er trat noch näher an sie heran, langsam und selbstsicher, sie würde ihm nicht entkommen. Sein Mund verzog sich zu einer grausamen Grimasse ehe er ihn öffnete und lange, spitze Zähne freigab.

Sina, von Entsetzen gepackt, konnte sich nicht rühren. Wie hypnotisiert starrte sie auf seinen Mund, der sich weit öffnete, weiter als ein Mensch das konnte. Seine unheimlichen Fangzähne blitzten wie Kristalle im spärlichen Mondlicht. Wie in Zeitlupe näherten sie sich ihrem Hals und sie spürte seine Hände wie Klauen um ihre Oberarme. Unnachgiebig zog er sie zu sich heran.

Sina konnte weder denken noch sich wehren. Die Zeit und ihr Herz schienen stehen zu bleiben, sie nahm nichts wahr außer diesen grauenhaften Zähnen, die nun schon über die Haut ihrer Kehle strichen. Ergeben schloss sie die Augen, wartete auf den tödlichen Biss.

Doch stattdessen spürte sie einen plötzlichen Ruck und die Umklammerung um ihre Arme löste sich abrupt. Sie stolperte zur Seite und riss die Augen auf. Zuerst sah sie nur zwei Schatten die miteinander rangen. Dann erkannte sie Jens, der den Fremden von ihr wegzuzerren versuchte. Schnell erkannte sie jedoch, dass ihm das nicht gelingen konnte. Sein Kontrahent schien über unglaubliche Kräfte zu verfügen und wehrte ihn mühelos ab. Fast sah es aus als spiele er mit ihm, wie eine Katze mit der Maus. Doch schnell schien er des Spieles überdrüssig, er packte Jens grob am Arm und verdrehte ihn mit brachialer Gewalt.

Jens stieß einen schrillen Schrei aus und fiel auf die Knie, sein Arm, noch immer im Griff des Monsters, stand unnatürlich nach hinten ab. Er keuchte vor Schmerz und war zu keiner Gegenwehr mehr fähig.

Den Fremden störten die Schmerzenslaute seines Opfers nicht, er zog ihn rücksichtslos hinter sich her und seine freie Hand streckte sich nach Sina aus, die noch immer wie erstarrt stand.

Sie wollte schreien, vor ihm fliehen doch ihre Stimme versagte und ihre Beine schienen schwer wie Blei. Mit angstgeweiteten Augen starrte sie auf die Hand, die nur noch Zentimeter von ihrem Arm entfernt war.

Da wurde sie plötzlich von hinten gepackt und zur Seite gewirbelt. Wäre das dichte Gebüsch nicht gewesen, sie wäre gestürzt und hätte sich vermutlich alle Knochen gebrochen. Aber die Büsche fingen sie federnd auf und milderten ihren Fall. Benommen rappelte sie sich auf die Knie und schaute sich angstvoll um.

Ein paar Meter von ihr entfernt rangen zwei Männer stumm und verbissen miteinander. Es war jedoch nicht Jens, der sich dem unheimlichen Fremden erneut stellte. Jens kauerte ein paar Meter entfernt auf dem Boden und verfolgte trotz seiner Schmerzen gebannt das Schauspiel auf dem Parkplatz. In einiger Entfernung stand mit laufendem Motor ein Wagen, dessen aufgeblendete Lichter wie Theaterscheinwerfer den Kampfplatz beleuchteten.

Sinas Augen wurden weit als sie in dem zweiten Kämpfer Midas erkannte. Vor Schreck blieb ihr fast das Herz stehen und die Angst um ihn schnürte ihre Kehle zu. Aber sie merkte bald, dass Midas im Gegensatz zu Jens dem Fremden durchaus ebenbürtig war. Er konterte geschickt dessen Angriffe und ließ gar nicht erst zu, dass ihm die dolchartigen Zähne des Monsters zu nahe kamen.

Noch war Sina zu benommen um sich über Midas ungewöhnliche Kräfte zu wundern, starren Blickes verfolgte sie den Kampf, ihr einziger Gedanke war, er möge als Sieger daraus hervorgehen. Wenn nicht, würden sie vermutlich alle drei in den Fängen dieses Ungeheuers sterben.

Einige Zeit war nicht klar, welcher der Kämpfer stärker war oder geschickter kämpfte. Beide Männer schenkten sich nichts, rangen miteinander oder schlugen unbarmherzig aufeinander ein. Außer den klatschenden Schlägen oder den scharrenden Füßen war kein Laut zu hören. Falls die Kämpfer Schmerz verspürten, so zeigten sie es nicht und beider Kondition schien unerschöpflich.

Dann wendete sich das Blatt plötzlich zu Midas Gunsten. Es gelang ihm seinem Gegner die Beine unter dem Körper wegzutreten und ihn so zu Boden zu zwingen. Sofort warf er sich auf ihn und hielt ihn mit seinem ganzen Gewicht am Boden.

Doch noch immer gab sich der Fremde nicht geschlagen, er wand sich unter Midas wie eine Schlange und versuchte ihn abzuwerfen. Es gelang ihm einen Arm aus der Umklammerung zu befreien, seine Hand schnellte nach oben und umkrallte die Kehle seines Gegners. Gleichzeitig zuckte sein Kopf so hoch, dass seine dolchartigen Zähne die Haut an Midas Hals streiften und blutige Schrammen darauf hinterließen.

Sina, die noch immer starren Blickes das Schauspiel verfolgte, stieß einen erstickten Laut aus. Sie wollte die Augen vor dem verschließen was unweigerlich folgen musste, doch sie konnte den Blick nicht abwenden.

Aber Midas reagierte mit ebensolcher Schnelligkeit auf den Angriff, er zuckte zur Seite und entging so um haaresbreite dem tödlichen Biss. Das laute Klacken, mit dem die Zähne seines Feindes knapp neben seinem Hals aufeinander schlugen, schien seine Wut zu entfachen und seine Kräfte zu vervielfachen. Er packte die Hand die noch immer seine Kehle umklammert, hielt und drückte sie mit eiserner Kraft nach unten. Ein scharfes Knacken, gefolgt von einem schmerzvollen Schrei, durchbrach die angespannte Stille als die Armknochen des Fremden brachen.

Für Midas war das kein Grund von seinem Gegner abzulassen, im Gegenteil schien er wild entschlossen den Mann vollends unschädlich zu machen. In seinen Augen irrlichterte es und seine Miene war von mörderischer Wut verzerrt. Noch immer hielt er mit seinem Körpergewicht den Fremden am Boden. Jetzt senkte er langsam den Kopf, näherte sich dem Hals seines Feindes und öffnete den Mund. Lange dolchartige Zähne schimmerten kurz im Licht der Autoscheinwerfer auf bevor sie sich in das weiche Fleisch senkten.

Sina stieß einen schrillen Schrei aus als sie ihn so sah. Sie meinte den Verstand zu verlieren, weil ihr schlagartig klar wurde, dass Midas ein ebensolches Monster war wie der Fremde.

Ihr panischer Schrei lenkte Midas für einen Sekundenbruchteil ab und er hielt inne. Im Eifer des Kampfes hatte er Sina und auch Jens völlig vergessen.

Sein Gegner nutzte die winzige Chance sich doch noch zu befreien. Obwohl sein Hals von Midas Zähnen durchbohrt war, riss er sich mit einem verzweifelten Ruck los. Eine Blutfontäne spritzte hoch als die Schlagader zerriss. Dennoch gelang es ihm unter Aufbietung aller Kräfte, seinen gesunden Arm unter Midas Körper vorzuziehen. Seine krallenartigen Finger stießen nach dessen Gesicht und bohrten sich in seine Augen.

Der plötzliche stechende Schmerz entrang Midas einen Schrei, instinktiv versuchte er seine Augen mit der Hand zu schützen. Diesen

Moment der Schwäche nutzte der Andere aus, mit übermenschlicher Anstrengung gelang es ihm Midas von sich zu stoßen und unter ihm hervor zu kriechen. Trotzdem noch immer stoßweise das Blut aus seinem zerfetzten Hals schoss, erhob er sich blitzschnell und flüchtete durch die dichten Büsche in den nahen Wald.

Auch Midas war sofort wieder auf den Füßen und wollte ihm nachsetzen, blieb aber nach wenigen Schritten stehen weil er kaum etwas sah, die Fingernägel seines Gegners hatten ihn mitten in die Augen getroffen. Zwar ließ der rasende Schmerz bereits nach, doch das Blut machte ihn fast blind. Zudem wurde ihm wieder die Anwesenheit von Sina und Jens bewusst, auch ohne es zu sehen wusste er, dass sie ihn beide anstarrten. Schweren Herzens verzichtete er deshalb auf die Verfolgung.

Fragende Gedanken jagten durch sein Gehirn während er dastand und wartete bis die Verletzung seiner Augen soweit abheilte, dass er wieder sehen konnte. Aus alter Erfahrung wusste er, es dauerte nur wenige Minuten bis das Schlimmste überstanden war.

Auch ohne sie zu sehen wusste er, dass Sina und Jens in einiger Entfernung von ihm standen und auf seinen Rücken starrten. Ihre wirren Gedanken drängten in seinen Kopf, doch er blendete sie aus. Es bedurfte nicht der Gabe des Gedankenlesens um zu wissen, was in ihren Köpfen vorging.

Gedankenverloren griff er in die Tasche seiner Jacke und zog ein blütenweißes Taschentuch hervor. Damit wischte er die gröbsten Blutspuren aus seinem Gesicht bevor er sich langsam umdrehte. Wie er vermutet hatte standen sie dicht aneinander gedrängt in der Nähe seines Autos und starrten zu ihm her. In ihren Augen stand Schock, Schmerz und …Grauen. Grauen vor ihm, dem Vampir.

Als er auf sie zuging wichen sie panisch zurück, bis die Mauer in ihrem Rücken sie aufhielt.

Er versuchte erst gar nicht ihnen zu erklären, dass sie von ihm nichts zu befürchten hatten, sondern ging einfach auf sie zu. Dicht vor ihnen blieb er stehen und zwang sie stumm in seinen Bann. Schon nach kurzer Zeit löste sich die Panik in ihren Blicken und sie trotteten neben ihm durch das Burgtor. Er führte sie jedoch nicht zum Portal, im Haupthaus war die Gefahr zu groß, dass ihm Anna oder Walter Krämer über den Weg liefen. Er hatte keine Lust, sich eine plausibel klingende Geschichte auszudenken um ihre neugierigen Fragen zu beantworten. Außerdem stand ihm die nicht einfache Aufgabe bevor, Sina und Jens in das Geheimnis seiner Existenz einzuweihen und ihnen zu erklären, was es mit dem Überfall auf sich hatte, den sie nur knapp überlebt hatten. Der sicherste Ort dafür war seine Wohnung im Burgturm.

Sie folgten ihm wie brave Lämmer durch den dunklen Burggarten ohne Fragen zu stellen. Auch ihre Angst vor ihm war verflogen, zumindest im Moment. Aber er würde sie schon bald wieder aus seinem Bann entlassen müssen, denn das, was er ihnen zu sagen hatte, mussten sie mit klarem Verstand verarbeiten können. Er seufzte bei dem Gedanken unwillkürlich auf. Nein, dies war wahrlich keine gute Nacht.

Sie waren an der versteckt liegenden Tür angekommen, die zu seinem verborgenen kleinen Reich im Turm führte. Midas schloss auf und trat dann zur Seite um seinen unfreiwilligen Gästen den Vortritt zu lassen. Damit sie in der undurchdringlichen Finsternis nicht anstießen oder stolperten betätigte er den Lichtschalter und hoffte, die Lampe würde funktionieren. Er selbst brauchte derlei Hilfsmittel nicht, er besaß die Fähigkeiten einer Fledermaus und konnte Hindernisse erspüren.

Die Lampe tat ihren Dienst so dass Sina und Jens sicheren Fußes die gewundene Steintreppe empor steigen konnten. Midas öffnete ihnen die Tür, die in seine Wohnung führte und ließ sie eintreten. Abermals betätigte er den Lichtschalter und von der hohen Decke sandte ein Kronleuchter sanftes Licht in das geräumige Zimmer. Es war mit uralten aber sehr gemütlich wirkenden, gut gepflegten Möbelstücken ausgestattet.

Mit einer einladenden Handbewegung bat Midas seine Gäste sich zu setzen und sie taten es, als wäre es die selbstverständlichste Sache der Welt. Er selbst blieb stehen, ein paar Schritte von ihnen entfernt, und musterte beide nachdenklich. Dabei fiel ihm auf, dass Jens seinen rechten Arm unnatürlich hielt und auch einen angespannten Gesichtsausdruck hatte, so als würde er Schmerzen leiden. Er erinnerte sich, dass Zenon Jens den Arm auf den Rücken gedreht und dabei eventuell gebrochen hatte. Kurz entschlossen ging er auf ihn zu. „Zeig mir deinen Arm", befahl er knapp und Jens versuchte gehorsam ihm zu gehorchen. Aber er konnte den Arm kaum bewegen und stieß einen Schmerzenslaut aus.

„Lass mich mal sehen, keine Angst, ich tu dir nicht weh." Ehe Jens reagieren konnte legte er seine Hand auf dessen Schultergelenk und befühlte es kurz. Es war ausgerenkt, stellte er fest. Ohne ein Wort zu sagen fasste er fest zu und packte mit der freien Hand Jens Unterarm. Dann verdrehte er den Arm blitzschnell und Jens stieß einen gellenden Schrei aus.

„Das war's schon", murmelte Midas beruhigend. „Ich gebe dir jetzt noch einen Trank, dann sind die Schmerzen gleich vorbei." Ohne eine Antwort abzuwarten ging er zum Schrank und holte eine Flasche und ein Weinglas hervor. Er schenkte etwas Wein ein und beugte sich dann etwas nach vorne. Was er tat konnten weder Jens noch Sina erkennen, da sein Rücken sein Tun verdeckte. Kurz darauf kam er mit dem Glas zurück und reichte es Jens.

„Trink das", befahl er knapp und Jens gehorchte abermals prompt. Er trank die rote Flüssigkeit in einem Zug und verzog dann angewidert das Gesicht. „Brrr, das schmeckt ja eklig."

„Bös' muss Bös' vertreiben", Midas lächelte, wurde aber gleich wieder ernst. „Du wirst gleich merken, dass die Schmerzen verschwinden."

Nach ein paar Minuten entspannte sich Jens tatsächlich merklich, er konnte sogar seinen Arm wieder normal bewegen. „Das ist ja ein wahres Teufelszeug, was hast du mir da eigentlich gegeben?"

Midas sah ihn einen Moment ernst an bevor er antwortete:

„Ein bisschen Rotwein und ein paar Spritzer von meinem Blut. Vampirblut. Sehr heilsam."

Er atmete tief ein, die Stunde der Wahrheit war gekommen. Es wurde Zeit den Bann von den Beiden zu nehmen.

Kapitel 7: Midas Beichte

Sinas Bewusstsein kehrte langsam zurück. Sie fühlte sich wie nach einem wirren Traum, aus dem man nur schwer in die Wirklichkeit zurück fand. Aber die Wirklichkeit war viel schlimmer als jeder Albtraum, den sie jemals gehabt hatte. Die Bilder der Szenen auf dem Parkplatz kehrten mit Macht in ihren Kopf zurück, jedes einzelne grausige Detail. In ihren Gedanken sah sie wieder das Monster mit den langen todbringenden Zähnen, dem sie und Jens beinahe zum Opfer gefallen wären. Und sie sah Midas, der zu ihrer Rettung erschienen war und sich dann in ein ebensolches Monster verwandelt hatte wie der Fremde.

Ihr Kopf ruckte zu ihm hoch und ihre Augen suchten nach dem Anblick, den er ihr zuletzt geboten hatte: Ein zur dämonischen Fratze verzogenes Gesicht mit langen, dolchspitzen Reißzähnen. Aus seinen Augen war sein Blut geflossen und aus seinem Mund das seines Gegners.

Den Anblick, den er ihr jetzt bot, war jedoch derselbe, den sie von ihm gewohnt war. Ein ungewöhnlich schönes Männergesicht mit dem für ihn typischen leicht arroganten Mienenspiel. Seine dunklen Augen schienen in ihr Innerstes zu dringen. Nichts daran erinnerte mehr an die schweren Verletzungen, die sein Gegner ihm vor nicht allzu langer Zeit zugefügt hatte und es gab auch keine Spur mehr von dem vielen Blut, das ihm die Wangen herunter gelaufen war.

Auch sein Mund besaß wieder die gewohnte gut geschnittene Form. Zwar hielt er momentan die Lippen geschlossen, doch darunter konnten sich unmöglich die langen Fangzähne verbergen, die sie gesehen hatte. Und auch hier keine Spur mehr vom Blut seines Kontrahenten, das ihm übers Kinn gelaufen war und seine Kleider besudelt hatte.

Zumindest sah man wenigstens seiner Kleidung die Spuren des überstandenen Kampfes an. Seine Jeans war mit Flecken von Gras und Erde übersät und hatte zudem einen langen Winkelriss am Knie. Sie würde höchstens noch für den Altkleidersack taugen, ebenso wie der dunkle Pullover, den ein paar große Löcher verunzierten. Blut gab es allerdings auch auf seiner Kleidung nicht mehr zu sehen.

Dabei war sich Sina ganz sicher, dass er noch vor kurzem über und über mit Blut besudelt war, sowohl mit seinem eigenen als auch dem seines Angreifers. Und obwohl sie sich nur noch verworren an das erinnern konnte, was in den letzten Minuten geschehen war, wusste sie doch genau, dass er keine Möglichkeit gehabt hatte sich davon zu säubern.

All das ging ihr in der kurzen Zeitspanne durch den Kopf, in der sie wieder fähig war, klar zu denken. Unsicher drehte sie sich zu Jens hin um zu sehen, wie er mit dieser seltsamen Situation klar kam. Anscheinend nicht besser wie sie, erkannte sie deprimiert als sie seinen verwirrten Gesichtsausdruck sah. Doch bevor sie sich weiteren Überlegungen hingeben konnte, unterbrach Midas ihre Gedanken.

Er stand einige Schritte von ihnen entfernt am Fenster, das allerdings hinter den schweren, zugezogenen Vorhängen nur zu erahnen war und schaute sie nachdenklich an. Für einen Moment meinte Sina eine Spur Unsicherheit in seinen Zügen zu erkennen, doch schnell verdrängte sein gewohnt entschlossener Gesichtsausdruck diesen Eindruck.

„Was ich Euch zu sagen habe wird einige Zeit in Anspruch nehmen", begann er und setzte sich in den gemütlich aussehenden schweren Ledersessel, der neben dem Fenster stand. Lässig streckte er seine langen Beine aus und lehnte sich bequem zurück. „Ich bin nicht darauf eingerichtet hier Gäste zu bewirten und habe außer einigen Flaschen alten Rotweins leider nichts anzubieten. Zudem kann ich mich nicht mehr besonders gut an menschliche Bedürfnisse erinnern, nach fünfhundert Jahren vergisst man so manches. Falls ihr müde werdet oder zur Toilette müsst, so unterbrecht mich bitte."

Fragend schaute er in ihre Gesichter doch weder Sina noch Jens gaben ihm Antwort. So fuhr er fort: „Die heutigen Ereignisse haben nicht nur Euch sondern auch mich überrumpelt. Der Überfall hat mir klar gemacht, dass es an der Zeit ist, euch meine wahre Natur offen zu legen. Es tut mir leid euch in eine Geschichte hinein zu ziehen, die eigentlich nur mich und meinen Erzfeind betrifft. Das war gewiss nicht meine Absicht. Aber nun ist es leider nicht mehr zu ändern und deshalb werde ich meine Karten offen legen."

Er hielt für einen Moment inne, so als suche er nach den richtigen Worten, kam aber dann direkt zur Sache: „Ich bin ein Vampir, erklärte er schonungslos, ein seit fünf Jahrhunderten gejagter Vampir. Und ich bitte euch um eure Hilfe."

Die Reaktion auf seine Offenbarung war die, die er erwartet hatte. Sinas Augen weiteten sich vor ungläubigem Entsetzen und ihre Lippen zitterten als könne sie nur mühsam einen Schrei unterdrücken. Ihre Miene drückte Abscheu, Ekel und Angst aus und es versetzte ihm einen Stich, obwohl er damit gerechnet hatte. Zu gerne hätte er sie in die Arme genommen und ihr gezeigt, dass er nicht das Monster war, das sie in ihm sah. Doch die momentane Situation ließ das nicht zu, ihm blieb nur die Hoffnung ihr durch seine Geschichte zu beweisen, dass er nicht gefährlich für sie war. Notfalls würde er ihren Geist erneut vernebeln, damit sie dem, was er zu erklären hatte, ein wenig entspannter zuhören konnte. Andererseits durfte er ihren Verstand auch nicht zu viel manipulieren, schließlich sollte sie sich mit klarem Bewusstsein dazu entscheiden, ihm zu vertrauen.

In Jens Gesicht hingegen erkannte Midas eine Mischung aus Schrecken und Neugier, wobei die Neugier ganz offensichtlich überwog. Das gab ihm die Hoffnung, trotz ihrer Meinungsverschiedenheit am Abend zumindest in Jens schnell einen Verbündeten zu finden. Vorsichtig begann er zu reden:

„Ich weiß wie schwer es für Euch sein muss, mir Glauben zu schenken. Und ich verstehe, dass es mehr als meiner lapidaren Versicherung bedarf, dass ich niemals eine Gefahr für euch darstelle. Damit ihr überhaupt in Erwägung ziehen könnt mir zu vertrauen will ich Euch erzählen, wie es dazu kam, dass ich zum Vampir wurde und warum dieser Angriff auf Euch erfolgte. Danach könnt ihr dann in Ruhe entscheiden ob ihr mir helfen wollt."

„Wenn du wirklich ein Vampir bist, wie du behauptest, dann kannst du sicher einiges über die Existenz von Vampiren erzählen. Stimmt es denn überhaupt, was man darüber liest oder in Filmen sieht?"

Jens klang so aufgeregt und seine Augen funkelten so voller Neugier, dass Midas trotz des Ernstes der Lage über seinen Eifer lächeln musste. Bereitwillig gab er ihm Antwort:

„Nun, wie du dir sicher denken kannst, stimmt nicht alles, was man über uns erzählt, doch wie bei allen Sagen und Märchen steckt zumindest ein Körnchen Wahrheit darin. Gerne würde ich dir zwar versichern, dass wir uns nicht in blutgierige Monster verwandeln, doch leider hast du mit eigenen Augen gesehen, dass das nicht stimmt. Allerdings schwöre ich bei meinem Leben, mich niemals gegen Euch zu wenden, in meiner Gegenwart werdet ihr immer vollkommen sicher sein. Und ich werde dafür sorgen, dass so etwas, wie es vorhin geschehen ist nicht mehr vorkommt."

„Wie willst du das gewährleisten?" fragte Jens, der sich überraschend schnell in die ungewöhnliche Situation einfand. Nun ja, dachte Midas ein wenig amüsiert, wer an Geister und Dämonen glaubt, dem sind auch Vampire nicht allzu suspekt. Zumal Jens sehr schnell begriffen hatte, dass ihm von diesem Vampir keine Gefahr drohte. Der junge Mann wurde ihm zunehmend sympathischer.

„Die Burg ist mein Refugium, in das kein anderer Vampir ohne meine Erlaubnis eindringen kann. Solange ihr meine Anweisungen befolgt seid ihr hier sicher. Deshalb wirst du das Zimmer im Dorf nicht beziehen sondern hier wohnen. Einige der Räume sind bereits so weit fertig, dass sie bewohnbar sind. Was die Möblierung betrifft wirst du dich allerdings ein wenig einschränken müssen. Eine Schlafgelegenheit wird sich aber auf jeden Fall finden."

„Heißt das, wir dürfen die Burg nicht verlassen?" wandte jetzt Sina ein. In den letzten Minuten hatte sie sich merklich beruhigt, was teils an der vampirischen Einwirkung aber auch an dem nüchternen Gesprächsstil lag, den Jens und Midas führten.

„Tagsüber könnt ihr die Burg unbesorgt verlassen, bei Anbruch der Dunkelheit müsst ihr allerdings unbedingt innerhalb dieser Mauern sein. Lasst Euch auf keinen Fall irgendwo aufhalten und seid lieber eine Stunde früher hier als eine Minute zu spät. Dass bereits der Parkplatz nicht mehr sicher ist, habt ihr am eigenen Leib erfahren.

Vertraut auch keinen Menschen, die euch zu irgendetwas überreden wollen, sie könnten durch einen vampirischen Befehl manipuliert worden sein."

„Und was ist mit dir? Wo hältst du dich auf?" Es war abermals Sina, die das fragte. Allmählich wurde auch sie neugierig und ihre Verwirrung und Angst schwanden merklich.

„Ich bin ebenfalls hier, diese Turmzimmer sind mein geheimes Reich. Hier verbringe ich den Tag und sobald die Dämmerung anbricht erwache ich zum Leben."

Jens hob interessiert eine Augenbraue und fragte wissbegierig: „Vampire sind also tagsüber tatsächlich tot? Was ist, wenn dich jemand hier findet, hast du keine Angst vor Entdeckung?"

Midas lächelte knapp und wurde sogleich wieder ernst. „Leider ist es so, dass ich mich am Tag in einem todesähnlichen Zustand befinde, in dem ich zu keiner Handlung fähig bin. Aber Angst vor Entdeckung habe ich nicht. Zum einen ist dieser Wohnbereich sehr gut gesichert und zum anderen gibt es den vampirischen Bann. Den kann kein Mensch überwinden und auch ein anderer Vampir kann ihn nicht durchbrechen. Zumal jeder andere Vampir am Tage genauso tot ist wie ich selbst…"

„Was hat es eigentlich mit dem Geist auf sich, der hier spuken soll?" wollte Jens wissen. Seine berufliche Neugier war geweckt und Midas sah ihm die vielen Fragen förmlich an, die er ihm zu stellen gedachte. Doch dazu würde es zu einem späteren Zeitpunkt sicher eher Gelegenheit geben. Die Nacht war bereits weit fortgeschritten und er musste vor Tagesanbruch noch einige Erklärungen abgeben, die vordringlich waren. Deshalb winkte er ab.

„Was es mit dem Geist auf sich hat wird im Laufe der Geschichte klar die ich zu erzählen habe. Und wenn ihr einverstanden seid, werde ich nun damit beginnen."

Er hielt einen Moment inne, als fiele ihm noch etwas ein ehe er fortfuhr: „Falls irgendetwas an meiner Erzählung befremdlich sein sollte, so unterbrecht mich bitte. Immerhin liegt das alles schon fünf Jahrhunderte zurück und spielte sich zudem in Griechenland ab. Ich werde zwar versuchen, keine geschichtlichen oder sonstige Details einzufügen, weil sie für das, was mir passierte absolut nicht relevant sind. Dennoch wird Euch vielleicht der eine oder andere Sachverhalt unbekannt sein. Scheut Euch deshalb nicht mich zu fragen, falls etwas unklar sein sollte."

Jens und Sina nickten, sie schienen beide ungeduldig darauf zu warten, dass er zu erzählen begann. Also fing er umgehend an:

„Ich wurde im Jahre 1498 hier auf dieser Burg geboren. Mein Vater war Graf Wolfram von Walberg, meine Mutter eine griechische Adlige, die er auf einer Studienreise kennen lernte. Sie verliebten sich und heirateten noch in Griechenland, danach folgte ihm meine Mutter hierher. Ich kam nur wenige Wochen nach ihrer Ankunft zur Welt.

Nicht einmal ein Jahr nach meiner Geburt gebar meine Mutter einen zweiten Sohn, Ares. Es folgten noch mehrere Geschwister, Jungen und Mädchen von denen einige nicht das Erwachsenenalter erreichten. Doch außer Ares war keiner von ihnen mit meinem Schicksal verwoben, deshalb erzähle ich nur von ihm.

Soweit ich zurückdenken kann waren Ares und ich ein unzertrennliches Gespann. Wir wuchsen gemeinsam auf, spielten und stritten miteinander und wurden auch gemeinsam von unseren Hauslehrern betreut. Jeder nannte uns die Zwillinge, denn wir sahen uns einfach unglaublich ähnlich. Ich war nur etwas größer als Ares, doch als wir älter wurden holte er das auf. Die Ähnlichkeit zwischen uns blieb bestehen, selbst unsere Eltern konnten uns manchmal nicht auf Anhieb unterscheiden.

Wir blieben weiterhin unzertrennlich, deshalb war es für uns auch selbstverständlich, dass wir gemeinsam nach Griechenland reisten um die Verwandtschaft und die Heimat unserer Mutter kennen zu lernen. Unser Reiseziel war ein großes Landgut, das ungefähr hundert Kilometer von Athen entfernt lag.

Wir wurden sehr herzlich von unseren Verwandten aufgenommen und mussten natürlich viel von unserem Zuhause und unserer Familie erzählen. Die Sprache stellte kein Problem dar, schon in unserer

Kindheit wurden wir von einem griechischen Hauslehrer betreut, der uns auch sonst alles Wissenswerte über Griechenland vermittelt hatte. Unsere Verwandtschaft bestand aus mehreren Familien und jede sah es als Ehre an, uns für Tage oder auch Wochen bei sich aufzunehmen. Und von jeder Familie wurde zu unserer Begrüßung ein großes Fest ausgerichtet. Ares und ich genossen diese Aufmerksamkeit in vollen Zügen. Wir waren jung, achtzehn und neunzehn Jahre alt, von adliger Abstammung und somit für die Väter lediger Töchter als zukünftige Schwiegersöhne sehr interessant. Es war damals durchaus üblich innerhalb der Familie zu heiraten.

Doch weder Ares noch mir stand der Sinn nach Heirat. Wir genossen das freie Leben und die Feste mit Tanz und viel Wein.

Eines Abends wurden wir auf einem dieser Feste von einem Mann angesprochen und in ein Gespräch verwickelt. Er stellte sich uns als Zenon vor und war etwas älter als wir. Er war gut aussehend und ein interessanter Gesprächspartner, der über ein faszinierendes Wissen verfügte. Es gelang ihm im Handumdrehen uns in seinen Bann zu ziehen. Und als er uns einlud ihn auf seinem Anwesen zu besuchen, willigten wir ohne langes Überlegen ein.

Schon wenige Tage später machten wir uns entgegen der Ratschläge unserer Verwandten auf den Weg ins Hinterland von Athen und nach zwei Tagen hatten wir das Anwesen unseres Gastgebers erreicht. Die Gegend war größtenteils unbesiedelt, nur hier und da gab es eine Hütte für die Hirten. Deren Schafe oder Ziegen grasten frei, nur bewacht von riesigen Hunden die uns drohend anbellten, wenn man ihren Schütz-lingen zu nahe kam.

Das Ziel unserer Reise lag versteckt hinter einem lichten Wäldchen in einer Talsenke. Erst beim Näherkommen erkannten wir, dass das Anwesen aus mehreren flachen Gebäuden bestand, die in loser Gruppierung um ein prächtiges Landhaus standen. Ein paar wenige Leute waren mit diversen Arbeiten beschäftigt, ansonsten war der Platz menschenleer.

Doch als habe man unsere Ankunft bereits erwartet, trat aus dem Portal ein junger Mann auf uns zu. Er sah blass aus und seine Augen hatten einen fiebrigen Glanz, doch er empfing uns freundlich. Der Herr wäre erst am Abend wieder zurück, erklärte er uns und machte eine einladende Bewegung zur Eingangshalle hin. Er sei beauftragt uns zu unseren Gemächern zu geleiten.

Wir folgten ihm durch die lichtdurchflutete Aula und einem Gewirr von Gängen, bis er eine Tür für uns öffnete und uns in unsere Gemächer eintreten ließ. Dann verbeugte er sich und ließ uns allein. Wir machten es uns bequem und aßen und tranken von den Speisen und dem Wein, die im Zimmer bereitstanden. Dann legten wir uns hin um uns von der Reise zu erholen.

Ein Klopfen an der Tür weckte uns und wir stellten fest, dass es bereits Nacht war. Unser Gastgeber trat ins Zimmer und hieß und herzlich willkommen. Er fragte ob wir ausgeruht wären, denn es wäre bereits ein Fest im Gange. Tatsächlich hörten wir Musik, Lachen und Stimmengewirr durch die Fenster ins Zimmer dringen. Gespannt folgten wir ihm hinaus.

Wir staunten über die vielen Leute, die auf dem großen Platz vorm Haus zusammengekommen waren. Wo kamen sie her? Unmöglich konnten sie alle in den wenigen umliegenden Gebäuden wohnen.

Als hätte er unsere Gedanken erraten erklärte unser Gastgeber, dass sich nur wenige Kilometer entfernt eine Ortschaft befände, in der hauptsächlich begüterte Familien ihren Wohnsitz hätten. Im Laufe der Nacht wolle er uns die einflussreichsten gerne vorstellen.

Schon bald merkten wir, dass Zenons Fest anders ablief als die, die wir von unseren Verwandten gewohnt waren. Es wurde sehr viel getrunken und in manchen Bechern befand sich außer Wein ein geheimnisvoller Zusatz, der enthemmend wirke. Zu vorgerückter Stunde gab es unter den Gästen kaum noch moralische Schranken, aus dem fröhlichen Fest wurde eine Orgie.

Ares und ich wussten Anfangs nicht genau, was da ablief. Wir waren von unseren Eltern zu frommen und anständigen jungen Männern erzogen worden. Geschlechtsverkehr vor der Ehe, so hatten wir eingebläut bekommen, wäre eine Todsünde.

Was sich in jener Nacht vor unseren Augen abspielte, waren jedoch sexuelle Ausschweifungen, von denen wir nicht im Traum gedacht hätten, dass es sie überhaupt gab.

Schockiert standen wir etwas abseits und schauten, teils angeekelt aber auch neugierig, dem abartigen Treiben zu. Plötzlich stand Zenon neben uns und lachte als er unsere Verwirrung erkannte.

„Das seid ihr nicht gewohnt, wie?" sagte er und es klang fast hämisch. In mir glomm Misstrauen auf, er schien es zu bemerken und wiegelte ab. „Keine Angst, das ist alles nicht so schlimm, schließlich sind die Leute alle erwachsen und wissen was sie wollen. Ihr seid noch jung und vermutlich behütet aufgewachsen. Aber wenn ihr erst einmal selbst auf den Geschmack gekommen seid, werdet ihr euch sicher bald nichts mehr dabei denken."

Ich war mir sicher, dass ich niemals etwas so abartiges tun wollte und Ares dachte vermutlich dasselbe. Wir schwiegen jedoch weil wir unseren Gastgeber nicht verärgern wollten. Er wechselte auch gleich das Thema: „Kommt mit, ich möchte euch jemanden vorstellen, der Euch sehr gerne kennenlernen möchte."

Ohne eine Antwort abzuwarten ging er uns voran auf sein Haus zu und wir folgten ihm gehorsam, froh von der Stätte der Unzucht wegzukommen. Nicht nur mir war mulmig zumute, an Ares gespannter Haltung merkte ich, dass auch er verunsichert war. Vermutlich dachte auch er, dass es vielleicht doch keine so gute Idee gewesen war, hierher zu kommen.

Der Jemand, der uns kennen lernen wollte, entpuppte sich als eine ungewöhnlich schöne junge Frau. Ich war mir absolut sicher, nie zuvor ein schöneres weibliches Wesen gesehen zu haben und meinem Bruder erging es ebenso. Sie saß auf einem Stuhl der eher einem Thron ähnelte und zu ihren Füßen saßen sechs junge Mädchen, die ebenfalls ungewöhnlich schön waren. Alle sahen sie uns interessiert entgegen, besonders die Schönheit musterte uns so eingehend, als wären wir edle Pferde auf dem Rossmarkt. Was sie sah schien ihr sehr zu gefallen, wenngleich sie sich bemühte, ihre Gesichtszüge zu beherrschen.

Dennoch war nicht zu übersehen, wie ihre Augen wohlgefällig über uns glitten.

„Du hattest Recht, Zenon, die Beiden sind wirklich perfekt", sagte sie an unseren Gastgeber gewandt und er verbeugte sich geehrt vor ihr. „Aber sie sind noch nicht... reif für unsere Pläne. Es wird nötig sein, sie noch eine Zeitlang in die Schule zu nehmen. Das wird deine Aufgabe sein, du kennst dich bestens aus. Wenn sie so weit sind gibst du mir Bescheid. Überstürze aber nichts. Wir haben schließlich alle Zeit der Welt."

Weder Ares noch ich verstanden das, was sie sagte. Doch uns wurde immer mulmiger zumute. Besonders als uns Zenon nach einer erneuten Verbeugung in ihre Richtung recht barsch anfuhr.

„Kommt mit!" befahl er knapp und drehte sich um. Er verließ den Saal und wir trotteten ihm hinterher wie Schafe dem Hirten. Wir spürten, dass sich etwas gewandelt hatte doch wirklich Angst hatten wir nicht. Denn niemals im Leben hätten wir das erwartet, was auf uns zukam."

Midas hielt in seiner Erzählung inne und schaute nachdenklich in eine Ecke des Zimmers. Sein Gesicht drückte unendliche Trauer und Qual aus und für einen Moment schien er seine Gäste vergessen zu haben. Erst als Jens sich räusperte schien er in die Wirklichkeit zurück zu finden.

„Ich bitte um Verzeihung", sagte er und es klang erschöpft. „Aber ich habe bisher mit niemandem über diese schrecklichste Zeit meines langen Lebens gesprochen. Es war mir nicht bewusst, wie... quälend es sich noch immer anfühlt."

„Sollen wir morgen Nacht weitermachen?" mischte sich Sina ein. Sie war seiner Erzählung mit wachsendem Interesse gefolgt und schaute ihn nun voller Mitgefühl an.

Doch Midas schüttelte den Kopf. „Nein, nein, es geht schon. Falls ihr nicht zu müde seid, so möchte ich gerne weiter erzählen." Fragend schaute er sie an.

„Also ich bin viel zu gespannt wie es weitergeht, um müde zu sein", meldete sich Jens zu Wort. Seine Augen leuchteten vor Neugier.

Mit einem leichten Lächeln setzte Midas seine Erzählung fort:
„Zenon brachte uns zu unserem Zimmer zurück und von diesem Moment an waren Ares und ich Gefangene. Zuerst wurde uns die Tragweite dieses Umstandes gar nicht richtig bewusst. Wir wurden weiterhin zuvorkommend von den Bediensteten behandelt und bekamen reichlich zu essen und zu trinken. Die Speisen waren erlesen, wir bekamen jeden Morgen frische Kleidung hingelegt und unsere Zimmer wurden tadellos sauber gehalten. Doch die Tür blieb tagsüber verschlossen und die Fenster waren mit stabilen Eisenstäben vergittert. Es gab für uns keine Möglichkeit zur Flucht.
Jeden Abend wurden wir von Zenon abgeholt. Er führte uns zuerst in den Baderaum, wo wir von Jünglingen entkleidet, gebadet und wieder angekleidet wurden. Zenon ließ dabei uns als auch die jungen Diener nicht aus den Augen.
Danach brachte er uns auf den Platz auf dem das Fest stattgefunden hatte. Dort waren jeden Abend etliche Leute versammelt die eine Art rituelle Messe zelebrierten. Wen sie anbeteten wussten wir nicht und niemand fand es nötig uns aufzuklären.
Das Ritual war jeden Abend gleich: Alle Anwesenden, Zenon ausgenommen, begannen sich an einem Trunk zu laben, der in Krügen herumgereicht wurde. Auch uns wurde dieser Trunk gereicht. Zenon persönlich achtete darauf, dass wir ein ordentliches Quantum tranken, bei Weigerung wurden wir festgehalten und uns das Gebräu eingetrichtert. Die Wirkung dieses Trankes war fatal, sie verwandelte uns in enthemmte, seelenlose Wesen, die nur darauf bedacht waren ihre Triebe zu befriedigen."

Midas hielt erneut inne und seine Kiefern mahlten aufeinander als würde er einen inneren Kampf ausfechten. Dann schüttelte er langsam den Kopf und sah plötzlich unglaublich müde aus.
„Ich möchte Euch und auch mir ersparen, Einzelheiten widerzugeben. Nur so viel: Was wir in diesen Stunden des Drogenrausches taten war nicht menschlich zu nennen. Wir verloren jeglichen Respekt vor allem, was uns jemals heilig war."

Nach einer kurzen Weile schien er wieder gefasst genug, um weiter zu sprechen. Seine Stimme klang monoton, so als wolle er auf keinen Fall seine wahren Gefühle preisgeben.

„Das widerliche Ritual fand fast jede Nacht statt, aus welchem Grund ist mir bis heute nicht wirklich klar geworden. Die einzige Erklärung, die mir halbwegs nachvollziehbar erscheint ist die, dass man uns auf unser künftiges Dasein als seelenlose Monster vorbereiten wollte. Vielleicht mussten wir auch alle Sünden begangen haben die Gott verboten hatte, um zu dem zu werden, was uns von unseren Peinigern vorbestimmt war.

Ares und ich sannen in unserem Gefängnis, nachdem wir unseren Drogenrausch ausgeschlafen hatten, stundenlang darüber nach für was und weshalb ausgerechnet wir ausgesucht worden waren. Wenn wir Zenon fragten was man mit uns vorhatte, gab er keine Antwort. Die Diener zu fragen war zwecklos, selbst wenn sie etwas gewusst hätten, war ihre Angst viel zu groß etwas zu verraten.

Wie lange man dieses perfide Spiel mit uns trieb weiß ich heute nicht mehr zu sagen. Wir verloren darüber jegliches Zeitgefühl und Ares ganz allmählich auch den Verstand. Obwohl er mir äußerlich so unglaublich ähnlich sah, war er in seinem Innersten viel sensibler als ich. Im Gegensatz zu mir war er von Kindheit an sehr fromm gewesen. Er weinte oft stundenlang und ich konnte ihn nicht trösten. Zumal es mir selbst schwer fiel das Geschehene zu verarbeiten. Immerhin gelang es mir leidlich meine inneren Dämonen zu verdrängen, während Ares an den seinen langsam zugrunde ging.

Ich konnte sein Elend nicht mehr länger mit ansehen und flehte Zenon an, meinen Bruder zu verschonen. Ich versprach ihm, auch ohne Drogeneinfluss alles zu tun was er von mir verlangte, wenn er dafür Ares nicht mehr quälte. Doch umsonst, unser Peiniger ließ sich in seinem Vorhaben nicht beirren.

Eines Abends stand Ares dann einfach nicht mehr auf. Er lag auf seinem Bett, starrte blicklos an die Decke und reagierte weder auf mein Flehen noch auf die Schläge, mit denen man ihn zum Aufstehen bewegen wollte. Nur seine flachen Atemzüge zeigten an, dass noch Leben in ihm war.

Für Zenon schien der Zustand meines Bruders ein Signal zu sein. Er schickte einen Boten aus und wenige Stunden später kamen Männer in unser Zimmer. Ich wurde gepackt und weggeschleift. Ich protestierte, doch da war Zenon neben mir und schlug mir ins Gesicht.

„Halts Maul, Elender!" geiferte er mich an und seine Augen sprühten vor Zorn und einem anderen Gefühl, das ich nicht deuten konnte. Er sah mich so wütend an, dass ich vor Schreck verstummte.

Ich wurde in die Aula gebracht und sah dort zu meinem Erstaunen wieder diese wunderschöne Frau, umringt von den jungen Schönheiten. Sie schaute mich mit einem Blick an, den ich nicht zu deuten wusste.

Man zwang mich direkt vor der Frau auf die Knie, so dass ich zu ihr aufschauen musste. Mein Herz schlug wie rasend in meiner Brust, ich wusste instinktiv, in dieser Nacht würde etwas Schreckliches geschehen, noch schrecklicher als alles, was ich bislang erlebt hatte. Dieses Gefühl wurde noch intensiver als man Ares neben mir ablegte. Er war noch immer nicht ins Bewusstsein zurückgekehrt, seine Augen blickten ins Leere.

Die Schönheit warf einen mitleidigen Blick auf ihn, dann drang ihr Blick in mich, als könne sie mein Innerstes sehen.

„Dein Zwillingsbruder ist nicht so stark wie du", meinte sie bedauernd und blickte erneut auf Ares. „Jedoch wird er dich stärker machen. Stark genug um das zu bewältigen für dass ihr auserkoren seid.

Ich muss ihr sagen, dass Ares nicht mein Zwillingsbruder ist, schoss es mir durch den Kopf. Anscheinend war es von Wichtigkeit für das, was man mit uns vorhatte. Doch ich konnte kein Wort hervorbringen. Obwohl mich erneut Angst packte, zwang ich mich zum Überlegen. Ares und ich hatten uns wegen unserer Ähnlichkeit oft als Zwillinge ausgegeben. Das hatte uns, besonders bei der Weiblichkeit, noch interessanter gemacht. Sollte diese harmlose Lüge, die eigentlich als Spaß gedacht gewesen war, für all die schrecklichen Dinge verantwortlich sein die man uns angetan hatte?

Ich kam nicht dazu weiter darüber nachzugrübeln. Hinter mir ertönten plötzlich die Gebete und der Gesang, denen ich nur allzu oft unfreiwillig beigewohnt hatte. Und wie ein Blitz fuhr mir die Erkenntnis durchs Gehirn, wer die Göttin war, die wir angebetet hatten. Es war die Frau, die auf dem Thron saß - Lilith. War sie für all das verantwortlich das Ares und mir zugestoßen war? Und würden wir nun endgültig zu ihrem Opfer werden?"

Kapitel 8: Die Sünde des Vampirs

Jens konnte nicht mehr an sich halten und unterbrach Midas Erzählung aufgeregt. „Lilith? Es gibt sie wahrhaftig und du bist ihr begegnet? Ich dachte, sie wäre nur eine Sagengestalt. Du musst mir unbedingt alles erzählen, was du über sie weißt."

„Lilith?" fragte auch Sina. „Wer soll das sein? Ich habe diesen Namen noch niemals gehört."

„Leider ist sie keine Sagengestalt", erwiderte Midas bitter. „Wäre sie es, so säßen ich heute nicht hier, sondern würde schon längst vermodert in der Erde liegen. So wie Ares…"

Sein Gesicht wurde von düsteren Schatten überzogen, doch er fing sich schnell. „Ich erzähle Euch zu einem späteren Zeitpunkt gerne alles, was ich über die Königin der Vampire weiß. Doch jetzt würde ich lieber weiter berichten. Es ist bereits spät, oder besser gesagt früh, ich will fertig sein, bevor mir der Tagschlaf die Sinne raubt."

Als Beide zustimmend nickten, fuhr er mit seiner Geschichte fort: „Damals wusste ich selbst noch nicht, wer Lilith war. Ich kannte zwar die Geschichte Griechenlands und auch die meisten ihrer Götter und Sagengestalten. Doch sie war mir unbekannt. Nur ihren Namen kannte ich von den Anbetungen und Gesängen. Und nun saß die angebetete Göttin leibhaftig vor mir und wollte anscheinend mehr von mir und meinem Bruder als Anbetung. Aber was war es, das sie wollte? Bei dieser Frage zog sich mein Magen krampfhaft zusammen und ich begann unkontrolliert zu zittern.

„Na, mein junger Held, bekommst du es mit der Angst zu tun?" hörte ich Zenons hämisch dicht an meinem Ohr raunen. „Ich bin wirklich gespannt, wie du die Zeremonie durchstehst. Vielleicht bist du ja doch nicht so stark, wie unsere Königin es von dir erwartet."

Ich verstand nicht, von was er sprach und kam mir alles andere als heldenhaft vor. In der Zeit meiner Gefangenschaft hatte ich mich jedenfalls nicht als Held erwiesen. Ich hatte getan, was man mir befahl, aus Angst vor Schmerz oder dem Tod. Aber nun wünschte ich mir, ich wäre gestorben, oder verrückt geworden wie mein Bruder.

Denn er war frei von Angst, egal was mit ihm geschehen würde. Plötzlich beneidete ich ihn um seinen Irrsinn.

Lange Zeit blieb mir nicht über meine Lage nachzugrübeln. Die Sprechgesänge hinter mir wurden lauter, aggressiver und meine Angst wuchs mit ihnen. Ich wollte weglaufen, versuchen zu fliehen. Sollten sie mich doch umbringen, der Tod erschien mir barmherziger als das, was immer man mit mir vorhatte. Nach allem was ich bereits erlebt hatte, konnte es nur noch grauenhafter werden.

Bevor ich mich jedoch nur rühren konnte, wurde ich gepackt und zu Boden geworfen. Man drehte mich auf den Rücken und riss mir mein Gewand vom Leib. Ich wand mich, doch ich konnte mich kaum rühren. Wild blickte ich mich um.

Dicht neben mir lag Ares, reglos und mit entrücktem Blick. Der ganze Saal war in flackerndes Kerzenlicht getaucht, das zuckende Schatten an die Wände warf. Noch immer scholl der monotone Singsang durch den Raum, wurde lauter und beängstigender.

Zwei der Mädchen, die Lilith bei sich hatte, kamen auf mich zu und knieten sich rechts und links neben mich. Ihr zuvor so lieblicher Blick wurde hungrig als sie auf mich herunterstarrten. Dann öffneten beide ihre Münder und ich sah lange spitze Zähne aufblitzen. Der Schrei blieb mir im Hals stecken, als sie fast synchron ihr Handgelenk zum Mund führten und sich hinein bissen. Das auslaufende Blut ließen sie auf mein Gesicht und meinen Brustkorb tropfen. Dann fuhren ihre kühlen Finger über mich und zeichneten seltsame Blutzeichen auf meinen nackten Körper. Danach standen sie wieder auf und gingen an ihren Platz zu Füßen der Göttin zurück.

Ich fühlte wie mir kalter Angstschweiß über den Körper lief, doch gleichzeitig fror ich. Meine Muskeln zitterten unkontrolliert und meine Zähne schlugen aufeinander. Mein Blick irrte hin und her in der irrwitzigen Hoffnung, irgendjemand käme mir zu Hilfe. Doch die Augen, die auf mich starrten waren allesamt kalt und leer. Nur Zenons Gesicht drückte hämische Schadenfreude aus als er ein paar Männern ein Zeichen gab.

Ich wurde hochgerissen, die marmornen Stufen hinaufgeschleift und auf einen steinernen Altar gehoben. Um jegliche Gegenwehr zu unterbinden drückten die Männer meine Beine und Schultern fest auf die kalte, harte Unterlage. Nur mein Kopf hing über den Rand des Steines, mein Hals war nach hinten gebogen. So sah ich zuerst nur einen Schatten, der über mich fiel, dann erschien langsam das schöne Gesicht von Lilith über mir. Sie lächelte mich tröstend an und für einen kurzen Moment keimte ein Funken Hoffnung in mir auf. Er erlosch jedoch ebenso schnell als sie sich zu mir beugte und den Mund öffnete. Ihre Zähne ragten lang und spitz daraus hervor. Sie fuhr sich langsam mit der Zunge darüber und plötzlich lief Blut aus ihrem Mund. Die blutigen Lippen pressten sich auf meine und ich fühlte ihre Zunge in meinem Mund. Der Geschmack ihres Blutes übte eine seltsame Wirkung auf mich aus. Er ließ meine Angst schwinden und erregte mich gleichzeitig. Ich wollte mehr davon und versuchte den Kopf zu heben.

Aber Lilith lachte nur leise und schüttelte den Kopf. „Warte noch eine Weile mein schöner Jüngling, dann bekommst du so viel wie du trinken kannst. Zuerst musst du mir jedoch dein eigenes Blut geben. Bist du dazu bereit?"

„Ja", hauchte ich, denn nicken konnte ich nicht. Meine Angst war vollständig verschwunden und ich konnte mir nichts schöneres vorstellen als dieser Frau mein Blut zu schenken. So gab ich nur ein glückseliges Stöhnen von mir als sie sich über meinen Hals beugte und ihre Zähne durch meine Haut drangen.

Was danach geschah ist mir nur noch schemenhaft in Erinnerung. Lilith trank von meinem Blut bis mir die Sinne schwanden. Dann gab sie mir von ihrem Blut zu trinken. Es wirkte berauschend wie eine Droge auf mich, ich konnte nicht genug davon bekommen. Kaum registrierte ich, dass die endlosen Gesänge aufgehört hatten und die Sänger den Saal verließen. Nur Lilith, Zenon, Ares und ich blieben zurück.

Mein Bruder hatte von allem nichts mitbekommen, noch immer lag er reglos auf dem Boden und starrte ins Nichts. Ich hatte ihn völlig vergessen, war nur noch an dem Blutaustausch mit meiner Königin interessiert. Irgendwann beendete sie jedoch das blutige Spiel.

„Es ist genug", erklärte sie leise. „Du bist nun ein Vampir und brauchst mein Blut nicht mehr. Ich ziehe mich jetzt zurück. Zenon wird mit dir den letzten Akt zelebrieren. Vertrau dich ihm getrost an, er hat mein volles Vertrauen."

Sie lächelte mir nochmals zu und wandte sich dann ab um den Saal zu verlassen.

„Ja, vertrau dich mir an", hörte ich Zenon hämisch sagen als Lilith weg war. Er trat neben mich und zog mich hoch. In seinen Augen irrlichterte es als er mir ins Gesicht sah. Doch er machte mir keine Angst mehr. Mein Blick war auf seine Halsschlagader gerichtet, ich sah, wie sie pulsierte und meine Zähne wuchsen an.

Als er es bemerkte schlug er mir hart ins Gesicht. „Nichts da, Vampirblut ist fortan tabu für dich. Du musst es dir bei den Menschen besorgen. Fang gleich mit dem hier an."

„Seine Worte kamen mir ganz logisch vor, so als wäre es die selbstverständlichste Sache der Welt. Es war als besäße ich kein Gewissen mehr, mir war alles gleichgültig. Alles außer der Stillung meines Blutdurstes.

„Es ist kein einziger Mensch da", beklagte ich mich. Doch Zenon gab mir nur einen derben Stoß, der mich in Ares Richtung trieb. Witternd wie ein Raubtier starrte ich auf meinen Bruder herab. Da war ja doch ein Mensch, ein Knurren drang aus meiner Kehle. Meine Eckzähne begannen erneut zu wachsen und stießen schmerzhaft in meine Unterlippe. Ich achtete nicht auf den Schmerz, mein Blutdurst übertönte alle anderen Empfindungen. In diesem Körper, der da vor mir lag, erkannte ich nicht meinen Bruder, sondern sah nur einen Menschen, der mich mit dem versorgen konnte, was ich am dringendsten haben wollte: Blut.

Ich war zu einem blutrünstigen Raubtier geworden und wie ein solches beugte ich mich zu Ares hinunter, kniete mich neben ihn und hob seinen Kopf an. Mit bebenden Nasenflügeln sog ich den Geruch seines

Körpers, seines Blutes ein und die Gier danach wurde übermächtig. Nie zuvor hatte ich irgendetwas so sehr begehrt wie dieses Blut.

Da geschah etwas Seltsames. Ares öffnete die Augen und sah mich völlig klar an. Sein Mund verzog sich zu einem glücklichen Lächeln und er hauchte schwach meinen Namen. Dann erkannte er die Veränderung an mir und seine Augen wurden schreckerfüllt.

„Nein!" flüsterte er heiser als er begriff was aus mir geworden war und ich zu tun beabsichtigte. „Nein, das darfst du nicht tun…"

Doch seine flehenden Worte prallten an mir ab, als habe er sie nicht ausgesprochen. Ich wollte sie nicht hören, wollte ihn nicht erkennen obwohl irgendwo tief in meinem Inneren mein Gewissen leise anschlug. Aber anstatt mich zur Besinnung zu bringen machte mich die leise Stimme wütend. Ich hatte Durst, schrecklichen Durst nach seinem Blut und wollte nur noch meiner Gier nachgeben. Ehe mich noch einmal zu besinnen riss ich ihn an mich heran und versenkte meine Zähne in das weiche Fleisch seines Halses.

Er bäumte sich in meinen Armen auf und wimmerte, doch ich saugte unbarmherzig sein Blut aus ihm heraus. Ich wollte nicht eher aufhören, bis ich auch den letzten Tropfen getrunken hatte.

Da hörte ich plötzlich seine leise, kraftlose Stimme an meinem Ohr: „Ich verzeihe dir, Bruder", wisperte er bevor seine Stimme erstarb. Im selben Moment kehrte mein Verstand zurück. Ich riss entsetzt den Kopf hoch und ließ ihn los. Mit einem dumpfen Geräusch schlug sein Kopf auf den harten Boden. Er schaute mich noch einmal an, dann brachen seine Augen. Er war tot. Ich hatte ihn getötet. Und hinter mir ertönte Zenons hämisches Gelächter…"

Midas verstummte. Lange schaute er auf seine Hände die sich krampfartig bewegten als wolle er jemanden erwürgen. Dann hob er langsam den Kopf. Sein Gesichtsausdruck zeigte unendliche Trauer und Tränen rannen über seine Wangen. Er schien es nicht zu bemerken, seine Augen blickten wie in weite Ferne.

Weder Sina noch Jens wagten, ihn in seiner Trauer zu stören. Beide waren von dem Gehörten verstört und versuchten es zu verstehen.

Aber es fiel ihnen schwer und so hingen sie ihren verwirrten Gedanken nach bis Midas nach scheinbar endloser Zeit wieder das Wort ergriff. Seine Stimme klang angegriffen, doch er sprach gefasst.

„Ich kann verstehen wenn ihr mich verabscheut, ich selbst hasse mich seither in jeder verdammten Nacht die ich existieren muss dafür. Auch wenn mir mein Bruder mit seinem letzten Atemzug Vergebung gewährte, kann ich mir selbst niemals vergeben."

Erneut schwieg er einen Moment, dann fuhr er in seiner Erzählung fort:

„Ich weiß nicht mehr, wie lange ich bei meinem toten Bruder gekniet, ihn in meinen Armen gewiegt habe. In meinem Innersten fühlte ich mich tot und hätte alles dafür gegeben ebenfalls sterben zu können. Ich überlegte wie ich mich umbringen könnte und sah mich nach irgendeinem Werkzeug um. Erst da bemerkte ich, dass ich allein war. Zenon hatte den Saal von mir unbemerkt verlassen. Anscheinend war er sich vollkommen sicher, dass ich mich weder töten, noch die Flucht ergreifen würde. Ich saß stumm neben Ares Körper bis der Morgen graute. Plötzlich überfielen mich rasende Schmerzen, die mich schreien und wimmern ließen. Ich krümmte mich vor Pein und kroch instinktiv in eine dunkle Ecke, wo ich mich unter einem schweren Teppich verkroch. Meine Haut brannte wie Feuer und bei mir dachte ich, dass diese Höllenqualen die gerechte Strafe für den verübten Brudermord wären. Deshalb erduldete ich sie nunmehr stumm, bis meine Sinne schwanden und ich in tiefer Schwärze versank.

Zwar wäre es mein Wunsch gewesen nie mehr zu erwachen, doch nicht einmal der Tod schien mir vergönnt. Ich erwachte so plötzlich wie ich in Schwärze versunken war und schnappte wie ein Ertrinkender nach Luft. Um mich herum war es dunkel, dennoch konnte ich jede Einzelheit erkennen. Deshalb merkte ich schnell, dass ich mich in einem mir unbekannten Raum befand.

Ich stand auf und schaute mich um. Das Zimmer war winzig und bis auf die klumpige Matratze auf der ich gelegen hatte, völlig leer. Es gab ein kleines Fenster, vor dem ein dichter dunkler Vorhang hing.

Ich schob ihn ein Stück zur Seite und blickte auf ein stabil aussehendes Gitter, das mir klar machte, dass ich noch immer ein Gefangener war. Schlagartig kam die Erinnerung an die Schrecken der vergangene Nacht zurück und die Verzweiflung über das, was ich getan hatte. Aber gleichzeitig kehrte auch der Blutdurst zurück, so machtvoll, dass er alle anderen Empfindungen verdrängte. Ich spürte, wie bei dem bloßen Gedanken an Blut meine Zähne ausfuhren. Sie schnitten in meine Zunge und der Geschmack meines eigenen Blutes machte mich fast wahnsinnig. Voller Gier rüttelte ich an den Eisenstreben vor dem Fenster, tobte und schrie wie ein wildes Tier. Als nichts geschah schlug und trat ich gegen die Tür, doch es gelang mir weder aus meinem Gefängnis herauszukommen, noch irgendjemanden auf mich aufmerksam zu machen. Schließlich gab ich auf, ging zum Fenster und starrte frustriert in die Nacht. Außer ein paar Bäumen und Sträuchern gab es jedoch nichts zu sehen.

Schließlich ging ich zu meiner Matratze zurück und kauerte mich darauf zusammen. Der Blutdurst tobte so sehr in mir, dass ich mir in die Handgelenke biss um mein eigenes Blut zu trinken. Doch es brachte mir keine Befriedigung und so ließ ich es wieder sein.

In Selbstmitleid versunken lag ich da als plötzlich die Tür aufging und ein Körper in den Raum gestoßen wurde, der neben mir zu Boden fiel. Dann fiel die Tür wieder ins Schloss.

Der Geruch lebendigen Blutes brachte mich sofort auf die Beine und ohne lange zu überlegen stürzte ich mich auf den menschlichen Körper und versenkte meine Zähne in dessen Hals. Als das Blut in meinen Mund strömte durchfuhr mich ein Glücksgefühl wie ich es zuvor noch niemals erlebt hatte. Ich hörte nicht eher auf zu saugen, bis ich keinen Tropfen mehr aus meinem Opfer bekam. Dann ließ ich den Körper fallen und starrte ihn lange an. Nur allmählich schwand die Blutgier aus meinem Gehirn und ich war zum ersten Mal, seit ich erwacht war in der Lage, klar zu denken.

Mir wurde bewusst, was ich getan hatte und Scham und Verzweiflung kroch in mir hoch. Erst nach einer ganzen Weile konnte ich den Getöteten berühren und umdrehen um zu sehen, wen ich getötet hatte.

Es war ein alter Mann, dessen Augen blicklos in mein Gesicht zu starren schienen. An seinem Hals befanden sich zwei kleine, aufgeworfene Löcher, die Haut darum war blaurot verfärbt als sichtbare Zeichen meiner Schuld.

Bis mich der Tod am Morgen ereilte wiegte ich den Leichnam auf meinen Armen, ich weinte und schwor mir lieber zu verhungern, als noch einmal einen Menschen zu töten. Doch als ich in der nächsten Nacht erwachte, war alles wie zuvor. Ich gierte nach Blut und tötete den Jüngling, der in mein Gefängnis geworfen wurde ohne Gnade. Danach versank ich wieder in Schuldgefühlen und Selbstbeteuerungen, nie mehr zu töten.

Wie lange das so ging, weiß ich heute nicht mehr zu sagen. Mein nächtliches Leben bestand aus töten und späterer Reue. Doch so sehr ich mich dafür hasste und so oft ich mir vornahm standhaft zu bleiben, ich war außerstande meiner Blutgier zu widerstehen.

In all jenen schrecklichen Nächten blieb ich allein, von den Wärtern meines Gefängnisses sah ich höchstens einen Arm, der mein Opfer durch die Tür stieß. Und, mich mit den Menschen zu unterhalten bevor ich sie tötete, kam natürlich nicht in Frage. Zumal mein unstillbarer Hunger es nicht einmal zuließ, dass ich mir ansah wer in mein Verlies geworfen wurde. Erst nachdem ich den letzten Tropfen aus meinem Opfer gesogen hatte kehrte mein Verstand zurück und ich verzweifelte fast daran, schon wieder ein Leben ausgelöscht zu haben.

Natürlich machte ich mir jede Nacht sehr viele Gedanken darüber, was der Grund für meine Gefangenschaft sein könnte. Doch so sehr ich mir das Gehirn zermarterte, mir wollte keine Erklärung dafür einfallen. In nicht wenigen Nächten meinte ich verrückt zu werden, doch weder verfiel ich in gnädigen Wahnsinn der mich mein Los vergessen machte, noch wollte mich der Tod in sein dunkles Reich holen, obwohl ich ihn jede Nacht darum anflehte.

Irgendwann, nach mir unendlich vorkommender Zeit wurde die Tür meines Gefängnisses geöffnet und Zenon trat ein. Ich fiel ihn sofort an, wie ich es mit allen meinen Opfern getan hatte, doch er wehrte mich mühelos ab und versetzte mir einen derben Stoß, der mich auf mein Lager warf. Er trat zu mir und starrte aus kalten Augen auf mich herab.

„Du hast die Zeit der Prüfung überstanden", presste er zwischen den Zähnen hervor und schaute mich so hasserfüllt an, als hätte er das Gegenteil erhofft. „Steh auf und komm mit!"

Ich gehorchte eilig was auch auf mich zukommen mochte, es konnte nicht schlimmer sein als weiter allein in diesem Zimmer zu vegetieren. Zenon ging mir voran durch die dunklen Gänge, er drehte sich nicht nach mir um, war sich sicher, dass ich ihm folgen würde. Manchmal roch ich Menschen in meiner Nähe, meinte sogar ihren Herzschlag zu hören. Mein Blutdurst erwachte vehement, am liebsten wäre ich den Verlockungen gefolgt. Aber die Angst vor Zenon hinderte mich daran, meiner Gier nachzugeben. So bezähmte ich mich zum ersten Mal seit ich zum Vampir geworden war.

Er führte mich in einen Baderaum, der durch Fackeln hell erleuchtet war. Mehrere Knaben standen mit Schwämmen und Kübeln warmen Wassers bereit, allein ihr Anblick genügte meine Blutgier zu entfachen und ich spürte, wie meine Zähne anwuchsen.

„Denk nicht einmal daran", hörte ich hinter mir Zenon knurren. Er wusste genau was in mir vorging und es schien ihm Genugtuung zu verschaffen, mich leiden zu sehen. Ich litt tatsächlich Höllenqualen. Neben mir, zum Greifen nahe, pulsierte köstliches Blut in jungen Körpern. Alles in mir gierte so sehr danach, dass ich zitterte. Aber meine Angst vor Zenon war stärker als der Blutdurst.

„Geh und lass dich baden, du stinkst wie ein Kadaver" knurrte er und rümpfte angewidert die Nase als er mich ansah. „So kannst du unmöglich vor unsere Königin treten. Denke aber daran, dass diese Knaben unter dem Schutz von Lilith stehen, solltest du einem von ihnen auch nur ein Haar krümmen, so wirst du es bereuen."

Aus seinem Tonfall konnte ich heraushören dass er sich wünschte, ich würde es versuchen. Wieder einmal fragte ich mich, weshalb er mich so sehr hasste. Ich nahm mir vor, ihm diese Genugtuung nicht zu verschaffen, deshalb beherrschte ich mich eisern als ich in das dampfende Becken stieg.

Es fiel mir unglaublich schwer die warmen Hände auf meinem Körper zu spüren, das pulsierende Blut zu hören und zu riechen ohne meinen Hunger befriedigen zu können. Doch es gelang mir irgendwie und das machte mich stolz. Ich erkannte, ich konnte diese verheerende Gier beherrschen, die mich zu einem Monster machte und in mir reifte der feste Entschluss, fortan keinen Menschen mehr wegen seines Blutes zu töten. Ich schickte ein stummes Gebet zum Himmel, dass ich wirklich stark genug wäre.

Von der Tür her erklang hämisches Gelächter. Zenon hatte meine Gedanken gelesen und glaubte ganz offensichtlich nicht an meine Wandlung. Was meinen Entschluss nur noch verstärkte, ich würde es ihm schon zeigen.

Nach dem Bad wurde mein Körper mit wohlriechenden Ölen behandelt, man kleidete mich in edle weiße Gewänder und bürstete mein Haar trocken bevor mir kunstvoll Olivenzweige hinein geflochten wurden. Es war mir peinlich so herausgeputzt zu werden, doch als man mir eine polierte Silberscheibe als Spiegel vorhielt war ich wider Willen von meinem Aussehen beeindruckt.

Ich kann ohne Übertreibung sagen, dass ich zu Lebzeiten ein attraktiver junger Mann gewesen war. Das hatte man mir mehr als einmal zu verstehen gegeben. Doch nun, als Vampir, war ich ... schön, anders konnte man es einfach nicht ausdrücken. Meine Haut, leicht gebräunt, war makellos, meine Augen, die einmal nussbraun waren, glänzten nun schwarz wie Kohle und mein ehemals dunkelbraunes Haar hatte den tiefschwarzen Glanz von Rabenfedern angenommen. Was mich jedoch am meisten beeindruckte, ich sah älter und reifer aus als die Jahre die ich zählte.

Zenon ließ mir wenig Zeit über die gravierende Veränderung meines Äußeren nachzudenken. Er scheuchte die Diener mit einer Handbewegung weg und gab mir den knappen Befehl ihm zu folgen, was ich abermals tat. Als ich hinter ihm her trottete, frisch gebadet und mit sauberen Kleidern, fühlte ich mich zum ersten Mal seit langer Zeit wieder wie ein Mensch. Aber fast im gleichen Moment fiel mir ein, dass ich kein Mensch mehr war sondern eine blutgierige Bestie.

Der Funke Selbstachtung, der in mir aufgeflackert war erlosch wie eine Kerze im Wind.

Unser Marsch durch die dunklen Gänge endete vor einer zweiflügeligen Tür und Zenon gab mir ein Zeichen davor stehen zu bleiben. Widerwillig drehte ich mich ihm zu, um mir anzuhören, was er mir diesmal zu sagen hatte. Er sah mich jedoch nur feindselig an, bevor er den Türklopfer betätigte.

Eine Frauenstimme bat uns einzutreten und Zenon öffnete einen der Türflügel. Mit einer herrischen Geste bedeutete er mir einzutreten. Ich gehorchte mit klopfendem Herzen und hinter mir schloss sich lautlos die Tür.

Ich befand mich im Schlafgemach einer Frau, erkannte ich überrascht. Ein Bett, auf dem weiche Pelze und seidene Stoffe drapiert lagen, zog meinen Blick an. Doch noch mehr die Frau, die auf dem Bettrand saß und mir erwartungsvoll entgegensah. Es war Lilith. Auch sie war in ein weißes, langes Gewand gekleidet, ihr Haar war hochgesteckt und mit kleinen weißen Blüten durchflochten. Sie sah wunderschön aus, wie eine wahrhaftige Göttin.

Sie streckte mir die Hände entgegen und lächelte. „Endlich ist deine Verwandlung abgeschlossen und die heutige Nacht soll nur uns gehören. Ich habe lange auf dich gewartet, endlich ist deine Wandlung vollendet. Das Orakel hat dich schon so lange vorhergesagt. Jetzt ist die Zeit für uns gekommen, die Prophezeiung wird sich endlich erfüllen."

Erneut schwieg Midas und schaute seine Gäste an, die gebannt an seinen Lippen hingen. Er seufzte kurz auf, so als wisse er nicht, wie er die weitere Geschichte formulieren sollte. Schließlich zuckte er die Schultern und verzog den Mund zu einem grimmigen Lächeln ehe er fortfuhr:

„Leider blieb Lilith mir die Erklärung ihrer Worte schuldig, ich fragte auch nicht danach. Sie war schön, begehrenswert und in dieser Nacht verfiel ich ihr bedingungslos. Ich vergaß alles um mich herum. Alle Erinnerungen an die schrecklichen Geschehnisse der letzten Monate fielen von mir ab. Lilith zeigte mir die körperliche Liebe, wie es sie nur unter Vampiren geben konnte, wir liebten uns bis uns der beginnende Morgen in den Tod zwang.

Drei Nächte währte unsere Liebesbeziehung und noch immer hatte ich mich nicht getraut, sie nach meiner Rolle in der Prophezeiung zu fragen. Ich sollte auch nicht mehr dazu kommen, denn als ich in der vierten Nacht erwachte, lag ich in meinem früheren Gefängnis auf meiner schmutzigen Matratze.

Ich erhob mich und bemerkte, dass ich noch immer nackt war. Doch neben mir auf dem Boden entdeckte ich ein Bündel Kleider und zog sie mir über. Einer Eingebung folgend drückte ich die Türklinke, zu meiner Überraschung gab sie nach. War ich frei?

Ich wollte es ausprobieren und verließ das Zimmer, lief durch die dunklen Gänge, niemand hielt mich auf.

Hinter mir befand sich jemand, bemerkte ich plötzlich ohne mich umzusehen. Und dieser Jemand war ein Vampir, inzwischen konnte ich die Schwingungen gut von denen der Menschen unterscheiden. Mir war sogar bekannt welcher Vampir hinter mir stand. Zenon.

Langsam drehte ich mich zu ihm um und zum ersten Mal seit ich seiner verhängnisvollen Einladung gefolgt war, machte mir seine Nähe keine Angst mehr. In meinem Innersten spürte ich die Gewissheit, ihm ebenbürtig, ja sogar überlegen zu sein. Meine Vereinigung mit der Vampirgöttin hatte mich zu ihrem Prinzgemahl gemacht.

Zu dieser Erkenntnis kam noch eine weitere: Ich wusste plötzlich woher Zenons unbändiger Hass auf mich kam. Er liebte Lilith, vielleicht schon seit Jahrhunderten. Aber mich, einen jungen schwachen Menschen hatte sie - aus welchem Grund auch immer - zu ihrem Liebhaber erkoren.

„Wo ist Lilith?", wollte ich wissen.

„Sie ist weg und du wirst sie auch nicht mehr wiedersehen", stieß er hervor. Mit einer knappen Handbewegung deutete er um sich.

„Es steht dir von nun ab frei, dich innerhalb von Haus und Hof nach Gutdünken zu bewegen. Allerdings ist dir untersagt, das Grundstück zu verlassen. Solltest du das dennoch tun, bin ich angewiesen dich zu verfolgen und zurückzubringen. - Was mir eine besondere Freude sein würde", fügte er gehässig hinzu. Ohne Antwort abzuwarten, drehte er sich um und ging.

Ich dachte über seine Worte nach und kam zu dem Entschluss, dass ich zumindest vorerst hier bleiben würde. Ich war ein sehr unerfahrener Vampir, der unmöglich alleine überleben konnte.

Ich brauchte Anleitung und natürlich regelmäßige Blutmahlzeiten. Das Töten von unschuldigen Menschen kam nicht mehr in Frage für mich, ich musste auf andere Weise zu überleben lernen. Deshalb nutzte ich die folgenden Nächte, mich genau umzusehen.

Ich war nicht allein. Außer Zenon gab es noch weitere Vampire und reichlich Menschen auf dem weitläufigen Anwesen. Von den Menschen wurde ich mit Respekt behandelt, von den Vampiren sogar verehrt. Bald gelang es mir, unter ihnen einige wenige zu finden, mit denen ich in Freundschaft verbunden war. Sie wurden nicht müde, mich in die Geheimnisse der Vampirwelt einzuführen und ich sog ihre Informationen auf wie ein Schwamm das Wasser.

Meinem Vorsatz, nicht mehr zu töten blieb ich treu. Zwar nutzte ich, wie alle anderen Vampire auch, die anwesenden Menschen als Blutlieferanten, doch tat ich es so schonend wie möglich, damit keiner zu Schaden kam. Wenn man so will, wurde ich mit Leib und Seele ein Vampir und genoss durchaus die Vorzüge der Unsterblichkeit.

Ich würde niemals altern, keine Krankheiten fürchten müssen und konnte, wenn ich es wollte, Jahrhunderte alt werden. Verletzungen heilten innerhalb weniger Stunden und mein Gehirn würde stets zu Höchstleistungen fähig sein. Mehrere Wochen vergingen in denen ich nicht auf die Idee kam, das Anwesen zu verlassen. Ich hatte eine Bibliothek entdeckt in der es unzählige Werke über Kultur und Geschichte der Vampire gab. Nächtelang stöberte ich bis in die Morgenstunden in den verstaubten Büchern, bis ich endlich fand, was mich am meisten interessierte - die Chronik der Prophezeiung…

Wieder einmal unterbrach Midas seine Erzählung und schaute Sina besorgt an. Sie sah blass aus und gähnte verhalten. Kein Wunder, dachte er, es ging bereits auf drei Uhr. Nach den Strapazen der vergangenen Stunden musste sie todmüde sein.

„Tut mir leid", entschuldigte er sich. „Ich habe ausführlicher erzählt als ich beabsichtigt hatte und darüber vergessen, dass ihr beide erschöpft sein müsst. Wenn ihr schlafen gehen wollt…"

„Also ich bin viel zu gespannt, wie es weitergeht, um jetzt zu schlafen", wehrte Jens ab. An Sina gewandt fragte er: „Wie steht es mit dir? Bist du sehr müde?"

Sie zuckte vage die Schultern. „Müde bin ich schon. Aber wenn es nicht mehr allzu lange dauert, so möchte ich gerne zu Ende hören. Sonst kann ich vielleicht trotz meiner Müdigkeit nicht schlafen." Sie lächelte ein bisschen kläglich und sah Midas an.

Er lächelte beruhigend zurück. „Allzu lange dauert es nicht mehr", versprach er. „Ich versuche, mich so knapp wie möglich zu halten. In den nächsten Nächten können wir dann gerne auf Einzelheiten eingehen, wenn ihr das möchtet."

Als beide nickten, fuhr er fort: „Endlich erfuhr ich von dem Orakel, das so einschneidende Veränderungen in meinem Leben bewirkt hatte. Die Geschichte begann ähnlich, wie all die anderen Sagen, die sich um die Götter Griechenlands drehen. Sie handelt von der Urvampirin Lilitu, auch als Schlangengöttin oder Wüstendämonin bezeichnet. Sie war mit Flügeln ausgestattet und galt ursprünglich als Geliebte des Zeus. Sie wurde von dessen eifersüchtiger Ehefrau in den Wahnsinn getrieben woraufhin sie ihre Kinder tötete und fortan durch die Nacht geisterte, fremde Kinder umbrachte und deren Blut trank.

Im Laufe der Jahrhunderte scharte sie Jünglinge um sich, die sie zuerst verführte und danach zu ihren Geschöpfen machte. Doch keiner dieser Vampire konnte ihr das schenken, was sie am dringendsten wollte, einen Sohn, der einst mit ihr ein Weltreich der Vampire gründen sollte. Sie ließ ein Orakel befragen und das prophezeite ihr, dass zwei Jünglinge, Zwillinge, aus einem fernen Land aber dennoch griechischer Herkunft, kommen würden, die in einer Person vereint der Vater des zukünftigen Vampirgottes sein würden.

Fortan schickte sie ausgewählte Vertraute aus, die in ganz Griechenland nach diesem Zwillingspaar suchen sollte. Auch Zenon gehörte zu den Ausgesandten und nach Jahrhunderten der Suche stieß er schließlich auf Ares und mich. Wir waren, wie er meinte, die Jünglinge, die das Orakel vorausgesagt hatte.

Was dann geschah, habe ich bereits berichtet. Er verständigte Lilith, dass er uns gefunden hatte und bereitete alles für die Vereinigung vor, aus der der neue Gott der Vampire hervorgehen sollte.

Ich wusste endlich warum das Schicksal so grausam mit mir und Ares verfahren war. Doch Friede fand ich dadurch nicht. Ich dachte viel über das Gelesene nach und meine Zweifel, ob ich wirklich der Auserkorene sei, wurden immer größer.

Ares und ich hatten zwar fast alle Anforderungen erfüllt, die an den Vater des zukünftigen Gottes gestellt wurden. Aber eben nur fast, denn ein wichtiges Detail traf auf uns nicht zu – wir waren zwar Brüder aber keine Zwillinge. Was würde mit mir geschehen wenn Lilith keinen Sohn unter dem Herzen trug? Es waren mehrere Monate seit unserer Vereinigung vergangen, sie musste längst wissen, dass sie nicht in gesegneten Umständen war.

Je länger ich darüber nachdachte, desto mehr kamen mir Zweifel. Und als ich eines Nachts erfuhr, dass Lilith ihren Besuch angekündigt hatte und mich sehen wollte, steigerte sich meine Sorge zu Angst - zu Todesangst.

Nur zu gut war mir noch in Erinnerung, welchen Qualen man mich ausgesetzt hatte um mich zu einem Vampir zu machen. Ich wollte nicht auch noch erfahren wie es sein würde ein vampirisches Leben zu beenden. Und deshalb beschloss ich zu fliehen. Ohne lange Pläne zu schmieden, denn sobald Lilith eingetroffen war würde ich keine Möglichkeit mehr zur Flucht finden. Noch in der gleichen Nacht machte ich mich auf den Weg.

Inzwischen kannte ich mich gut auf dem Anwesen aus, es würde auch nicht auffallen wenn ich zu den Pferdeställen ging, da ich dort schon oft gewesen war. Im Stall war es dunkel und der Stallknecht schlief. Ich vertiefte seinen Schlummer durch einen Befehl meiner Gedanken und suchte mir ein Pferd aus, das besonders ausdauernd war. Schnell sattelte ich das Tier und führte es aus dem Stall und über den Hof. Erst als ich das Tor passiert hatte stieg ich auf und ritt in die Nacht.

Auf diese Weise ritt ich mehrere Nächte ziellos durch die Gegend, schlug öfters Haken um meine Häscher abzuschütteln. Nur zu deutlich klang mir noch Zenons Drohung im Ohr, einen Fluchtversuch grausam zu bestrafen.

Nach mehreren Nächten kam ich in eine Gegend, die mir bekannt vorkam und ich bekam einen Schreck als mir klar wurde, dass ich mich wieder auf Zenons Grund und Boden befand. Ich war im Kreis geritten…

Zuerst wollte ich sofort erneut fliehen, doch dann kam mir der Gedanke, dass man mich hier am wenigsten vermuten würde. Zenon befand sich nicht auf seinem Anwesen wusste ich, er war ja auf der Suche nach mir.

Ich beschloss, das zu tun, was mir während meiner Flucht die ganze Zeit im Kopf herumgegangen war: Ich würde den Leichnam meines Bruders holen, würde Ares nach Hause bringen. Vielleicht war ich deshalb unbewusst im Kreis geritten.

Ich kann nicht sagen, warum ich Ares Grab auf Anhieb fand. Vielleicht war es mein Instinkt, der mich zu ihm führte. Etwas abseits vom Grundstück lag er in der Wildnis begraben, nur notdürftig mit Sand und Steinen bedeckt.

Aus Zenons Stallungen stahl ich ein Fuhrwerk und zwei Pferde, aus seinem Haus entwendete ich ein Kistchen mit Goldmünzen. Dann grub ich Ares Körper aus, er war in der sengenden Sonne fast zur Mumie vertrocknet, wickelte ihn in eine Plane und hob ich ihn auf das Fuhrwerk. Mit einer weiteren Plane deckte ich ihn zu und fuhr los.

Fortan hatte ich nur noch ein Ziel vor Augen, ich wollte zurück nach Hause. Je weiter ich mich von Zenons Haus entfernte, desto weniger achtete ich auf etwaige Verfolger. Bevor ich Griechenland endgültig den Rücken kehrte, ließ ich einen mit Kupfer ausgeschlagenen Sarg anfertigen und kaufte ein stabileres, überdachtes Fuhrwerk in dem ich die Tage verschlafen konnte.

Monatelang zog ich durch die Lande ohne irgendwo länger Rast zu machen als ich für die Befriedigung meines Blutdurstes benötigte. Heute weiß ich nicht mehr wie lang es gedauert hat, bis ich endlich am Ziel meiner Reise angekommen war.

Das Wiedersehen mit meiner Familie war eine erneute Prüfung, ich musste meinen Eltern von Ares Tod berichten. Und ich musste verbergen, dass ich ein Vampir war. Zwar hatte ich während der langen Reise Zeit genug gehabt mir eine plausibel klingende Geschichte auszudenken, es fiel mir jedoch unendlich schwer meine Eltern zu belügen. Ich erzählte, wir wären auf dem Heimweg von einer rätselhaften Krankheit befallen worden, die Ares leider nicht überlebt hätte. Ich selbst könne seither kein Tageslicht mehr ertragen und sei deshalb zum Nachtmenschen geworden.

Meine Eltern glaubten meine Lüge und taten alles, damit ich mich wohl fühlte. Mein Zimmer wurde verdunkelt und es war jedem streng verboten, mich während des Tages zu stören. Das Blut, das ich benötigte, verschaffte ich mir bei meinen nächtlichen Streifzügen in die Dörfer der Umgebung.

Ares hatte im Burggarten seine letzte Ruhe gefunden, so wie es mein Wunsch gewesen war. Doch ich fand nicht den Frieden, den ich mir im Kreis meiner Familie erhofft hatte. Immer länger streifte ich ruhelos durch die Nacht und verbrachte immer öfter die Tage in Höhlen oder Ruinen. Nach was ich suchte konnte ich mir selbst nicht erklären. Am liebsten wäre ich weggegangen von meinem Heim und meinen Angehörigen, doch das würde meinen Eltern einen weiteren Sohn rauben. Denn wenn ich fortging, das war mir klar, würde ich keinen von meiner Familie jemals wiedersehen.

Die Entscheidung wurde mir eines Nachts von Zenon abgenommen. Er spürte mich zwei Jahre nach meiner Flucht auf. Während meiner Abwesenheit kam er ans Burgtor und mein Vater gewährte ihm ahnungslos Einlass. Natürlich spürte ich seine Aura sofort, als ich spät in der Nacht zu Hause eintraf und trat ihm gegenüber. Er drohte, meiner Familie etwas anzutun, sollte ich nicht freiwillig mit ihm gehen. Um zu beweisen wie ernst es ihm war, hatte er meine jüngste

Schwester samt ihrer Zofe in seine Gewalt gebracht. Das junge Kindermädchen kauerte vor Angst schlotternd in einer Ecke, meine kleine Schwester im Arm haltend. Ihr Hals und ihr Kleid waren mit Blut besudelt weil Zenon sie gebissen hatte.

Es bedurfte keiner weiteren Worte, um mir den Ernst der Lage klarzumachen. Die einzige Möglichkeit, das Leben meiner Angehörigen zu retten, war, mich in seine Hände zu begeben.

Ich zögerte nicht, da mich noch immer Schuldgefühle wegen Ares Tod quälten, ein weiteres Familienmitglied zu opfern um mich selbst zu retten kam mir nicht in den Sinn. Ich nahm meine Gefangennahme als Sühne an, für die Lügen die ich meinen Eltern aufgetischt hatte.

Also begab ich mich ohne Gegenwehr in Zenons Gewalt und folgte ihm aus der Burg ohne mich noch einmal umzudrehen. Ich wusste, ich würde nie mehr hierher zurückkehren und meine Eltern würden den Verlust eines weiteren Sohnes betrauern …"

Kapitel 9:   Verwirrte Gedanken

Midas fuhr sich über die Augen als sei er müde, aber die Traurigkeit darin konnte er nicht wegwischen. Sina empfand Mitleid als sie es sah und hätte ihn am liebsten getröstet, doch sie wusste nicht wie. Deshalb fragte sie leise: „Hast du sie nochmals gesehen?"

Er schüttelte den Kopf. „Nein. Zwar ist es mir gelungen Zenon zu entkommen, doch hierher zurückzukehren wagte ich nicht. Ich wusste, dass er mich weiterhin verfolgte und meine Familie erneut bedrohen würde. Deshalb floh ich immer weiter und kehrte schließlich Deutschland ganz den Rücken. Im Laufe der Jahrhunderte durchquerte ich fast jedes Land Europas ohne mich irgendwo lange niederzulassen. Zenon blieb mir auf den Fersen wie ein Bluthund und kam mir auch mehrmals gefährlich nahe. Es gelang ihm sogar noch weitere zweimal, mich in seine Gewalt zu bringen. Aber die Rückreise nach Griechenland ist beschwerlich, besonders wenn man einen widerspenstigen Gefangenen beaufsichtigen muss. Mit viel Glück gelang es mir ihm zu entfliehen. Je älter ich wurde, desto stärker prägten sich meine vampirischen Fähigkeiten aus, so dass ich Zenon schließlich ebenbürtig war. Dennoch gelang es mir bis heute nicht, ihn abzuschütteln. Wenn man so will, scheinen unsere Schicksalsfäden für ewig miteinander verwoben.

Damit ich emotional nicht angreifbar war, vermied ich engere Beziehungen zu Menschen. Das machte mich zwar zum Einzelgänger, doch es musste auch niemand dafür leiden oder sterben, weil er mir etwas bedeutete.

So verbringe ich seit ungefähr fünf Jahrhunderten ein Leben auf der Flucht. Vor einigen Jahren beschloss ich jedoch, die Welt nicht mehr weiter ziellos zu durchstreifen. Ich fühlte mich müde und ausgelaugt und wollte meinem Leben wieder einen Sinn geben. Von Zenon hatte ich seit Jahrzehnten kein Lebenszeichen bekommen und insgeheim gehofft, er hätte die endlose Verfolgung ebenfalls satt und sei nach Griechenland heimgekehrt.

Ich beschloss auf die Walburg zurückzukehren um hier wieder heimisch zu werden. Zu dem Zeitpunkt lebte der alte Graf von Walberg noch, mein letzter direkter Nachkomme, wie ich in Erfahrung brachte. Ich traf ihn ein einziges Mal um mir ein Bild von ihm zu machen, sympathisch fand ich ihn allerdings nicht. Er war ein unzufriedener Geizhals, der die Burg verkommen ließ, was mich erboste. Und er war sehr krank, ich konnte sein nahendes Ende deutlich spüren. Ich beschloss mich vorerst im Turmzimmer der Burg einzunisten, es war lange unbewohnt gewesen aber in gutem Zustand. Nur ein paar kleine Änderungen waren notwendig, damit ich dort tagsüber sicher schlafen konnte. Dank eines kleinen vampirischen Zaubers fiel weder dem alten Grafen, noch den Krämers etwas auf.

Nach dem Tod des Alten trat ich als Käufer auf, denn ich wollte möglichst wenige Spekulationen um meine Person aufkommen zu lassen. Deshalb bezahlte ich den unverschämt überteuerten Preis, den die Erben des alten Grafen forderten ohne lange Verhandlungen. Dann begann ich umgehend mein Geburtshaus vor dem langsamen Verfall zu retten. Die nötigen Geldmittel hatte ich. Mein Vermögen lag seit Jahrhunderten in den Händen vertrauenswürdiger Personen, die es für mich verwalteten und vermehrten. Ich dachte wirklich, ich könne hier endlich in Frieden leben. Als jedoch der Mord an Ella Krüger geschah, wurde mir sehr schnell klar, dass Zenon meine Verfolgung nicht aufgegeben und mich erneut aufgespürt hatte."

„Aber was bezweckte er damit? Frau Krüger war doch bloß eine Geschäftspartnerin, wieso hat Zenon sie ermordet?" Jens sah Midas fragend an. „Oder kanntest du die Dame näher…?"

Midas Blick huschte kurz zu Sina hin bevor er eingestand:
„Nun, ein bisschen mehr als nur geschäftliches Interesse zeigte Ella Krüger schon an mir. Auch ich fand sie nicht unattraktiv und da wir beide frei und ungebunden waren… Zenon hat wohl gehofft, er könne mir durch Mord Unannehmlichkeiten bereiten um mich so erneut zur Flucht zu bewegen. Denn hier, in meinem eigenen Heim, kann er mich nicht überwältigen. Vampire können nicht unaufgefordert das

Eigentum eines anderen Vampirs betreten. Deshalb ist die Burg momentan der sicherste Ort für Euch."

Midas schaute seine Gäste fragend an. Als weder Sina noch Jens etwas sagten, meinte er bekümmert:

„Ich weiß, es ist viel, was ihr heute durchgemacht und erfahren habt. Leider seid ihr in die Geschichte, die eigentlich nur Zenon und mich betrifft, hineingezogen worden. Aber er scheint entschlossen, Euch als Druckmittel gegen mich zu benutzen. Ich muss gestehen, dass mich das ziemlich ratlos macht. Ich kann ihn leider nicht hindern, Euer Leben zu bedrohen um mich damit zu erpressen. Ihr seht mich wirklich ratlos"

Jens schaute Midas mit festem Blick ins Gesicht und beteuerte ernst: „Du hast uns zu Anfang des Abends gebeten, dir in deinem Kampf gegen Zenon beizustehen…"

„Ja, tut mir leid, das war unüberlegt von mir. Auch meine Nerven waren durch die Ereignisse zum zerreißen angespannt. Aber inzwischen ist mir klar geworden, dass ich das nicht verantworten kann. Es ist viel zu gefährlich…"

„Aber ich sehe das als Ehrensache an und Sina sicher ebenso", unterbrach Jens mit einem fragenden Blick zu Sina. Sie nickte voller Überzeugung und er redete weiter. „Wenn Zenon uns in diese Angelegenheit hineingezogen hat, indem er uns töten wollte, dann ist es unser Recht und auch unsere Pflicht, dir gegen ihn beistehen. Denn du hast unser Leben gerettet. Zudem sehe ich mich auch in meinem beruflichen Ehrgeiz gepackt, schließlich kämpfe ich gegen das Böse, wenn es sein muss auch gegen einen Vampir."

Sein glühender Eifer erwirkte ein schwaches Lächeln auf Midas angespannten Zügen. Dennoch gab er zu bedenken: „Es ist sehr gefährlich, das kann ich nicht oft genug betonen. Aber andererseits sähe ich tatsächlich einen kleinen Hoffnungsschimmer darin, wenn mich Menschen in meinem Kampf unterstützen würden. Denn das größte Handicap für einen Vampir ist es, dass er während des Tages nicht handlungsfähig ist. Gut, das trifft auch auf Zenon zu, zu meinem Glück. Aber es wäre wirklich eine große Hilfe für mich, wenn ihr

Erkundigungen für mich tätigen könntet, zu denen ich selbst leider nicht in der Lage bin. Doch darüber können wir uns in der nächsten Nacht unterhalten, da habt ihr während des Tages genug Zeit, nochmals in Ruhe über alles nachzudenken. Doch zuerst müsst ihr einige Stunden schlafen, es ist bereits spät oder auch früh, wie man es nimmt. Ich fühle mich ebenfalls erschöpft und sollte mich auch noch auf die Suche nach einem Blutspender machen. Ich werde euch deshalb jetzt zu euren Zimmern begleiten."

Er erhob sich und Jens und Sina taten es ihm nach. Sie spürten beide die Erschöpfung und Müdigkeit wie Blei in den Knochen und wollten nur noch schlafen. So folgten sie Midas wortlos aus dem Zimmer und tappten hinter ihm her durch die dunklen Gänge. Schließlich blieb er vor einer Tür stehen und öffnete sie.

„Du kannst hier in diesem Zimmer schlafen", meinte er an Jens gewandt und betätigte den Lichtschalter. Eine einfache Lampe erhellte ein nur spärlich möbliertes Zimmer, dessen Wände frisch gekalkt waren. Es roch intensiv nach Mörtel. Ein aufgeklapptes Reisebett mit einigen Kissen und Decken darauf sowie ein kleiner Tisch und ein Stuhl waren die einzigen Möbel.

„Das ist eines der Zimmer, die für Arbeiter fertiggestellt wurden, die weiter entfernt wohnen und während der Woche hier übernachten. Tut mir leid, etwas komfortableres kann ich dir im Moment leider nicht anbieten. Dafür ist es hier aber sicherer als im Gasthof."

Midas lächelte schwach zu Jens hin, dann deutete er auf das Fenster.

„Du kannst es unbesorgt öffnen, wenn dir der Geruch zu streng ist. Bis hier herauf kann selbst ein Vampir nicht ohne Hilfsmittel klettern. Und in eine Fledermaus können wir uns entgegen anders lautender Behauptungen leider nicht verwandeln."

Jens zuckte nur müde die Schultern, er fühlte sich so erledigt, dass er sogar zugestimmt hätte in einem Sarg zu übernachten.

Bevor Midas mit Sina zu deren Zimmer weiterging ermahnte er Jens nochmals: „Du kannst morgen unbesorgt dein Auto holen und heimfahren um die Geräte zu holen, die dir für die Jagd nach Zenon erforderlich scheinen. Sieh aber zu, dass du unbedingt vor Einbruch der Dunkelheit wieder hier auf der Burg bist. Schaffst du das?"

„Ja klar" murmelte Jens und wunderte sich nur kurz, dass der Vampir wusste, was er am kommenden Morgen tun wollte. Obwohl er es gar nicht erwähnt, aber darüber nachgedacht hatte. Es kam ihm bereits fast normal vor, dass Midas in seinen Gedanken las.

Nach einem kurzen Nicken schloss Jens die Tür und Midas drehte sich zu Sina um, die neben ihm stand und aussah als sei sie im Stehen eingeschlafen. Kurz entschlossen hob er sie auf seine Arme und trug sie durch die dunklen Gänge bis zu ihrer Zimmertür.

Sina kam es gar nicht in den Sinn zu protestieren. Erschöpft und müde lehnte sie den Kopf an seine Brust und genoss es, seinen herben, männlichen Geruch einzuatmen. Es fühlte sich sehr gut an in seinen starken Armen zu liegen und irgendwie seltsam vertraut. Sie hätte nichts dagegen gehabt in seinen Armen einzuschlafen und schmiegte sich noch enger an ihn.

Vor ihrem Zimmer hielt er kurz an, drückte mit dem Ellbogen die Klinke nieder und versetzte der Tür mit dem Knie einen Stoß, so dass sie nach innen aufschwang. Dann trug er Sina zu ihrem Bett und legte sie behutsam darauf ab. Sie öffnete widerwillig die Augen und stieß einen bedauernden Seufzer aus. Ihre Gedanken kreisten nur träge durch ihr Gehirn, sie war so müde, dass sie kaum noch denken konnte. Trotzdem vermisste sie die tröstliche Wärme seines Körpers und murmelte kaum hörbar:

„Bleib doch bei mir, bitte. Wenigstens bis ich eingeschlafen bin."

„Du schläfst ja bereits", meinte er lächelnd, legte sich aber bereitwillig neben sie, bettete einen Arm unter ihren Kopf und legte den anderen leicht auf ihren Leib. Sie war tatsächlich schon eingeschlafen, wie er an ihren gleichmäßigen Atemzügen erkannte. Lange betrachtete er ihre im Schlaf entspannten Gesichtszüge, dann beugte er sich über sie und küsste zärtlich ihren Mund. Sie gab ein murmelndes Geräusch von sich, wachte aber nicht auf.

Sachte, um sie nicht zu wecken, zog er seinen Arm unter ihrem Kopf hervor und erhob sich vom Bett. Er streifte ihr die Schuhe von den

Füßen und breitete die Decke leicht über ihren Körper. Dann verließ er das Zimmer und schloss leise die Tür hinter sich.

Jens saß bereits am Frühstückstisch als Sina herunter kam. Er sah sie lächelnd an. „Guten Morgen. Hast du gut geschlafen?"
„Wie ein Murmeltier, trotzdem bin ich noch müde. Und du? Du siehst übernächtigt aus."
„Ich konnte lange nicht einschlafen obwohl ich hundemüde war. Mir ging einfach zu viel im Kopf herum. Diese Sache ist natürlich eine wahre Sensation für mich, beruflich gesehen. Was sind schon ein paar harmlose Klopfgeister gegen echte Vampire. Mit der Geschichte könnte ich berühmt werden."
Sina sah ihn erschrocken an. „Du willst doch damit nicht an die Öffentlichkeit treten? Das kannst du Midas nicht antun. Er hat sein Leben riskiert um uns zu retten. Und er vertraut uns, sonst hätte er uns niemals seine Geschichte erzählt. Nicht zuletzt haben wir zugestimmt, ihm zu helfen."
Er hob beschwichtigend die Hände.
„Beruhige dich, ich will doch gar nicht mit der Story hausieren gehen. Zumindest nicht sofort. Zudem dachte ich an einen Roman wie Dracula. Vielleicht gibt mir Midas ja die Erlaubnis dazu wenn die Angelegenheit erst ein gutes Ende gefunden hat. In dem Fall würde ich aber auch niemals seinen Namen oder Aufenthaltsort preisgeben. Nein, ich habe mir heute Nacht den Kopf darüber zerbrochen, mit welchen technischen Geräten ich diesem Zenon zu Leibe rücken könnte. Im Gegensatz zu Spukgestalten sind Vampire aus Fleisch und Blut, mit Mikrophon oder Spezialkamera komme ich da vermutlich nicht weiter. Zum Glück besitze ich noch einige andere nützliche Spielsachen. Wenn es uns damit gelänge Zenon während des Tages aufzuspüren und vielleicht sogar wehrlos zu machen, hätte Midas es einfach ihn endgültig unschädlich zu machen. Deshalb werde ich jetzt gleich nach Hause fahre um meine Geräte zu holen. Bis zum Sonnenuntergang wäre ich auf jeden Fall wieder hier. Willst du nicht mitkommen?"

Nach kurzem überlegen lehnte Sina ab, sie wollte sich lieber ausruhen. Sie ermahnte Jens ebenfalls, sich zu beeilen und vorsichtig zu sein.

Eigentlich hätte sie sich gerne mit ihm über die Ereignisse der vergangenen Nacht unterhalten. Aber wenn Jens Gerätschaften besaß, mit denen sie Midas bei seiner gefährlichen Mission unterstützen konnten, so war das zweifellos vorrangig. Zum Reden blieb noch Zeit genug.

Da Jens sein Frühstück beendet hatte stand er auf und ging zur Tür. Er wünschte Sina und Frau Krämer, die gerade mit frischem Kaffee aus der Küche kam einen schönen Tag, dann war er verschwunden.

Während Sina sich hungrig über ihr Frühstück hermachte unterhielt sie sich mit der älteren Frau, die ihr ein wenig Gesellschaft leistete. Insgeheim wunderte sie sich darüber, dass Frau Krämer kein Wort darüber verlor, das Jens mitten in der Nacht hier eingezogen war. Midas vampirischer Einfluss auf seine Mitmenschen schien selbst durch dicke Mauern hindurch zu funktionieren.

Auch von dem dramatischen Vorfall auf dem Parkplatz schien Frau Krämer keine Ahnung zu haben, was aber vermutlich daran lag, dass die Wohnung der Krämers am entgegen gesetzten Ende der Burg lag. Zudem saß das Hausmeisterehepaar so spät abends meist vor dem Fernseher und bekam nicht mit, was sich auf dem Parkplatz abspielte.

Es fiel Sina schwer, dem unbeschwerten Geplapper der älteren Frau zuzuhören und auf ihre Fragen zu antworten. Ihre Gedanken kreisten noch immer um die Ereignisse der vergangenen Nacht und eigentlich hätte sie lieber in Ruhe darüber nachgedacht. Aber sie wollte nicht unhöflich sein, deshalb zwang sie sich dazu auf das belanglose Gespräch einzugehen. Als im Nebenzimmer das Telefon klingelte und Frau Krämer weg rief empfand sie das wie eine Befreiung. Schnell stellte sie ihr Geschirr zusammen und trug es in die Küche. Dann verließ sie eilig den Raum und ging hinauf zu ihrem Zimmer. Unschlüssig schaute sie sich um und überlegte, was sie tun sollte. Dringende Arbeiten, die sie zu erledigen hätte, lagen nicht an. Zudem hatte sie dafür heute keinen Kopf, ebenso wenig zum Lesen. Also lies sie sich einfach aufs Bett fallen und kickte ihre Schuhe von den Füßen.

Mit hinter dem Kopf verschränkten Händen lag sie da und starrte an die Decke. Sie würde in aller Ruhe nachdenken beschloss sie. Es gab wahrhaftig genug, über das sie nachdenken musste, je eher sie anfing, desto besser.

Aber ihre Gedanken wollten sich einfach nicht auf die Fragen konzentrieren, die sie am meisten bewegten. Stattdessen erschien vor ihrem inneren Auge immer wieder das Gesicht von Midas. Seine dunklen Augen sahen sie beschwörend an und sie meinte, Trauer und Verletzlichkeit in ihnen zu erkennen, aber auch Leidenschaft.

Sie verlor sich mehr und mehr in dieser Leidenschaft, fast meinte sie ihn körperlich zu spüren. Längst hatte sie die Augen geschlossen, gab sich der sexuellen Erregung hin, die der pure Gedanke an ihn in ihr auslöste. Sie spürte, wie sich pochendes Verlangen in ihrem Unterleib ausbreitete, ihr Schoß heiß pulsierte und feucht wurde. Fast unbewusst schob sich ihre Hand unter den Bund der leichten Sommerhose und ihre Finger glitten in die heiße Nässe. Während sie sich selbst liebkoste gaukelten ihr die Gedanken vor, Midas wäre bei ihr und seine Finger, seine Zunge würden ihr Lust bereiten.

Sehr schnell kam sie zum Höhepunkt und kehrte ins Bewusstsein zurück. Den leichten Anflug von Scham wischte sie schnell beiseite. Sie hatte schon lange nicht mehr das Bedürfnis verspürt, sich selbst zu befriedigen aber es hatte ihr gut getan und sie fühlte sich entspannt. So entspannt, dass sie schläfrig wurde und kurz darauf in Schlaf versank.

Es war bereits später Nachmittag als Sina erwachte. Sie fühlte sich ausgeschlafen, fit und voller Tatendrang. Außerdem war sie hungrig und verlies deshalb ihr Zimmer um in der Küche nach etwas Essbarem zu suchen. Die Krämers waren zum Großeinkauf in den Supermarkt gefahren, doch auf dem Küchentisch lag ein Zettel, dass Sinas Essen in der Mikrowelle stünde.

Die Mahlzeit war schnell warm gemacht und schmackhaft. Sina wusch das Geschirr ab und stellte es zum Trocknen auf die Spüle. Sie beschloss einen kleinen Verdauungsspaziergang durch den Burggarten zu machen. Jens würde bald zurück sein und sobald Midas erwachte, würden sie viel zu bereden haben. Sicher würde es wieder eine lange Nacht werden, da war es gut zuvor ein wenig Frischluft zu tanken.

Draußen war es sonnig und angenehm warm, erstaunt stellte sie fest, dass der Garten seit ihrem letzten Spaziergang förmlich aufgeblüht war. Aus den aufbrechenden Knospen der Bäume hatten sich inzwischen zartgrüne Blätter gebildet. Es duftete nach Blüten und feuchter Erde.

Sie schlenderte den gepflasterten Weg entlang und versuchte ihre Gedanken zu sortieren. Jetzt, da sie ausgeschlafen war, gelang es ihr viel besser sich darauf zu konzentrieren. Doch mit der Erinnerung drangen auch die Schreckensbilder des vergangenen Abends in ihr Gedächtnis zurück. Der Anblick der kämpfenden Vampire mit ihren zu Fratzen verzerrten Gesichtern und den mörderischen Fangzähnen. Die klaffenden Wunden, die sie sich gegenseitig zugefügt hatten. Jeder Mensch wäre daran innerhalb weniger Minuten verblutet. Doch bei Midas war davon schon wenig später nichts mehr zu erkennen gewesen. Sicher war auch Zenons stark blutende Bisswunde an seinem Hals ohne größeren Schaden abgeheilt. Anscheinend gehörten Vampire einer besonders zähen Spezies an.

Sie verdrängte energisch die Schreckensbilder aus ihrem Kopf, es brachte nichts, sie immer und immer wieder vor sich zu sehen. Lieber wollte sie über das nachdenken, was Midas ihr und Jens erzählt hatte. Eine wirklich unglaubliche Geschichte, die sie dennoch Wort für Wort glaubte.

Sie versuchte sich in den jungen, stolzen Grafensohn hineinzuversetzen, der voller Lebens- und Abenteuerlust in das Heimatland seiner Mutter gereist und als Vampir zurückgekehrt war.

Bisher hatte sie sich über die Existenz von Vampiren niemals Gedanken gemacht, sie einfach ins Reich der Literatur oder Horrorfilme verbannt. Nicht gerade ihr Niveau. Nie hätte sie auch nur eine Sekunde geglaubt, dass es solche Wesen wirklich geben könnte.

Gedankenverloren setzte sie sich auf eine steinerne Gartenbank, die von der Sonne angenehm aufgewärmt war und starrte über die nahe

Mauer in die Ferne ohne wirklich etwas zu sehen. Stattdessen sah sie Midas Gesicht vor sich, schön wie das eines griechischen Gottes. Mit Augen, die bis in ihr Herz schauen konnten. Und Lippen, schön geschwungen und weich, aber auch fordernd und leidenschaftlich auf ihren eigenen.

Bei diesem Gedanken stockte sie und runzelte irritiert die Stirn. Midas hatte sie noch nie geküsst. Dennoch meinte sie sich genau an seinen weichen Mund, seine samtige streichelnde und dennoch fordernde Zunge zu erinnern, die in ihr die erotischsten Gefühle ausgelöst hatte. Selbst jetzt, da sie nur daran dachte, spürte sie wie sich erneut feuchte Hitze zwischen ihren Schenkeln ausbreitete. Verwirrt von der Intensität dieser Empfindung sprang sie auf und lief weiter den Weg entlang.

Du hast dich doch nicht etwa in diesen Mann verliebt? fragte eine mahnende Stimme in ihrem Gehirn und sie schüttelte spontan den Kopf. Nein, natürlich nicht. Midas war ein Vampir, ein Blut trinkendes Wesen. Der schon unzählige Menschen getötet und sich von ihrem Blut ernährt hatte, wie er selber zugegeben hatte. Sogar seinen eigenen Bruder hatte er auf dem Gewissen.

Aber er war doch selbst ein Opfer, gab eine andere Stimme in ihrem Kopf zu bedenken. Gegen seinen Willen zu dem gemacht worden was er war. Und letztendlich hatte er es aus eigener Kraft geschafft, seinem Mordtrieb zu widerstehen. Seit vielen Jahrhunderten hatte er nicht mehr gemordet.

Dennoch, obwohl es fünfhundert Jahre her war, blieb er ein Mörder.

Sina hielt sich die Ohren zu, als könne sie so die Stimmen zum Schweigen bringen. Erschöpft lehnte sie den Kopf an den Stamm einer Birke und schloss die Augen. Einige Male atmete sie tief durch und versuchte an gar nichts zu denken. Tatsächlich gelang es ihr, sich zu beruhigen und wieder klar zu denken.

Während sie weiter den Weg entlang schlenderte, versuchte sie sich erneut in den jungen Midas hinein zu versetzen. Sie überlegte was in ihm vorgegangen sein mochte, als ihm all diese Gräuel angetan wurden. Fast meinte sie seine Verzweiflung, seinen Schmerz zu spüren, aber auch die Liebe, die er für seinen Bruder empfunden hatte. Hätte man ihn nicht durch Drogen und Zwang seiner Ehre und Menschlichkeit beraubt, er wäre niemals zu einem mordenden Vampir geworden.

Sie wusste aus schlimmer Erfahrung, was Drogen aus einem Menschen machen konnte. Ihr älterer Bruder Kevin war während der Schulzeit aus Neugier in eine Clique von Drogensüchtigen geraten und selbst abhängig geworden. Noch heute konnte sie ihre Eltern hören, die mit allen ihnen zur Verfügung stehenden Mitteln versucht hatten, ihren Sohn von den Drogen wegzubringen. Vergeblich, er starb mit gerade mal achtzehn Jahren an einem goldenen Schuss.

Sie konnte sich noch gut an Kevin erinnern, er war ein liebenswerter, intelligenter Junge gewesen. Doch die Sucht hatte ihn in ein unberechenbares Individuum verwandelt, das sich sogar an der Sparbüchse seiner Schwester vergriff, um seinen nächsten Stoff zu finanzieren. Als sie ihn dabei überraschte und zur Rede stellte, hatte er sie geschlagen. Seitdem hatte sie ihn gefürchtet, ja sogar gehasst, erst nach seinem Tod langsam begriffen, dass es nicht ihr Bruder selbst, sondern die Sucht gewesen war die ihn so verändert hatte.

Und jetzt, nachdem sie intensiv darüber nachdachte, gelang es ihr allmählich in Midas nicht nur den Vampir und Mörder zu sehen, sondern vor allem das unschuldige Opfer einer Verschwörung. Seine Folterknechte hatten vor nichts zurückgeschreckt um ihn zu einem Wesen zu machen, das Blut trank und tötete. Sie hatten ihn unmenschlichen Prüfungen unterzogen, seinen Körper und Geist gequält. Sein Bruder war daran zerbrochen, doch er hatte überlebt. Obwohl er lieber gestorben wäre.

Er tat ihr plötzlich unendlich leid. Sie hatte in der letzten Nacht die tiefe Verzweiflung und den Selbsthass in seinen Augen gesehen und gespürt wie ihn seine Taten noch heute verfolgten. Was konnte schlimmer sein, als Jahrhunderte leben und Nacht für Nacht die eigenen Dämonen bekämpfen zu müssen? Midas befand sich seit fünfhundert Jahren im Fegefeuer. Ohne Aussicht auf Erlösung.

Hoffentlich konnten sie und Jens ihm wenigstens dabei helfen seinen Todfeind Zenon endlich zu besiegen. Vielleicht würde Midas ja dann ein wenig Frieden finden.

In Gedanken versunken stand sie auf und schlenderte weiter durch den Garten. Sie grübelte darüber nach, wie sie ihm helfen könnte und simulierte, ob es vielleicht eine Möglichkeit gäbe, den Vampirfluch von Midas zu nehmen. Aber was würde dann aus ihm? Am Ende würde das seinen Tod bedeuten.

Schnell schüttelte sie diesen Gedanken ab, sie wollte nicht, dass er starb. Auf geheimnisvolle Weise fühlte sie sich mehr und mehr zu ihm hingezogen. Der Gedanke, dass er wieder aus ihrem Leben verschwinden könnte. verursachte ein Gefühl von Leere und Traurigkeit in ihr.

Eine Mauer hinderte sie plötzlich daran ihren Weg fortzusetzen, verwirrt blieb sie stehen und erkannte, dass sie vor dem Burgturm stand. Ihr Blick glitt hinauf zu dem Fenster, hinter dessen dicht verschlossenen Vorhängen Midas geheimes Reich lag. Lag er dort oben, in seinem todesähnlichen Tagesschlaf gefangen? Vor ihrem inneren Auge meinte sie ihn auf seinem Bett liegen zu sehen.

Ohne wirklich zu bemerken dass sie dorthin gegangen war, fand sie sich plötzlich vor der hölzernen Tür wieder und drückte den Knauf. Zu ihrer Verblüffung öffnete sich die Tür und schwang lautlos nach innen. Schnell warf Sina einen Blick über ihre Schulter. Sie war allein im Garten, niemand beobachtete sie. Ohne darüber nachzudenken schlüpfte sie durch den Türspalt und drückte die Tür leise ins Schloss. Ihre Hand tastete nach der Stelle an der sich der Lichtschalter befand und sie wunderte sich nur kurz, dass sie sich daran erinnern konnte.

Ihr Herz begann heftig zu klopfen als sie die Treppen erklomm, doch lief sie unbeirrt die vielen Stufen nach oben. Vor der Tür, die endgültig in das Reich des Vampirs führte, hielt sie abermals inne. Sollte sie diese letzte Barriere überwinden? Was wollte sie eigentlich hier und wäre es ihm überhaupt recht, dass sie einfach bei ihm eindrang?

Aber eine innere Stimme sagte ihr, dass Midas nichts dagegen hätte, ja es sogar sein Wunsch war, dass sie ihn aufsuchte.

Weshalb sonst war seine Tür unverschlossen, er hatte gewiss nicht vergessen sie abzuschließen. Entschlossen drückte sie die Klinke herunter und die Tür schwang lautlos nach innen. Langsam trat sie hindurch und schloss sie hinter sich. Es herrschte keine absolute Dunkelheit wie sie eigentlich vermutet hatte. Der sanft flackernde Schein einer klobigen Kerze in einem schweren Wandhalter strahlte gerade genug Helligkeit aus, um das Zimmer in mattes Licht zu tauchen.

Sinas Augen gewöhnten sich schnell an die diffuse Beleuchtung und sie erkannte die schönen alten Möbelstücke wieder, die sie am vergangenen Abend nur unbewusst wahrgenommen hatte. Auch jetzt gönnte sie ihnen nur einen flüchtigen Blick, obwohl sie es wert waren genauer betrachtet zu werden. Ihr Blick glitt stattdessen hin zu dem großen dunklen Himmelbett, das fast eine ganze Wand des Zimmers einnahm.

Ihr Herz schlug schneller als sie die reglose Gestalt erkannte, die in der Mitte des Bettes lag. Zögernd trat sie näher und starrte lange auf Midas entspanntes Gesicht. Sein dunkles Haar lag wie ein Fächer auf dem weißen Kissen ausgebreitet, der Kerzenschein zeichnete eine scharfe Linie in seine edlen Züge und ließ ihn fast überirdisch schön erscheinen. Sina konnte lange den Blick nicht von ihm wenden, sie war voll und ganz in seine Betrachtung versunken.

Törichtes Weib, du benimmst dich wie ein verliebter Teenager der seinen Star anhimmelt, schalt sie sich schließlich selbst und zwang ihre Augen weg von seinem Gesicht um sie über seinen Körper gleiten zu lassen. Er lag vollständig angekleidet auf der Bettdecke, nur die Schuhe hatte er ausgezogen, sie standen vor dem Bett.

Neugierig bückte sich Sina zu ihm herab, beobachtete lange seinen Oberkörper. Doch kein Atemzug hob oder senkte seine Brust. Sie fröstelte bei dem Gedanken, dass er tot sein könnte. Ihr Wissen über Vampire war nur bescheiden, doch sie wusste immerhin, dass sie tagsüber tot waren und in ihrem Sarg liegen mussten. Zumindest die Geschichte mit dem Sarg stimmte ganz offensichtlich nicht, worüber sie sehr erleichtert war.

Fast gegen ihren Willen legte sie ihre Hand sachte auf Midas Wange und seufzte erleichtert als sie nichts von der starren Kälte fühlte, die ein Leichnam ausstrahlte. Die Haut des Vampirs fühlte sich zwar kühl aber durchaus lebendig an. Mutiger geworden griff sie nach seinem Handgelenk um nach einem Pulsschlag zu tasten. Tatsächlich konnte sie ein schwaches Pochen spüren, so schwach und langsam, dass man es kaum wahrnahm. Er war also nicht wirklich tot sondern befand sich in einer Art Starre, ähnlich vielleicht wie ein Frosch im Winter.

Ihr Vergleich des betörenden Vampirs mit einem Frosch nötigte ihr ein Lächeln ab. Was für ein Glück, dass er momentan nicht in der Lage war ihre Gedanken zu lesen. Vermutlich wäre er keinesfalls entzückt darüber.

Die Uhr schien stillzustehen in dem stillen abgedunkelten Raum und Sina vergaß über ihrer Betrachtung der reglosen Gestalt auf dem Bett jegliches Zeitgefühl. Ihre Gedanken kreisten erneut um die eigentlich unglaubliche Geschichte, die Midas ihr erzählt hatte aber je länger sie darüber nachdachte, desto mehr vertraute sie ihm.

Irgendwann löste sich ihre nachdenkliche Versunkenheit, ihr Blick glitt zu seinem Gesicht und sie erstarrte. Midas' Augen waren geöffnet und sahen sie intensiv an.

Kapitel 10: Liebesnacht mit dem Vampir

„D… du bist wach? Ich habe es gar nicht bemerkt. Wie lange…? Ist es schon so spät?"

Sie stockte und überlegte fieberhaft, an was sie in den letzten Minuten gedacht hatte. Es wäre zu peinlich wenn er mitbekommen hätte, dass sie mit ihren Gedanken bei ihm gewesen war.

Er lächelte als er ihren erschrockenen Gesichtsausdruck sah und meinte beruhigend: „Ich bin eben erst aufgewacht und sehr erfreut, dich hier zu sehen. Es kam bisher noch nie vor, dass mich beim Erwachen eine schöne Frau erwartete."

„Deine Tür war nicht abgesperrt und deshalb…" Verlegen brach sie ab. Es gab einfach keine vernünftige Erklärung dafür, dass sie ungebeten in seine Wohnung eingedrungen war. Sie spürte wie die Röte in ihre Wangen kroch und wäre am liebsten aufgestanden und geflüchtet.

Doch Midas schien ihre Fluchtgedanken zu spüren. Mit einer geschmeidigen Bewegung erhob er sich vom Bett und stand dicht vor ihr. Sanft fasste er sie an den Händen und zog sie von dem Stuhl hoch, auf dem sie gesessen hatte.

Fest blickte er ihr in die Augen.

„Du musst dir keine Gedanken machen, Sina. Ich habe die Tür extra für dich offen stehen lassen. Es war mein Wunsch, dass du zu mir hier herauf kommst."

Er sah das Misstrauen in ihren Augen aufblitzen und beschwichtigte sofort: „Du musst keine Angst vor mir haben, ich würde dir nie etwas antun und ich will dich auch nicht verführen..."

„Aber warum wolltest du denn, dass ich zu dir komme?"

Noch immer klang ihre Stimme verlegen und irritiert. Sie versuchte seinem intensiven Blick auszuweichen doch das war kaum möglich, weil er so nahe vor ihr stand. Deshalb hielt sie den fesselnden dunklen Augen stand.

„Komm, setz dich zu mir und entspann dich." Lächelnd ließ er sich auf seinem Bett nieder und nötigte sie sanft, sich neben ihn zu setzen.

Wie selbstverständlich hielt er weiter ihre Hand in der seinen. Sie fühlte sich ein wenig kühl aber nicht unangenehm an.

Die vertrauliche Berührung übte eine beruhigende Wirkung auf Sina aus. Sie entspannte sich merklich und drehte sich zu ihm, neugierig, was er ihr sagen würde.

„Zuerst wollte ich dir versichern, wie leid es mir tut, dass du in diese Angelegenheit, die eigentlich nur mich und Zenon betrifft, hineingezogen wurdest und so in Lebensgefahr gerietst. Wenn ich könnte würde ich es rückgängig machen, doch das liegt nicht in meiner Macht. Ich habe mir den Kopf zermartert, wie ich dich und natürlich auch deinen Freund vor erneuten Attacken schützen kann und bin zu dem Entschluss gelangt, Euch beide wegzuschicken. Und damit meine ich nicht nach Hause, dort wärt ihr immer noch in Gefahr. Ich dachte eher an einen längeren Auslandsurlaub, Amerika, Australien oder meinetwegen auch China. Je weiter weg, desto besser. Ich werde natürlich alle anfallenden Kosten übernehmen…"

„Nein, kommt nicht in Frage" unterbrach ihn Sina harsch und in ihren Augen flackerte Entschlossenheit, als sie ihn ansah. „Du hast dich uns anvertraut und wir haben dir unsere Hilfe zugesagt. Was bringt dich auf den Gedanken, wir würden dich im Stich lassen und uns ins Ausland absetzen, während du dich diesem blutgierigen Monster stellst."

Er blickte sie düster an, dann schüttelte er den Kopf. „Ich hätte Euch da niemals reinziehen dürfen und weiß heute nicht mehr, was mich gestern dazu bewogen hat, Euch mit meinen Angelegenheiten zu belasten. Noch nie in all den Jahrhunderten habe ich mich jemandem anvertraut. Hätte Zenon euch nicht angegriffen, nie und nimmer wäre ich auf die Idee gekommen, mich Menschen zu offenbaren."

„Aber er hat es nun einmal getan und du hast uns gerettet. Jens und ich haben deine Geschichte angehört und akzeptiert was du bist. Wir haben aus freien Stücken beschlossen dir in deinem Kampf gegen Zenon beizustehen. Weshalb willst du unsere Hilfe plötzlich nicht mehr annehmen?"

„Es ist einfach zu gefährlich für Euch", beharrte er. „Zenon schreckt vor keiner Gemeinheit zurück, er hat bereits Ella ermordet um mich zu treffen. Und es wäre ihm gestern fast gelungen auch Euch zu töten. Es war ein glücklicher Zufall, dass ich in der Nähe war und es gerade noch verhindern konnte."

Sina wollte seinen Einwand so nicht gelten lassen und konterte: „Gestern wussten Jens und ich auch noch nicht, dass du und Zenon Vampire seid und er uns nach dem Leben trachtet. Wir haben dir versprochen, uns nach Einbruch der Dunkelheit entweder hier oder in deiner Nähe aufzuhalten. Was soll uns also passieren?"

„Zenon wird weiter versuchen Euch in seine Gewalt zu bringen, leider ist er darin sehr erfinderisch. Und ich kann nicht garantieren, immer rechtzeitig da zu sein. Ich bin gezwungen mich regelmäßig zu ernähren um bei Kräften zu bleiben. Da ich nicht töte benötige ich jede Nacht das Blut von mehreren Menschen um genügend Energie zu tanken. Das benötigt einige Zeit. Du und Jens könnt mich dabei nicht begleiten und wärt mehrere Stunden ohne meinen Schutz. Sollte Euch in dieser Zeit etwas passieren, könnte ich mir das nie verzeihen."

„Aber hier in deinem Haus kann Zenon uns doch nichts anhaben."

„Das stimmt, doch er kann Euch unter irgendeinem Vorwand nach draußen locken. Wie gesagt ist er sehr erfinderisch und unglaublich geschickt. Bevor ihr überhaupt zum Nachdenken kämt, könntet ihr schon in eine Falle gelaufen sein."

„Und was ist mit dir? Falls du Zenon in die Hände fällst wird er versuchen, dich nach Griechenland zurückbringen. Weiß Gott, was dich dort Schreckliches erwartet. Vielleicht sogar dein Tod."

Midas schüttelte kategorisch den Kopf. „Du kannst mein Schicksal nicht mit dem Eurem vergleichen. Wenn es sein soll dass ich sterbe, dann werde ich den Tod klaglos annehmen. Ich existiere schon so lange, wie könnte ich mich da erdreisten um weitere Jahre zu feilschen. Ihr Beide seit jedoch noch jung, habt kaum ein Drittel eines normalen Menschenlebens erreicht. Ich könnte nicht ertragen, wenn Euch etwas zustößt."

Er senkte den Kopf und schaute nachdenklich auf seine Hand, die noch immer die ihre umschloss. Dann seufzte er leise und richtete seinen Blick wieder in ihr Gesicht. Seine Augen, so dunkel und ernst nahmen einen beschwörenden Ausdruck an. „Bitte Sina", murmelte er leise aber eindringlich, „versprich mir, dass du morgen früh abreisen wirst. Egal was ich gestern erzählt habe oder um was ich dich gebeten habe. Es war dumm und egoistisch von mir, dich und Jens in meine Angelegenheit zu ziehen."

„Das kann ich nicht, nicht mehr, nachdem du dich mir offenbart hast. Vielleicht ist es mir ja vorbestimmt dir beizustehen, hast du darüber schon einmal nachgedacht? Seit ich zum ersten Mal einen Fuß in dieses alte Gebäude gesetzt habe werde ich das Gefühl nicht los, dass ich aus einem bestimmten Grund hier bin. Und der hat nichts mit meiner Arbeit zu tun, die könnte auch ein Kollege tun. Bis gestern war es nur eine unbestimmte Ahnung, mit der ich nichts anzufangen wusste. Doch heute ist die Sache klar für mich. Ich bin hier um dir zu helfen."

Er schaute sie mit hochgezogenen Augenbrauen lange an und Sina meinte Verwirrung in seinen Augen zu sehen. Dann wurden seine Züge plötzlich weich und er stand so plötzlich auf, dass sie zusammenzuckte. Er zog sie hoch. „Komm mit, ich muss dir etwas zeigen. Und dir noch mehr erklären…"

Neugierig folgte sie ihm um das große Bett herum in den hinteren Teil des Zimmers. Er schritt direkt auf ein Bücherregal an der Wand zu und drückte dort auf ein dickes altes Buch. Mit leisem Knarren bewegte sich das Regal zur Seite und gab einen Durchlass frei. Midas trat hindurch und Sina folgte ihm zögernd in einen stockdunklen Raum.

„Einen Moment", murmelte er und schien an der Wand nach irgendetwas zu tasten. Kurz darauf erhellten die Lichter eines alten Kronleuchters den Raum. „Ich bin schon lange nicht mehr in diesem Zimmer gewesen" meinte er entschuldigend. „Ich fürchte, es ist alles ein wenig verstaubt."

Ein wenig war eine glatte Untertreibung, dicke graue Staubschichten überzogen wundervolle alte Möbel und kunstvolle Gegenstände, die Luft roch muffig. Vom Kronleuchter hingen lange Spinnwebfäden, die träge im entstandenen Luftzug schwebten. Vermutlich war hier schon seit Jahrzehnten nicht mehr geputzt und gelüftet worden.

Der Staub kribbelte in Sinas Nase und reizte sie zum Niesen. Schnell zog sie ihr Taschentuch hervor und hielt es sich vor Mund und Nase. Midas schien der aufgewirbelte Staub nichts auszumachen, er durchquerte zielstrebig das Zimmer und blieb vor einer Nische stehen in der ein Bild hing. Er starrte es an und schien in seinem Anblick zu versinken.

Langsam trat Sina neben ihn und blickte ebenfalls auf das Gemälde. Dann zuckte sie wie unter einem Blitzschlag zusammen. Mit allem hätte sie gerechnet, nur nicht mit diesem Anblick. Denn das Bild zeigte… sie selbst.

„Aber…" stammelte sie um gleich wieder zu verstummen. Zu schockierend war der Anblick des fast lebensgroßen Bildnisses. Es war alt, sehr alt, die Farben rissig und teilweise verblasst. Dennoch war klar zu erkennen wer hier von Künstlerhand gemalt war. Kein Zweifel, das war ihr Abbild, bis ins kleinste Detail wiedergegeben, so als schaue sie in einen Spiegel.

„Aber…" begann sie erneut, um abermals zu verstummen. Hilflos schaute sie zu Midas auf, dessen Augen jetzt auf ihr ruhten.

„Genauso erging es mir als ich dich zum ersten Mal sah, ich dachte ein Geist wäre mir erschienen. Du hast mich so verwirrt, dass ich an jenem Abend sogar vergessen hatte, mir einen Blutswirt zu suchen. Ich musste hungrig zu Bett gehen."

„Na, so verwirrt bist du mir nicht vorgekommen" warf Sina ein, die sich gut erinnern konnte, wie arrogant er ihr an ihrem ersten Zusammentreffen erschienen war.

„An dem Abend den du meinst, hast du mich zum ersten Mal gesehen", verbesserte er milde. „Ich erlaubte mir bereits am Abend deiner Anreise, dich näher in Augenschein zu nehmen."

Die glimmenden Augen in der Nacht und der seltsame Traum fielen Sina wieder ein. Kein Zweifel, es waren Midas Augen gewesen, von denen sie geträumt hatte. Oder war es gar kein Traum gewesen? Plötzlich misstrauisch sah sie zu ihm hoch. Doch er schien ihren Blick nicht zu bemerken, seine Augen ruhten auf dem Gesicht der jungen Frau auf dem Gemälde.

„Wer ist sie?" wollte sie wissen. So sehr ihr das Konterfei auf der Leinwand auch ähnelte, es stellte eine andere Frau dar. Eine Frau, die Midas einst sehr viel bedeutet haben musste, das erkannte sie an seinem wehmütigen Gesichtsausdruck.

„Rosa" murmelte er und riss sich von dem Bild los. Er sah Sina in die Augen und sagte etwas lauter: „Gräfin Rosina zu Weitenfels, meine einstige Verlobte."

Rosina, Sina, selbst ihre Namen waren gleich, konnte das noch Zufall sein?

„Was ist mit ihr geschehen?" fragte sie leise. Die Überlegungen, die sie angestellt hatte als sie in der Halle den freien Platz neben Midas Portrait entdeckt hatte fielen Sina wieder ein. Jetzt hoffte sie inständig, ihre damalige Vermutung sei falsch gewesen.

„Nein, sie hat mich nicht betrogen" beantwortete er sogleich ihre unausgesprochenen Gedanken. Doch er schien nicht empört darüber zu sein sondern fuhr mit leiser Trauer in der Stimme fort: „Rosa und ich waren sehr verliebt, unsere Hochzeit bereits geplant. Eine Grippe-Epidemie zerstörte jedoch unser Glück. Rosa infizierte sich als sie den kranken Menschen des Dorfes Essen und Medizin brachte. Sie hatte sich nicht davon abbringen lassen, selbst zu den Kranken zu gehen, obwohl ihr Vater es verboten hatte. Sie wollte helfen doch ihr selbst konnte niemand helfen."

Er verstummte einen Moment und schaute Sina intensiv an, dann meinte er beschwörend: „Du bist Rosa nicht nur wie aus dem Gesicht geschnitten, du besitzt auch ihr gutes Herz. Du möchtest mir unbedingt helfen aber das wird dich umbringen, so wie ihre Hilfsbereitschaft Rosa zum Verhängnis wurde."

„Das kannst du doch nicht vergleichen" wollte Sina abwiegeln, doch Midas ließ sie nicht weiter sprechen. Ungewohnt scharf fuhr er sie an: „Doch das kann ich, denn mir liegt mehr an dir als du ahnst. Ich weiß nicht was du von Wiedergeburt oder dergleichen hältst, doch für mich ist es durchaus denkbar, dass wir uns in einem deiner früheren Leben schon einmal begegnet sind. Du bist Rosa so ähnlich und ich weiß ganz einfach, dass ich sie in dir wieder gefunden habe. Schon vom ersten Augenblick als ich dich sah war sie wieder da, die Vertrautheit, die Liebe und Leidenschaft, die ich einst für sie empfand. Und du empfindest tief in deinem Inneren genauso für mich, das kann ich spüren. Auch wenn du es dir selbst noch nicht eingestanden hast."

Seine Worte machten Sina nachdenklich. Es war tatsächlich so, dass sie über Midas mehr nachgedacht hatte als jemals über einen Mann zuvor. Und die Gefühle, die sie dabei empfunden hatte waren öfter erotischer Natur gewesen. Aber Liebe? Und an Wiedergeburt konnte und wollte sie nicht glauben. Aber, so musste sie sich eingestehen, hatte sie bis vor wenigen Stunden auch noch nicht an die Existenz von Vampiren geglaubt…

„Du bist verwirrt und das darfst du auch sein" drang Midas Stimme in ihre Gedanken. Er war hinter sie getreten und hielt leicht seine Hände auf ihre Schultern gelegt. Die Berührung war keinesfalls unangenehm, sondern entfachte in ihr ein Gefühl der Geborgenheit. Sie vertraute ihm tatsächlich, wurde ihr bewusst, so als würden sie sich schon sehr lange kennen. Und als er sie zärtlich auf den Scheitel küsste durchfuhr sie ein wohliger Schauer.

„Erzähl mir noch mehr von Rosa" bat sie leise und riss sich vom Anblick des Bildnisses los. „Ich würde gerne alles über sie wissen."

„Dann komm mit zurück." Er löste eine Hand von ihrer Schulter, ließ die andere aber liegen und geleitete sie wieder aus dem Zimmer heraus. Die geheime Tür glitt mit leisem Klicken hinter ihnen ins Schloss. Wie selbstverständlich gingen sie zu dem alten Himmelbett zurück und setzten sich nebeneinander auf den Rand, die Gesichter einander zugewandt.

„Rosa und ich wurden uns schon als Kinder versprochen, so wie es damals durchaus üblich war", begann er zu erklären. „Unsere Väter waren schon seit Jugendzeiten befreundet, Burg Weitenfels liegt im Nachbarort aber heute ist leider nur noch eine Ruine davon übrig. Rosa, die zwei Jahre älter als ich war, kam bereits als Kind oft auf unsere Burg zu Besuch, heute würde man sagen, zwischen uns ent-stand bereits eine Sandkastenliebe. Auch während unserer Jugendzeit sahen wir uns regelmäßig und unternahmen viel zusammen. Da sie nur einen älteren Bruder hatte, meine Mutter aber mit einer großen Kinderschar gesegnet war, zog Rosa, sobald sie sechzehn war zu uns. Sie sollte hier lernen einen Burghaushalt und Kinder zu versorgen. Mein Vater ließ für sie das Turmzimmer ausbauen, indem du jetzt schläfst. Allerdings wurde sie ständig von zwei Zofen bewacht, die ihr nie von der Seite wichen. Trotzdem fanden wir Mittel und Wege uns heimlich zu treffen. Ein paar Tropfen eines Schlaftrunkes in den Wein der Zofen und schon schliefen sie tief und fest, während Rosa und ich uns näher kamen."

„Ihr habt schon vor der Ehe miteinander geschlafen? Ich dachte, zu damaligen Zeiten wäre das eine Todsünde gewesen. Was, wenn du sie geschwängert hättest?"

Er grinste amüsiert über ihre Entrüstung. „Ich denke, wenn es nach der Kirche geht ist es auch heute noch eine Todsünde. Aber damals wie heute war es schwer, der Versuchung zu widerstehen und deshalb setzten sich viele Menschen über die Regeln der Kirche hinweg. Und was das schwängern angeht, so gab es schon früher diverse Möglichkeiten, das zu verhindern. Falls es trotzdem zu einer Schwangerschaft kam, so wurde die Hochzeit eben vorgezogen. Aber Rosa wurde nicht schwanger, leider, möchte ich heute fast sagen. Denn mit einem Kind unter dem Herzen wäre sie nicht zu den kranken Dörflern gegangen und ich wäre vermutlich nie nach Griechenland gereist."

„Du bist nach Griechenland gegangen, um Rosas Tod zu verarbeiten?"

„Es war nicht meine Idee, sondern die meines Bruders. Er dachte, es würde mich von meiner Trauer ablenken. Meine Eltern pflichteten ihm bei, vermutlich hofften sie insgeheim, ich würde mich, animiert durch das unbekannte Land und seinen schönen Frauen erneut verlieben. Ich stimmte damals zu ohne darüber nachzudenken. Der Schmerz fraß mich innerlich auf und am liebsten wäre ich Rosa ins Grab gefolgt. Aber dank meiner Jugend und der vielen neuen Eindrücke auf unserer Reise kam ich ganz allmählich über den Verlust hinweg. Und nachdem ich in die Fänge von Liliths Anhängern geraten war, ging meine Trauer im Grauen und Chaos unter. Erst nachdem ich zurückgekehrt war kamen die Erinnerungen zurück. Über die Jahrhunderte hinweg konnte ich keine Frau so lieben wie ich sie geliebt hatte. Deshalb nahm ich ihr Bildnis aus der Halle an mich und hing es hier in diesen Räumen auf, sobald ich die Burg wieder in meinen Besitz gebracht hatte. Doch ein Bild ersetzt keine Gefährtin, es hielt mir nur immer wieder vor Augen was ich verloren hatte. Als mir das klar wurde betrat ich das Zimmer nicht mehr. Ich wollte endlich vergessen. Dass Rosa plötzlich wieder in mein Leben treten würde, davon hätte ich nicht zu träumen gewagt."

„Woher bist du dir so sicher, dass ich tatsächlich Rosa bin?" wollte Sina wissen. Der Gedanke verwirrte sie noch immer. „Zugegeben, die Ähnlichkeit zwischen ihr und mir ist verblüffend. Aber das ist bestimmt Zufall. Angeblich hat doch jeder Mensch einen Doppelgänger."

Doch Midas schüttelte kategorisch den Kopf. Er legte seine Hände leicht um ihre Schultern und zog sie zu sich heran. Sein Gesicht war dem ihren sehr nahe und seine Augen bannten ihren Blick. Sina spürte wie alle Zweifel aus ihr wichen und plötzlich verspürte sie den heftigen Wunsch, er möge Recht haben. Sie wollte Rosa gewesen sein, seine Verlobte, Geliebte. Und sie wollte nichts mehr, als erneut seine Geliebte sein. Fast meinte sie, sich an seine leidenschaftlichen Umarmungen zu erinnern, so als wären sie erst gestern gewesen…
Er lächelte, als kenne er ihre Gedanken und zog sie noch enger an sich. Seine Lippen strichen sanft über ihre, leicht und zärtlich wie ein Schmetterlingsflügel.
„Ich weiß dass du Rosa bist", flüsterte er heiser an ihrem Mund. Seine Zunge drang kurz zwischen ihre Lippen, die flüchtige Intimität verursachte einen heftigen Stich in ihrer Nabelgegend. Sie wollte weiter geküsst werden, doch er hielt sie schon wieder ein Stück entfernt. Nur sein Blick fesselte noch immer den ihren.
„Du siehst nicht nur aus wie Rosa, du duftest und schmeckst auch wie sie und du fühlst dich in meinen Armen genauso herrlich sinnlich an wie sie es getan hat."

„Das ist bestimmt ein Zufall" hauchte sie, während ihre Gedanken nur um den Kuss kreisten. Himmel, wenn er sie doch noch einmal küssen würde, lange und leidenschaftlich...

Er schien genau zu wissen, was sie empfand, seine Lippen näherten sich erneut den ihren, berührten sie sanft. Doch anstatt sie zu küssen murmelte er: „Es gibt keine Zufälle im Leben, alles ist vorbestimmt. Alles..."

Endlich schloss er sie fest in seine Arme und sein Mund umschloss den ihrer voller Leidenschaft. Seine Zunge entfachte ein Feuerwerk der Gefühle in ihr und sie erwiderte den Kuss genauso leidenschaftlich. Ihre Körper aneinander geschmiegt landeten sie rücklings auf dem großen Bett. Midas Hände wanderten über Sinas Körper, forschend und liebkosend zugleich. Seine Berührungen ließen sie erschauern und animierten sie dazu, seinen Körper ebenfalls mit ihren Händen zu erforschen.

Er registrierte es mit einem zufriedenen Brummen und wanderte mit seiner Hand unter ihr Shirt. Die zarten Spitzenkörbchen ihres BHs schob er einfach nach oben und legte ihre Brüste frei. Seine Hand schloss sich um ihre Brust, knetete sie sanft während sein Daumen über ihre Brustwarze rieb.

Sina keuchte voller Wonne auf und drückte sich fester an ihn. Sie empfand seine Nähe, seine Berührungen als so vertraut, als hätten sie schon oft so eng beieinander gelegen. Wie selbstverständlich wanderte ihre Hand an seinem Bauch herab und ihre Finger fuhren über die harte Wölbung, die sich unter seiner Jeans abzeichnete.

Er stöhnte auf und drückte seine Männlichkeit gegen ihre Hand, ein Signal für sie, Knopf und Reißverschluss seiner Hose zu öffnen. Darunter trug er einen winzigen Slip, wie ihre erkundende Hand spürte. Ohne Scham griff sie in den Bund und ergriff sein heiß pulsierendes Glied.

Er stöhnte erneut auf und begann im Gegenzug an ihrem Hosenbund zu nesteln. Ohne ihre Lippen voneinander zu lösen zogen und zerrten sie sich gegenseitig die Kleider vom Leib und binnen kurzer Zeit lagen sie nackt und ineinander verschlungen auf dem Bett.

Midas Mund wanderte langsam an ihrem Hals herab und über ihre Brüste. Seine heiße Zunge schien eine lodernde Spur auf ihrer Haut zu hinterlassen, während seine Finger weiterwanderten bis sie den schmalen Streifen kurzer Härchen erreichten, der ihre intimste Stelle bedeckte. Er grunzte, erfreut darüber, dass sie nicht gänzlich rasiert war, so wie es bei vielen der heutigen Frauen Mode war. Zu seiner Zeit war Körperbehaarung ein Zeichen der Reife. Junge Mädchen galten dann als heiratsfähig, wenn sie ihre Periode und Schamhaare bekamen. Und einem Mann ohne oder mit nur spärlichem Körperhaar traute man nicht unbedingt zu, dass er in der Lage war, gesunde, kräftige Kinder zu zeugen.

Bereitwillig spreizte Sina leicht ihre Beine um seinen Fingern den nötigen Spielraum zu gewähren. Ihr ganzer Körper vibrierte vor fiebriger Erregung als sie in ihre feuchte Spalte glitten um dort ein Feuerwerk der Lust zu entfalten. Stöhnend bäumte sie sich unter seinen erregenden Berührungen auf, sie wollte mehr, viel mehr. Sie wollte ihn endlich in sich spüren, ihr ganzer Körper gierte danach.

Auch Midas gierte nach der Vereinigung mit ihr, dennoch ließ er sich Zeit. Er genoss ihre Begierde und wurde nicht müde, sie immer wieder aufs Neue zu entfachen. Es gefiel ihm, wie freimütig sie sich in seinen Armen räkelte und genoss was er ihr an Liebeskünsten zu bieten hatte. Sie war eine sehr leidenschaftliche Frau, die ebenso gerne gab wie sie nahm und ihn schon ein paar Mal an den Rand seiner Selbstbeherrschung gebracht hatte.

„Endlich", murmelte sie erregt an seinem Mund als er sich auf sie legte und mit einem wilden Stoss tief in sie eindrang. Sie schlang die Beine um seinen Leib, bäumte sich ihm entgegen damit er ihr noch näher war. Beide vergaßen sie Zeit und Raum als sie gemeinsam zum Höhepunkt kamen und in Leidenschaft und Lust versanken.

Erschöpft und glücklich lag Sina später in Midas Armen. Sie fühlte sich satt, zufrieden und so geborgen wie nie zuvor in ihrem Leben. Träge wandt sie den Kopf und sah ihn an. Er hielt die Augen geschlossen und sah ebenfalls zufrieden und entspannt aus. So gelöst waren ihr seine meist gestrengen Gesichtszüge noch nie vorgekommen, wenn es überhaupt möglich war sah er noch schöner aus als ohnehin schon. Und seine Nähe fühlte sich so unglaublich gut und vertraut an, als hätten sie schon zig Mal so eng beieinander gelegen. War vielleicht doch etwas dran an seiner Behauptung, sie wäre Rosa gewesen und hätte schon vor fünfhundert Jahren mit ihm das Bett geteilt? Hatte es sich deshalb so gut und richtig angefühlt als sie sich liebten? Und hatte sie deshalb so selbstverständlich all die Intimitäten mit ihm ausgetauscht, die eigentlich nur langjährige Sexualpartner miteinander teilten?

Sie war eigentlich nicht der Typ, der mit einem Mann gleich ins Bett sprang, selbst dann nicht, wenn er so betörend war wie Midas. Doch er hatte sie bereits beim ersten Treffen fasziniert, auch in sexueller Hinsicht.

Als sie mit Jens zusammen war hatten sie meist ganz normalen Sex praktiziert, nur selten war es ihm gelungen sie wirklich zu befriedigen. Jens war viel zu gehemmt richtig aus sich herauszugehen und deshalb hatte sie lieber darauf verzichtet, ihm ihre intimsten Wünsche preiszugeben. Midas hingegen hatte diese Wünsche erfüllt ohne dass sie diese aussprechen musste. Und sie darüber hinaus in Praktiken eingeführt, die ihr bislang fremd waren. Dennoch hatte sie seine exotischen Liebeskünste genossen ohne sich zu genieren. Auch als sie jetzt daran zurückdachte kam kein Schamgefühl in ihr auf. Höchstens erneute Lust…

„Du bist ja unersättlich" murmelte er mit geschlossenen Augen, doch seinen Mund umspielte ein Lächeln. Er drehte ihr sein Gesicht zu und sah sie gespielt erschöpft an. „Das bringt selbst einen alten Vampir wie mich ins Schwitzen. Dabei habe ich heute noch nicht einen einzigen Tropfen Blut getrunken."

„Möchtest du von meinem Blut trinken?" fragte sie neckend und bog ihren Kopf leicht zur Seite. Der Gedanke machte ihr keine Angst, eher fand sie ihn aufregend.

Er stützte sich auf seinen Ellbogen und beugte sich zu ihr hin. Sein Blick heftete sich interessiert auf die Schlagader, die gut sichtbar an ihrem Hals pulsierte. „Würdest du das für mich tun?" Seine Stimme klang rau und er beugte sich näher zu ihr herunter.

„Klar" behauptete sie und hoffte es klänge lässig. In Wahrheit flösste ihr der Gedanke plötzlich Angst ein, weshalb ihre Stimme nur noch wisperte: „Du würdest mir doch nicht wehtun, oder?"

Sein Blick hing noch immer an ihrer Halsvene, die nun sehr viel schneller pulsierte. Leicht legte er seine Hand an ihr Kinn und brachte sie dazu, ihm ihr Gesicht zuzuwenden.

„Ich würde dir niemals wehtun" sagte er und es klang wie ein Schwur. „Aber ich werde nicht von deinem Blut trinken, das brauchst du selbst. Ich kann mir später noch eine Mahlzeit suchen oder auch heute überhaupt nicht."

„Brauchen Vampire nicht jede Nacht Blut? Ich meine, so etwas gehört oder gelesen zu haben…" Ihre Stimme klang immer noch ein klein wenig unsicher. Plötzlich kam es ihr wieder unwirklich vor über Vampire und Bluttrinken zu reden. Vor nur wenigen Tagen hätte sie ein solches Gespräch als absolut absurd empfunden. Midas erklärte jedoch völlig ernst:

„Das meiste, was man über uns Vampire redet oder schreibt ist völliger Unsinn. Auch, dass wir ständig Blut trinken müssen stimmt so nicht. Ich könnte ein Jahr oder länger ohne Blut auskommen, sterben kann ich dadurch nicht. Allerdings würde mich solch ein Verzicht ziemlich schwächen, meine geistigen Fähigkeiten ebenso wie meine Körperkräfte. Um sowohl mental wie körperlich in Höchstform zu sein muss ich möglichst regelmäßig Blut zu mir nehmen. Viel Blut, wie ich es durch das totale Aussaugen eines erwachsenen Menschen gewinnen würde. Aber wie ich dir bereits erzählt habe töte ich nicht mehr. Deshalb bin ich gezwungen, jede Nacht von mehreren Menschen zu trinken. Dein Blut wäre also höchstens ein Appetithäppchen für mich."

Zudem wusste er bereits sehr genau, wie ihr Blut schmeckte, doch das behielt er lieber für sich. Er wollte das Vertrauen, das sie zu ihm gefasst hatte nicht aufs Spiel setzen.

Erneut schloss er sie in seine Arme und küsste sie. Am liebsten hätte er sie nie mehr losgelassen. Zum ersten Mal seit fünfhundert Jahren spürte er wieder Gefühle in sich aufsteigen. Nicht die flüchtigen sexuellen Gefühle, die er in den Armen unzähliger williger Frauen empfand, die er Nacht für Nacht verführte und von deren Blut er sich labte. Sie waren alle nur ein willkommener Zeitvertreib bei seiner Nahrungssuche. Nicht eine Einzige dieser Frauen konnte je sein Herz erreichen, er hatte sie benutzt und ihnen dafür sexuelle Wonnen beschert. Danach war er gegangen, ohne einen weiteren Gedanken an sie zu verschwenden.

Aber dann traf er auf Sina und mit ihr kamen nicht nur längst vergessen geglaubte zärtliche Gefühle zurück sondern auch ein ebenfalls vergessenes zutiefst menschliches Gefühl. Angst. Angst vor vielen weiteren einsamen Jahrhunderten ohne Sina. Denn sie konnte ihn nur eine begrenzte Zeit begleiten, was war schon ein Menschenleben gegen die Unendlichkeit weiterer Jahrhunderte.

Er hatte keine Ahnung ob ein Vampirleben irgendwann endete, niemand hatte ihn je darüber aufgeklärt. Bisher war es ihm auch gleichgültig gewesen und er hatte seine Einsamkeit als gerechte Strafe für seinen Brudermord angenommen. Doch jetzt wollte er nicht mehr einsam sein, er wollte Sina auf ewig behalten.

„Mach sie zu einem Vampir, dann kann sie die Ewigkeit mit dir teilen" wisperte eine Stimme in seinem Kopf, so eindringlich, dass er zusammenzuckte. Sina in seinen Armen merkte es und schaute verwundert zu ihm hoch.

„Was ist, ist dir etwa kalt?" wollte sie wissen. Neckend fügte sie hinzu: „Ich dachte, Vampire könnten nicht frieren."

„Es ist pure Wollust, die mich erschauern lies", log er und versuchte den selbstsüchtigen, gefährlichen Gedanken schnell aus seinem Kopf zu verbannen. Denn Sina zu einem Vampir zu machen hieße sie zu töten. Aber er würde niemals mehr töten. Selbst wenn er Sina dadurch ewiges Leben bescheren könnte. Deshalb behauptete er: „Deine Nähe lässt mich zugleich frieren und schwitzen. Am liebsten würde ich dich auf der Stelle noch einmal lieben."

„Dann tu es doch", forderte sie mit heiserer Stimme. Schon der bloße Gedanke daran ließ Hitzewellen durch ihren Körper fließen und ließ alle anderen Dinge plötzlich nebensächlich erscheinen.

Ohne ein Wort legte er sich aufs Bett zurück und zog sie mit sich. Willig ließ sie es geschehen und blickte voller Begehren zu ihm auf, als er sich über sie beugte. Ihre Schenkel spreizten sich, bereit ihn in sich aufzunehmen.

Midas Augen schauten sie düster an, dann beugte er sich zu ihr herab. In seinem Kopf hörte er noch immer die fordernde Stimme, sie wurde lauter und eindringlicher: Mach sie zu einem Vampir! Mach sie zu einem Vampir!"

Mit einem gutturalen Schrei stieß er sein hartes Glied in sie und während seine wilden Stöße sie zu höchster Lust brachten legte er seine Lippen an ihren weichen Hals. Seine Zähne waren zu langen, mörderischen Waffen ausgefahren und ritzen die Haut, unter der er ihre Halsvene pulsieren spürte.

„Mach sie zu einem Vampir!" forderte die Stimme in seinem Kopf weiter und ließ ihn alles vergessen. Als seine Zähne in ihr zartes Fleisch eindrangen stieß Sina einen lang gezogenen Schrei aus.

Kapitel 11: Entführt

Sina fühlte sich etwas benommen als sie die Augen aufschlug. Ihren Körper durchfuhr ein leicht schmerzhaftes aber auch wohliges Ziehen, es brachte ihr schnell die Ereignisse der vergangenen Nacht ins Gedächtnis zurück.

Mein Gott, dachte sie leicht verlegen als sie an die Dinge dachte, die sie mit Midas getan hatte. Sie hatten es getrieben wie die Straßenhunde, hatten sich immer und immer wieder geliebt, solange bis sie vor Erschöpfung eingeschlafen war. Das war die unglaublichste Nacht gewesen, die sie jemals erlebt hatte. Und die sie so vielleicht auch nie mehr erleben würde...

Jäh wie ein Stich durchfuhr sie die Erinnerung an das Versprechen, das sie Midas, wenn auch widerwillig, gegeben hatte. Sie würde die Burg und auch das Land auf unbestimmte Zeit verlassen.

Trauer durchfuhr sie bei diesem Gedanken, denn das hieß, sie würde auch Midas vielleicht nie mehr in ihrem Leben wiedersehen. Er hatte ihr zwar geschworen, sie zurückzuholen sobald die Gefahr für sie gebannt wäre, doch er hatte nicht sehr zuversichtlich geklungen. Kein Wunder, dachte sie traurig, sein Kampf gegen Zenon dauerte bereits fünf Jahrhunderte, er konnte sich durchaus noch einmal so lange hinziehen. Und wer konnte schon sagen wer von den Beiden letztendlich gewinnen würde? Nein, vermutlich würde sie Midas niemals im Leben wiedersehen.

Der Gedanke an diesen Verlust zog ihren Magen schmerzhaft zusammen und löste unendliche Traurigkeit in ihr aus. Dennoch, sie hatte es ihm versprochen und schon heute Abend würde sie auf dem Weg in ein völlig neues Leben sein.

Midas hatte gesagt er würde sich um alles kümmern, sie solle bloß ihre Sachen packen und bis zum Abend am Flughafen sein. Dort würde sie alles geregelt vorfinden.

„Du brauchst dir keine Gedanken über deine Zukunft zu machen", hatte er ihr versichert und sie sehr ernst angeblickt. „In New York wird ein Appartement für dich bereitstehen. Dort kannst du wohnen so lange du willst. Außerdem werde ich dir monatlich einen Geldbetrag zukommen lassen, mit dem du abgesichert bist."

Wie er das alles in den wenigen Stunden, die die Nacht noch währte bewerkstelligen, wollte hatte er ihr nicht verraten. Dennoch war sie sich sicher es würde alles so sein, wie er gesagt hatte. Nachdem sie ihm ihre endgültige Zusage zu ihrer Abreise gegeben hatte, waren sie in einem erneuten, letzten Liebesakt versunken. Danach konnte sie vor Müdigkeit nicht mehr denken und war in seinen Armen eingeschlafen. Um heute Morgen hier, in ihrem Zimmer, wieder zu erwachen.

Langsam erhob sie sich vom Bett und ging zum Fenster um in den Burghof zu blicken. Es war ein trüber Tag, passend zu ihrer Stimmung. Unten im Garten sprang die kleine Katze umher und versuchte vergeblich einen Vogel zu erhaschen. Sie beneidete das Kätzchen, es durfte hier bleiben und vermutlich würde es ab und zu von Midas gestreichelt werden. Sie hingegen würde völlig allein in einem fremden Land ein neues Leben beginnen. Und Midas Nähe, seine Berührungen und den betörenden Geruch seines Körpers nie mehr spüren dürfen. Ganz langsam drang die ganze Tragweite ihres Versprechens in ihr Bewusstsein und löste ein Gefühl von unendlichem Verlust und Trauer in ihr aus. Sie spürte wie heiße Tränen in ihre Augen traten, sie ließ ihnen freien Lauf. Nein, sie wollte nicht weg, jetzt, nachdem sie sich wieder gefunden und sich ihre gegenseitige Liebe eingestanden hatten.

Inzwischen war sie sich völlig sicher, dass sie jene Rosa gewesen war, ganz tief in ihrem Inneren spürte sie jetzt auch die innige Verbundenheit, von der Midas gesprochen hatte. Es kam ihr gar nicht mehr in den Sinn, etwas von dem anzuzweifeln was er ihr erzählt hatte. Zu viel Unglaubliches war in den letzten Tagen auf sie eingestürmt, Dinge, die sie nie für möglich gehalten hätte.

Leise in sich hineinschluchzend ging sie zum Bett zurück und setzte sich auf den Rand. Sie wollte sich noch einmal an möglichst viele Details der vergangenen Nacht zurückerinnern bevor sie mit packen begann.

Sie hatten viel geredet zwischen ihren Liebesspielen, sie hatte ihn mit Fragen gelöchert und er hatte ihr bereitwillig Rede und Antwort gestanden. Jetzt wusste sie fast alles über Midas Familie, die Burg und ihn selbst aber die Erinnerung daran würde das Einzige sein was sie mitnehmen konnte. Erneut traten Tränen in ihre Augen und sie biss sich auf die Lippen.

Die Knochenhand in der Gruft fiel ihr ein, sie war der Auslöser ihres Interesses an der Burg gewesen. Aus Neugier was es damit auf sich hatte war sie einverstanden gewesen länger als geplant hier zu bleiben. Doch die Öffnung des Sargdeckels war tatsächlich nur eine Mutprobe junger Leute gewesen, die ein paar Knochen als Beweis ihrer Tat stehlen wollten. Genauso wie die Geschichte von dem herum-spukenden Geist hatte sie absolut nichts mit Midas zu tun. Er wohnte schon viele Jahre im Burgturm ohne dass jemals jemand von seiner Existenz etwas bemerkt hätte. Erst nach dem Tod des letzten Grafen entschloss er sich, die Burg zu kaufen um sie vor dem endgültigen Verfall zu retten und den Streitereien der Erben ein Ende zu bereiten. Er hatte die Hoffnung gehegt nach fünf Jahrhunderten Flucht hier endlich zur Ruhe zu kommen, doch dann hatte ihn sein Verfolger erneut aufgestöbert und mit dem Mord an Ella Krüger das Unheil ins Rollen gebracht.

Auch über Jens Zukunft hatten sie nochmals lange diskutiert. Sina wollte nicht, dass er sie nach New York begleitete. Sie fürchtete er würde erneut versuchen sie zurück zu gewinnen. Zudem würde es schwierig werden gleich zwei Personen verschwinden zu lassen. Es würde für Midas schon schwer genug werden ihr plötzliches Verschwinden zu verschleiern. Schließlich hatte sie Familie, Freunde und einen Chef, jeder von ihnen würde sie vermissen. Midas würde seine ganzen vampirischen Kräfte dafür brauchen alle diese Menschen zu beruhigen ohne ihnen zu verraten wo sie sich aufhielt. Bei zwei Personen würde das selbst für ihn ein kaum zu bewältigendes Problem werden.

Schließlich hatte er eingewilligt Jens einfach wieder nach Hause zu schicken. Zenon würde sicher nicht Himmel und Hölle in Bewegung setzen um einen eigentlich nur zufälligen Gast der Burg zu verfolgen. Es würde deshalb genügen, Jens jegliche Erinnerung an seinen Aufenthalt auf der Burg und seine Bekanntschaft mit dem Grafen zu Walberg zu nehmen und ihn nach Hause zu schicken.

Bei ihr selbst sei es jedoch etwas anderes, hatte Midas sie beschworen. Denn Zenons Vampirgespür hätte ihm ganz bestimmt bereits verraten, dass Sina eine besondere Rolle in Midas Leben spielte. Er würde deshalb nicht eher ruhen, bis er ihrer habhaft geworden sei. Was in diesem Fall mit ihr geschehen würde, darüber wollte Midas nicht sprechen. Doch der Ausdruck seines Gesichts ließ sie das Schlimmste befürchten. Und deshalb hatte sie letztendlich doch eingewilligt, das Land so schnell als möglich zu verlassen.

Leise seufzend drehte sie sich um und ging zum Schrank. Ihre wenigen Kleidungsstücke waren schnell in der Reisetasche verstaut. Was ihre Gerätschaften betraf, die würde Midas ihrem Chef mitgeben, sobald der Burg Walberg seinen nächsten Besuch abstattete. Einen Moment hielt sie im Packen inne, sie würde ihren Job vermissen, die Arbeit hatte ihr immer großen Spaß gemacht.

Bevor sie in Tränen ausbrechen würde griff sie nach ihrer Handtasche und wühlte darin herum. Hatte sie überhaupt einen Ausweis dabei? Ohne Pass würde sie nicht in Amerika einreisen dürfen. Tatsächlich steckte ihr Reisepass in einem der Fächer. Sie runzelte die Stirn, wie war der da hinein gekommen? Seit ihrem letzten Auslandsurlaub vor zwei Jahren hatte sie ihn nicht mehr in der Hand gehabt. Na, egal, dachte sie bei sich. Hauptsache der Pass war da. Sie hob die Tasche mit ihren Habseligkeiten hoch und trug sie zur Tür. Bevor sie ging drehte sie sich nochmals um und warf einen letzten Blick auf das kleine Zimmer, sie hatte sich hier bereits heimisch gefühlt.

Mit einem bedauernden Schulterzucken schloss sie die Tür und lief die Treppen hinunter. Der Duft von Kaffee drang ihr in die Nase als sie das kleine Esszimmer betrat und Anna grinste sie freundlich an.

„Guten Morgen, Sie haben aber lange geschlafen", grüßte sie und eilte ohne eine Antwort abzuwarten in die Küche. Kurz darauf kehrte sie mit einem üppig beladenen Tablett zurück und stellte es vor Sina ab.

Anscheinend wusste sie nichts von deren bevorstehender Abreise denn sie plapperte munter wie immer drauf los.

Sina murmelte ein paar höfliche Antworten zwischendurch. Sie war sich nicht sicher, ob sie Anna Krämer über ihre baldige Abreise aufklären sollte. Vielleicht war es besser, das Midas zu überlassen. Was sollte sie der alten Frau auch als Grund angeben?

Sie war froh als Anna endlich in der Küche verschwand und griff nach der Tageszeitung, die auf dem Tisch lag. Eine Schlagzeile fiel ihr in die Augen:

Fluglotsenstreik ausgeweitet!

„Na toll" murmelte sie und überflog schnell den Artikel. Die Fluglotsen wollten noch bis morgen früh streiken, auf den Flughäfen ging gar nichts mehr.

Sie hatte von dem Streik gar nichts mitbekommen und wusste nicht, ob sie über diese Meldung glücklich oder traurig sein sollte. Nun gut, vielleicht war das ja ein Wink des Schicksals, dass sie hier bleiben sollte. Zumindest verschaffte es ihr noch eine weitere Nacht mit Midas. Ein Schauer der Vorfreude durchrann ihren Körper und ließ sie erzittern.

„Frieren Sie Kindchen? Es ist doch gar nicht kalt." Anna sah besorgt über den Rand ihrer Brille auf sie herunter. „Sie werden mir doch hoffentlich nicht krank werden."

Nein, nein, es ist nichts", versicherte Sina schnell. Sie trank den letzten Schluck Kaffee aus der Tasse und stand auf. „Kann ich Ihnen bei irgendetwas helfen, Anna? Ich habe heute nichts weiter zu tun und langweile mich sonst." Je schneller die Zeit bis zum Abend verging und sie endlich Midas wieder traf, umso besser.

Anna schien erfreut über ihr Angebot. „Oh, wenn Sie heute Nachmittag mit mir zum Einkaufen fahren würden? Meinem Mann graust es immer davor, mit mir in den Großmarkt zu fahren. Er nörgelt dann ständig herum, dass ich mich beeilen soll und zu guter letzt habe ich nur die Hälfte von dem was ich brauche eingekauft."

„Ja, ich fahre gern mit Ihnen. Einkaufen macht mir immer Spaß. Wann wollen Sie denn losfahren?"

„So gegen vierzehn Uhr. Ist Ihnen das recht? Dann bin ich zur Vorbereitung des Abendessens wieder zu Hause."

Sina war einverstanden und verabschiedete sich von Anna. Draußen im Gang stand ihre Tasche, sie nahm sie hoch und trug sie wieder hinauf in ihr Zimmer. Als sie die Tür hinter sich schloss, kam es ihr vor als sei sie nach langer Reise wieder daheim angekommen. Sie lächelte über das törichte Gefühl, schließlich war sie kaum eine Stunde weg gewesen.

Aufseufzend ließ sie die Tasche fallen und warf sich auf das Bett. Mit hinter dem Kopf verschränkten Armen lag sie da und starrte die Decke an. Der Fluglotsenstreik musste ein Wink des Schicksals sein, grübelte sie. Ganz sicher sollte sie hier bei Midas bleiben, vielleicht konnte sie ja dazu beitragen, ihn von seinem Verfolger zu befreien. Dann könnten sie zusammenbleiben bis… Ja, wie lange eigentlich? Bis zu ihrem Tod?

Sie begann sich auszumalen wie ihr weiteres Leben an der Seite eines Vampirs aussehen würde. Ein Leben voller Erotik und Ekstase. Allein bei dem Gedanken spürte sie bereits ein begehrliches ziehen im Unterleib, voller Sehnsucht schloss sie die Augen.

Erst nach einer Weile spann sie den Gedanken weiter. Was wäre aber in zehn, zwanzig oder dreißig Jahren? Es würde zwischen ihnen nicht sein wie bei einem Ehepaar, das gemeinsam alt wurde. Nur sie würde altern, Midas jedoch jung bleiben. Aber würde er sie auch noch lieben, wenn sie Falten und graue Haare bekäme? Oder würde er sie verlassen, sobald sie nicht mehr die junge, schöne Bettgefährtin für ihn wäre? Schließlich wuchsen ständig neue Schönheiten heran, die sich nur allzu gerne von seiner vampirischen Leidenschaft betören lassen würden.

Beunruhigt warf sie sich herum und stand wieder auf, um hin und her zu laufen. Doch natürlich fiel ihr kein zufriedenstellendes Ergebnis ihres Nachdenkens ein. Es blieb ihr nur, bis zum Abend zu warten um Midas zu fragen, wie er darüber dachte. Bis dahin wollte sie diese Gedanken lieber verdrängen. Auch wenn es ihr noch so schwer fiel.

Sie überlegte, wie sie die Zeit bis zum Mittag totschlagen konnte. Obwohl schönes Wetter war hatte sie keine Lust zu einem Spaziergang und die Kreuzworträtsel in ihren Illustrierten hatte sie bereits alle gelöst. Blieb nur noch der Vampirschmöker auf dem Nachttisch, den sie erst zur Hälfte gelesen hatte. Sie nahm ihn zur Hand und ließ sich wieder aufs Bett fallen. Mal sehen, wie dieser Vampir seine Probleme löste, vielleicht hatte das Buch ja eine Anregung zu bieten.

Sie musste sich erst darauf besinnen was bisher geschehen war. Doch die Erinnerung kam schnell zurück und sie begann zu lesen. Der Roman war, nun da sie wusste dass es Vampire gab, recht interessant. Auch wenn diese Vampire ein ganz anderes Leben führten als Midas.

Sie las sich in dem Buch fest bis Anna zum Essen rief und legte es nur schweren Herzens beiseite, weil es gerade spannend wurde. Noch auf dem Weg nach unten überlegte sie wie die Geschichte wohl weitergehen würde. Als ihr jedoch der Duft von Annas Mittagessen in die Nase stieg vergaß sie schnell den Roman.

Der Tisch war bereits gedeckt, Anna schnitt den Braten auf und ihr Mann grinste Sina freundlich an.

„Ich habe gehört, Sie wollen meine Frau in den Supermarkt begleiten. Es ist sehr nett, dass Sie mir diese ungeliebte Aufgabe abnehmen wollen. Er warf einen Seitenblick auf seine Frau und fuhr schmunzelnd fort: „Hoffentlich bereuen Sie ihre Zusage nicht schon bald, denn meine Anna kann sich stundenlang dort aufhalten. Obwohl ihr angeblich immer die Füße wehtun."

„Keine Sorge, das macht mir überhaupt nichts aus. Für uns Frauen gibt es nun mal nichts schöneres als einzukaufen. Wir werden uns einen sehr netten Nachmittag machen." Sie zwinkerte Anna lächelnd zu und die grinste breit zurück.

Während des Essens plauderten sie über belanglose Dinge, danach half Sina den Tisch abzuräumen und kurz darauf waren sie bereit, sich auf den Weg zu machen. Sina setzte sich auf Annas Wunsch hinter das Steuer des Kombis und machte sich kurz mit der Technik des alten Autos vertraut, bevor sie den Motor startete.

Die Fahrt zum Supermarkt dauerte länger als eine halbe Stunde, Sina war froh als sie ihn endlich erreichten. Sie konnte Anna jetzt nachfühlen, dass die nicht selbst fahren wollte, der alte Kombi hatte einige Tücken, die es nicht gerade einfach machten ihn sicher zu steuern. Ihr graute bereits jetzt ein wenig vor der Rückfahrt.

„Stellen Sie ihn dort hinten ab, Kindchen". Anna deutete auf eine entfernt liegende Ecke des Parkplatzes und erläuterte: „Dort hinten parken wir meist, von dort es ist näher zur Leergutannahme. Dann müssen wir die leeren Kisten nicht so weit schleppen."

Sina steuerte den angegebenen Parkplatz an und stellte den Kombi in der Nähe eines Altglascontainers ab. Gemeinsam mit Anna trug sie die Wasser- und Bierkästen zur Annahme, dann gingen sie zum Eingang des Supermarktes.

Nach fast zwei Stunden erreichten sie endlich die Kasse. Sina konnte Annas Mann jetzt bestens nachfühlen, warum er nicht gerne mit seiner Frau zum Einkaufen fuhr. Der Einkaufswagen war mit Lebensmitteln vollgepackt und ließ sich nur noch mühsam schieben. Es dauerte eine Weile bis sie alles aufs Band gelegt hatten und ebenso lange bis es erneut im Wagen verstaut war.

Anna bestand darauf den gelungenen Einkauf im Bistro mit Kaffee und Kuchen zu beschließen. Sina nickte ergeben, sie war müde und ihre Füße schmerzten. Insgeheim bewunderte sie die ältere Frau, Anna schien der Einkaufsmarathon kaum etwas ausgemacht zu haben. Sie schwatzte munter wie immer drauflos, während sie ihr Tortenstück verzehrte. Sina gab nur einsilbig Antwort, in Gedanken war sie bei Midas, in wenigen Stunden würde er erwachen. Was würde er wohl dazu sagen, dass sie noch immer hier war?

Endlich war auch Anna bereit, den Heimweg anzutreten, mit vereinten Kräften schoben sie ihre Last zum Auto. Bei sich dachte Sina, dass es besser gewesen wäre weiter vorne zu parken. Die leeren Getränkekisten waren nicht halb so schwer gewesen wie der volle, ungelenke Einkaufswagen. Aber schließlich hatten sie es geschafft, aufatmend öffnete sie die Heckklappe.

Plötzlich hörte sie einen erstickten Schrei hinter sich und drehte sich schnell zu Anna um. Sie sah gerade noch wie die alte Frau taumelte und zu Boden stürzte. Neben ihr stand ein Mann mit einem dicken Ast in der Hand und noch bevor Sina begriff, dass er Anna damit niedergeschlagen hatte, griff der Mann sie an. Mit einem Satz sprang er auf sie zu, griff nach ihrem Arm und wirbelte sie brutal herum. Sie wollte schreien doch der Kerl legte ihr seine schmutzige Pranke um den Kopf und hielt ihr den Mund zu. Sie versuchte vergeblich sich aus seinem Griff zu winden und konnte für einen Moment einen Blick in sein Gesicht werfen. Es schien wie leblos und seine Augen waren stumpf und tot. Seine Kräfte waren allerdings die eines lebendigen Mannes, fast mühelos hob er sie hoch und schleppte sie zu einem Auto, das in der Nähe parkte und dessen Türen offen standen.

Sina versuchte mit aller Kraft sich zu befreien, doch die starken Arme hielten sie gefangen. Mit den Absätzen ihrer Schuhe trat sie dem Mann so fest sie konnte an die Schienbeine, aber der Kerl schien es nicht zu spüren. Er schleppte sie zu seinem Auto, zwängte sie auf den Rücksitz und schmetterte die Tür hinter ihr zu. Dann sprang er auf den Fahrersitz, startete das Auto und gab Gas. Mit einem Satz schoss der Wagen vorwärts und Sina, die sich gerade aufrappeln wollte wurde gegen die Rückbank geschleudert. Mit durchdrehenden Reifen raste ihr Entführer auf die Ausfahrt des Parkplatzes zu. Erst an der Straße mäßigte er sein Tempo und fädelte sich in den Verkehr ein.

Endlich gelang es Sina sich aufzurappeln, sie schaute gehetzt aus dem Fenster und sah gerade noch Anna mit ausgebreiteten Armen neben ihrem Auto liegen. Ein paar Leute liefen auf sie zu um ihr zu helfen. Trotz ihrer eigenen misslichen Lage war Sina froh, dass zumindest Anna Hilfe bekam. So wie es aussah hatte niemand ihre Entführung bemerkt, sie musste versuchen sich selbst zu helfen. Ihre Hand tastete nach dem Türgriff und zog daran. Bei dem momentanen Tempo des Autos würde sie es hoffentlich einigermaßen heil überstehen, wenn sie sich aus dem fahrenden Wagen fallen ließ. Die Seitenstreifen der Straße waren mit Gras und niedrigen Sträuchern bewachsen und dahinter wuchs dichtes Gestrüpp. Mit ein klein wenig Glück konnte sie darin verschwinden, bevor ihr Entführer das Auto zum Stehen brachte. Für sie war klar, dass es nur einen einzigen Auftraggeber für die Entführung geben konnte - Zenon. Nur er konnte diesen widerlichen Kerl angeheuert haben um sie zu kidnappen. Was er damit bezweckte war ihr ebenfalls klar, er wollte durch sie endlich an Midas herankommen.

All das ging ihr in den Sekundenbruchteilen durch den Kopf, die sie brauchte um die Autotür zu öffnen. Doch ihre Finger versuchten vergeblich, den Griff zu bewegen, die Tür blieb geschlossen.

Kindersicherung, schoss es ihr durch den Kopf. Vor Enttäuschung stieß sie einen leisen Schluchzer aus. Und die Kurbel für das Fenster war abgeschraubt, ihr Entführer hatte wirklich an alles gedacht. Was sollte sie jetzt tun? Ihr gehetzter Blick fiel auf den Hinterkopf des Fahrers, er starrte stur geradeaus und schien nicht im mindesten daran interessiert was sie hinter ihm tat.

Hektisch schaute sie sich in ihrem engen Gefängnis um, gab es vielleicht irgendeinen Gegenstand, den sie als Waffe benutzen konnte? Doch der Rückbereich des Wagens war leer, nur ein paar Bonbonpapierchen lagen auf dem Boden verstreut. Sina überlegte krampfhaft, was sie tun könnte. Vielleicht konnte sie ja dem Fahrer des hinter ihnen fahrenden Autos Zeichen geben. Mit erneuter Hoffnung drehte sie sich um, nur um erneut enttäuscht zu werden. Die Rückscheibe war mit einer dunklen Folie beklebt, die zwar den Blick nach draußen, aber nicht den in das Fahrzeug zuließ. Sie hätte heulen können, denn mit jeder Minute die verstrich, kamen sie Zenon näher. Sie musste etwas tun, irgendetwas…

Vor ihnen zwang eine Ampel die Wagen zum halten, das war vielleicht ihre letzte Chance. Mit einem verzweifelten Schrei packte sie ihren Entführer bei den Haaren und zerrte so fest sie konnte daran. Dann schlug sie mit Fäusten auf ihn ein so hart sie es vermochte.

Doch der Kerl vor ihr schien keinen Schmerz zu verspüren, er knurrte nur überrascht und drehte sich dann blitzschnell zu ihr um. Seine toten Augen fixierten sie kurz, dann schnellte sein Arm in ihre Richtung und seine große Pranke griff nach ihrem Hals, drückte unbarmherzig zu.

Vergeblich versuchte Sina sich aus dem Griff zu befreien, der ihr die Luft abschnürte. Die eisenharten Finger hielten ihre Kehle umklammert, drückten unbarmherzig zu. Ihr wurde schwarz vor Augen und sie dachte, sie müsse sterben. Doch dann löste sich der eiserne Griff und sie wurde mit einem wilden Ruck auf die Rückpolster geschleudert, wo sie keuchend liegen blieb. Es gelang ihr nur mühsam Luft zu holen, das Blut rauschte in ihren Ohren und übertönte ihr eigenes röcheln. Sie nahm kaum wahr, dass das Auto sich wieder in Bewegung setzte.

Ihr Hals schmerzte bei jedem Atemzug, sie fühlte sich kraftlos und selbst ihre Gedanken schienen nur noch träge zu funktionieren. Sie war zu schwach sich wieder aufzurichten und starrte mutlos zum Dach des Autos empor. Erst ganz allmählich kamen ihre Kräfte zurück und sie rappelte sich zum sitzen auf. Vorsichtshalber drückte sie sich dicht an die Tür, sie wollte so weit als möglich Abstand zu dem grässlichen Kerl am Steuer halten.

Der schien sie vergessen zu haben, stur blickte er durch die Windschutzscheibe und fuhr unbeirrt seinem Ziel entgegen.

Sina versuchte herauszufinden wo sie sich befanden, doch leider kannte sie sich kaum aus. Zudem durchfuhren sie nun einen ziemlich einsamen Landstrich, kamen an Wäldern, Feldern und ab und zu an kleinen Dörfern vorbei, deren Namen sie nie gehört hatte. Trotzdem versuchte sie sich die Ortsnamen zu merken, vielleicht besaß Midas ja irgendwelche telepathischen Fähigkeiten und sie konnte ihm den Weg weisen - falls sie noch so lange lebte…

Was hatte Zenon mit ihr vor, würde er sie sofort töten? Oder wollte er sie als Lockvogel benutzen um Midas in seine Gewalt zu bekommen? Und was würde der tun? Liebte er sie tatsächlich so sehr, dass er sich für sie opfern würde? Was würde dann mit ihnen Beiden geschehen?

Mit quietschenden Reifen bog das Auto in einen Waldweg ein und der unvermutete Ruck riss Sina aus ihrer Grübelei. Es begann bereits zu dämmern und das dichte Laubdach der Bäume machte die Sicht noch schlechter. Für ihren Entführer war das jedoch kein Grund, das Licht anzuschalten, anscheinend kannte er den Weg gut genug.

Eine kleine Lichtung tat sich vor ihnen auf und sofort wurde es wieder heller. Sina konnte einen Steg erkennen, der über einen Bach führte und dahinter ein nicht allzu großes Haus. Wohl ein altes Forsthaus, vermutete sie, an den Wänden über der kleinen Terrasse hingen mehrere Hirschgeweihe und über der Haustür war ein balzender Auerhahn an die Wand gemalt. Das Haus machte einen unbewohnten Eindruck, sämtliche Fensterläden waren geschlossen und Unkraut wuchs auf der Terrasse und im Eingangsbereich. Der kleine Garten war vollkommen verwildert, der Gartenzaun so morsch, dass einige Latten schief hingen oder ganz fehlten. Das Anwesen sah aus, als sei hier schon seit Jahren niemand mehr gewesen.

Ihr schweigsamer Chauffeur hielt direkt neben der Brücke, machte den Motor aus und sprang aus dem Wagen. Er umrundete ihn und riss die Tür auf ihrer Seite auf. Mit einem knurrenden Laut griff er nach Sinas Arm und zerrte sie aus dem Auto. Sie beeilte sich dem Zug nach-zugeben, weil sie sich noch allzu gut an seine rohe Kraft erinnerte und keinesfalls nochmals mit seiner brutalen Gewalt konfrontiert werden wollte. Trotzdem wurde sie recht unsanft aus dem Fahrzeug befördert und danach über den wackeligen Steg zu dem alten Haus gezerrt. Der Kerl steuerte jedoch nicht die Haustür an sondern schleifte sie einen unkrautüberwucherten Steinpfad entlang, der um das Haus herum führte. Die Rückseite des Anwesens war fast völlig mit Efeu bewachsen, die immergrüne Pflanze war bis zum Dach hoch ge-wachsen und überdeckte auch Fenster und Türen.

Ihr Entführer schien sich seiner Sache jedoch sicher, er steuerte zielstrebig den dichten Blättervorhang an, Sina immer noch fest im Griff haltend. Sie umrundeten einen Mauervorsprung und dahinter tat sich eine kleine Lücke im Dickicht der Blätter auf. Der stupide Kerl an ihrer Seite griff in die Lücke und mit einem knarrenden Laut öffnete sich eine unsichtbare Tür dahinter. Er zwängte sich hindurch und zog Sina hinter sich her.

Ihr Herz klopfte bis zum Hals vor Aufregung, was würde sie in diesem heruntergekommenen Gemäuer erwarten? Vage kam ihr in den Sinn ihr Entführer könne ein perverser Triebtäter sein, der sie hierher verschleppte um sich an ihr zu vergehen. Doch genauso schnell verwarf sie diesen Gedanken wieder, dieser Kerl handelte zweifellos im Auftrag. Und sein Auftraggeber konnte nur Zenon sein. Aber beruhigend war dieser Gedanke dennoch nicht, eher im Gegenteil. Sie konnte nicht verhindern, dass sie vor Angst zu zittern begann.

Ihre Augen mussten sich erst an das schwache Licht gewöhnen, das den engen Flur notdürftig erhellte durch den sie gingen. Es kam von einer uralten Öllampe, die an einem Nagel an der Wand hing. Sie stank nach ranzigem Öl und qualmte so stark, dass Sina husten musste. Ihrem Begleiter schien das nichts auszumachen, es kam ihr vor als sei er gegen jegliche Einflüsse immun.

Es blieb ihr jedoch keine Zeit über den seltsamen Mann nachzudenken der jetzt erneut eine Tür öffnete und sie hindurch zog. Dann blieb er stehen und ließ ihren Arm los. Sein stumpfer Blick war auf ein altes Sofa gerichtet, das mitten im Raum stand. Er stieß gutturale Laute aus, die entfernt an Sprache erinnerten. Sina konnte allerdings nicht verstehen was er sagte.

Sie sah ebenfalls zu dem Sofa hin, das tief im Schatten eines dunklen Schrankes stand. Auch in diesem Zimmer herrschte diffuse Düsternis, die nur durch zwei Kerzen auf dem Fensterbrett durchbrochen wurde. Ihr flackernder Schein reichte gerade aus, Umrisse erkennen zu lassen. Die dunkel gekleidete Gestalt auf dem Sofa war erst zu erkennen, als sie sich aufsetzte.

Ein Mann, erkannte Sina und ihr Herz begann erneut wie rasend zu hämmern. Jetzt beugte sich der Mann etwas nach vorne und ihre böse Vorahnung wurde zur Gewissheit als sie sein Gesicht deutlicher sah. Dort saß Zenon, Midas Erzfeind, und er schaute sie mit einem bösartigen Grinsen an. Dann bückte er sich nach vorne und zog etwas unter dem Sofa hervor, das wie ein totes Tier aussah. Er warf es an ihr vorbei durch den Raum. Es schlug mit einem dumpfen Laut hinter ihr auf und sie hörte ein Grunzen als sich ihr Entführer darauf stürzte. Kurz darauf öffnete sich die Tür für einen Moment und schloss sich wieder mit lautem Knall. Eilige Schritte entfernten sich und Sina wusste, dass sie mit Zenon allein war.

Es war so still im Zimmer dass man das Klopfen ihres Herzens hören konnte, zumindest kam es Sina so vor. Und nach allem was sie inzwischen über Vampire wusste, konnte Zenon ganz sicher ihren Herzschlag hören. Und die Angst riechen, die sie ausdünstete. Sie überlegte krampfhaft ob sie ihn ansprechen sollte, irgendetwas sagen um ihn daran zu hindern sie auf der Stelle zu töten. Aber es fiel ihr nichts ein und außerdem war ihr Mund so trocken, dass sie bestimmt kein Wort herausbrachte.

„Ich werde dich nicht töten, zumindest nicht sofort" hörte sie Zenon sagen. Sie wunderte sich nicht, dass er ihre Gedanken lesen konnte – wie Midas…

„Midas!" stieß er hervor und es klang hasserfüllt. „Du wirst mir helfen, endlich seiner habhaft zu werden. Und dann werde ich Euch beide töten."

Kapitel 12: Ohnmachtsgefühle

Midas erwachte und sogleich überkam ihn Trauer, als er an Sina dachte. Der Verlust der geliebten Frau schmerzte ihn so sehr, dass es ihm fast den Atem nahm. Er erhob sich langsam, schwang die Beine über den Bettrand und stützte den Kopf auf seine Hände. Noch immer konnte er Sinas Geruch wahrnehmen, den betörenden Duft ihrer Leidenschaft, der noch in den Kissen haftete und ihn fast um den Verstand brachte. Grenzenlose Einsamkeit und Leere, wie er sie noch nie zuvor gefühlt hatte stieg in ihm hoch, sie drohte ihn zu ersticken. Plötzlich kam ihm die Burg wie ein Gefängnis vor, in dem er die nächsten Jahre einsam und allein ausharren musste. Würde er Sina jemals wieder sehen? Er wusste es nicht. Aber lieber wollte er sich bis in alle Ewigkeit nach ihr verzehren ehe er sie noch einmal in Gefahr bringen würde.

Wie es ihr wohl jetzt erging, allein in einem fremden Land?

Ruhelos sprang er auf und lief im Zimmer auf und ab. Sollte er versuchen sie über die große Distanz hinweg zu erreichen, sich in ihre Gedanken einklinken? Es würde ihn zwar sehr viel Energie kosten, aber möglich wäre es. Sina könnte ihn zwar nicht spüren, dafür reichte ihre menschliche Kraft nicht aus, aber er würde sich vielleicht ein wenig besser fühlen wenn er spürte dass es ihr gut ging.

Kurz entschlossen mobilisierte er seine telepathischen Fähigkeiten und sandte sie aus in dem festen Glauben, sie würden weit ausstrahlen um sie zu erreichen. Umso überraschter war er, dass er fast augenblicklich in ihre Gedanken eindrang. Sofort war er alarmiert. Sina war nicht in Amerika, sie war auch nicht auf dem Weg dorthin. Ihre Aura drang so kräftig zu ihm durch, dass sie ganz in seiner Nähe sein musste. Er spürte Sorge in sich aufsteigen. Was zum Teufel war da los, warum war sie noch immer hier?

Die Antwort darauf erfuhr er auch nicht aus den hysterischen Gedanken, die sie ihm unbewusst zusandte. Dafür erspürte er etwas, was ihn noch viel mehr beunruhigte. Angst, Todesangst. Und ganz deutlich konnte er einen Namen aus ihren, sich wild überschlagenden

Gedanken heraushören – Zenon. Er musste nicht lange nachdenken was das bedeutete. Die schlimmste seiner Befürchtungen war eingetroffen - Sina war seinem Erzfeind in die Hände gefallen.

Eine eisige Faust schien sich um sein Herz zu legen als ihm die ganze Tragweite dieser Tatsache bewusst wurde. Midas wusste Zenon würde nicht zögern Sina als Faustpfand zu benützen. Und er wagte nicht einmal daran zu denken, was er ihr antun würde um ihn damit zu treffen. Der uralte Vampir besaß kein Gewissen und kannte keine Gnade. Dafür besaß er das unheimliche Talent in die Seelen und Gedanken aller Lebewesen um sich herum schauen zu können. Er las in den Gehirnen der Menschen wie in einem Buch und zog blitzschnell seinen Vorteil daraus.

Unruhig lief Midas im Zimmer auf und ab, nur so konnte er die wahnsinnige Angst ertragen die ihn zu ersticken drohte. Am liebsten wäre er sofort aufgebrochen um sich Zenon zu stellen. Doch er wusste dadurch konnte er Sina nicht retten. Zenon war von Rachegedanken zerfressen, zu lange hatte er ihm nachgestellt und war doch immer wieder gescheitert.

Midas konnte sich gut vorstellen wie diese Schmach an dem alten Vampir zehrte. Als er damals zu seiner Verfolgung aufbrach war Zenon davon überzeugt gewesen, er würde den abtrünnigen Jungvampir schnellstens aufspüren und seiner gerechten Strafe zuführen. Stattdessen hetzte er nun bereits seit einem halben Jahrtausend erfolglos hinter ihm her. Für einen so mächtigen Vampir, der zu den engsten Vertrauten der Königin der Nacht gezählt hatte, musste die Schmach unermesslich sein. Ebenso wie seine Wut. Und er würde es sich nicht nehmen lassen, endlich seinen Triumph bis zur letzten Sekunde auszukosten. Jetzt, da er Sina in seiner Gewalt hatte, bekam er endlich die Möglichkeit dazu.

Genau davor hatte Midas Sina schützen wollen als er sie wegschickte. Doch er war zu langsam gewesen. Ja, er hatte sie Zenon sogar förmlich in die Arme getrieben, und den einzigen Menschen der ihm etwas bedeutete einem entsetzlichen Schicksal ausgesetzt.

Krampfhaft bemühte er sich die panische Angst zu unterdrücken die sich seiner bemächtigen wollte, als ihm seine Fantasie vorgaukelte was Zenon mit Sina alles anstellen konnte. Zu welchen Untaten der gewissenlose Vampir fähig war hatte er zur Genüge bewiesen.

Vor Midas geistigem Auge erschien der Anblick von Ellas geschändetem, verstümmeltem Körper. Zenon hatte die Frau nur deshalb grausam ermorden lassen, nur weil er, Midas, einmal mit ihr geschlafen hatte. Obwohl auch Zenon sicher bewusst gewesen war, dass es zwischen ihnen keine weitere als sexuelle Anziehung gegeben hatte.

Schon früher hatte Zenon Menschen getötet, die mit Midas in irgendeiner Weise zu tun hatten. Egal ob es sich um Verwandte, Liebschaften oder Geschäftspartner gehandelt hatte. Über die Jahrhunderte hinweg waren es so viele gewesen, dass er sie nicht mehr zählen konnte. Um nicht noch mehr Menschen in Gefahr zu bringen war Midas zum einsamen rastlosen Vampir geworden, der zu Menschen nur noch Kontakt suchte um sich von ihnen zu nähren. Und selbst dabei hatte er darauf geachtet es so heimlich wie möglich zu tun, damit sie anschließend nicht Zenon zum Opfer fielen.

Warum nur war er ausgerechnet jetzt seinen Prinzipien untreu geworden und hatte in seinem früheren Elternhaus wieder sesshaft werden wollen? Hatte er wirklich gedacht er hätte Zenon für immer abgeschüttelt? Wie verdammt naiv und dumm war er doch gewesen. Und Sina musste für seine Dummheit jetzt leiden und wahrscheinlich sterben...

Nur mühsam gelang es ihm seine Selbstbeschuldigungen zu unterdrücken um wieder klar denken zu können. Noch war Sina nicht tot und vielleicht fand er ja eine Möglichkeit, sie zu retten. Er würde sich auch freiwillig in die Hände seines Erzfeindes begeben, wenn er Sina dadurch befreien könnte. Aber er kannte Zenon zu gut, niemals würde der seine Gefangene laufen lassen, gab sie ihm doch endlich die Gelegenheit ihn zu quälen und zu demütigen.

Nein, er konnte die geliebte Frau nur solange vor dem Tod bewahren, solange er Zenon nicht zu nahe kam. So schrecklich die Vorstellung auch war Sina in dessen Gewalt zu wissen, umso sicherer wurde ihm klar nur solange er frei war, wäre das eine kleine Chance für Sina zu überleben.

Er bemühte sich auf die Herzschläge zu konzentrieren, die aus dem Burggebäude zu ihm drangen und erkannte, dass der von Anna fehlte. Dafür war Jens wieder da, sein Herzschlag drang deutlich zu ihm durch. Der junge Mann war aufgeregt und besorgt, also wusste er bereits, dass Sina etwas zugestoßen war. Vielleicht konnte er ja von ihm mehr erfahren.

Kurz entschlossen verließ Midas sein Domizil und benutze den geheimen Gang, der ihn ohne Umweg in die Burgräume führte. Kurz darauf betrat er das Esszimmer in dem er Jens vorfand, der mit in die Hände gestütztem Kopf dasaß und zu grübeln schien. Aus der Küche erklang ein Rumoren und der alte Krämer murmelte leise vor sich hin.

Jens hob den Kopf als Midas eintrat und über seine besorgte Miene zog Erleichterung. „Gott sei Dank, dass du endlich kommst" sprudelte er aufgeregt hervor. „Du ahnst ja nicht, was passiert ist. Frau Krämer liegt im Krankenhaus, sie hat schwere Kopfverletzungen und ist nicht ansprechbar. Und Sina ist spurlos verschwunden. Die Beiden waren zum Supermarkt gefahren und haben auch eingekauft. Der volle Einkaufswagen stand noch neben dem Auto und Frau Krämer lag bewusstlos auf dem Boden. Sie war wohl gestürzt und hat sich am Kopf verletzt. Andere Kunden haben ihr erste Hilfe geleistet und den Krankenwagen gerufen. Von Sina fehlt jede Spur, niemand hat sie gesehen aber angeblich ist ein Auto mit durchdrehenden Reifen davongefahren. Die Leute haben sich allerdings nicht groß darum gekümmert, sie waren damit beschäftigt Frau Krämer helfen. Was meinst du, ist Sina etwa entführt worden? Aber von wem?"

Ratlos schaute er zu Midas hoch, der ihm ernst zugehört hatte. Jetzt seufzte er tief auf und sagte nur ein Wort: „Zenon!"

„Ich habe es bereits befürchtet" murmelte Jens betroffen. „Aber wie kann das sein? Er muss am Tag schlafen, genau wie du. Wie kann er Sina da entführen?"

„Er hat sicher einen Helfer rekrutiert, der die Drecksarbeit für ihn erledigt. Zenon erschafft sich gerne Ghouls, die während des Tages seine Befehle ausführen. Was du erzählt hast hört sich sehr nach der Tat eines Ghoul an."

„Du meinst, so ein Monster, wie dieser Kerl, der Ella Krüger umgebracht hat? Um Himmels Willen, am Ende ist Sina schon tot…" Entsetzt blickte er Midas an, doch der konnte ihn beruhigen: „Nein, sie ist nicht tot, ich habe gerade eben noch ihre Gefühle empfangen. Sie ist voller Panik und Angst aber körperlich anscheinend unversehrt. Noch, muss ich dazu sagen, denn ich habe keine Ahnung, was Zenon mit ihr vorhat." Er schüttelte besorgt den Kopf.

„Du hast Kontakt zu ihr aufnehmen können?" Jens wurde vor Aufregung ganz laut, mäßigte sich dann aber schnell wieder und sprach in normaler Lautstärke weiter: „Dann kannst du sie doch fragen, wo sie sich befindet und wer bei ihr ist…"

„Nein, leider konnte ich das nicht. Sina war so von Angst erfüllt, dass sie meine Anwesenheit in ihren Gedanken gar nicht bemerkte. Es ist sowieso fraglich, ob sie mich spüren kann, schließlich hatte sie nie mit Telepathie zu tun. Und du kennst ja ihre bisherige Einstellung zu allem Unnatürlichen, sie wird, sollte sie mich überhaupt in ihren Gedanken wahrnehmen, alles für Hirngespinste halten."

Aber Jens gab nicht auf, er fragte weiter: „Kannst du nicht irgendwie trotzdem erfahren, wo sie ist? Bestimmt spricht sie irgendwann mit Zenon, vielleicht erwähnt er oder sie ja, wo sie sich aufhält. Himmel, denk nach Midas, es muss einfach eine Möglichkeit geben, ihren Aufenthaltsort zu erfahren."

Midas musste jedoch Jens Enthusiasmus bremsen, bedauernd schüttelte er den Kopf.

„Du hast eine zu hohe Meinung von meinen Fähigkeiten. Aber leider kann ich nicht zaubern. Es ist mir zwar möglich in Sinas Gedanken einzudringen, sie abzuhören, wenn du so willst. Aber sie kann mich nicht hören solange Zenon in ihrer Nähe ist. Er wird ihre Wahrnehmung blockieren. Seine Kräfte sind stark, stärker als meine. Und er wird alles tun um zu verhindern, dass sie mir mitteilen kann wo sie sich aufhält. Falls sie es überhaupt weiß, ich kann mir vorstellen dass derjenige, der sie entführt hat dafür sorgte, dass sie sich nicht orientieren konnte."

„Du meinst, sie wurde ebenfalls niedergeschlagen? Am Ende ist sie auch verletzt…"

Doch in dieser Hinsicht konnte Midas ihn beruhigen: „Nein, keine Sorge, sie ist nicht verletzt. Nur verwirrt und voller Angst."

Sein Blick fiel auf die Zeitung, die auf dem Tisch lag und die Schlagzeile „Fluglotsen streiken weiter" stach ihm in die Augen.

Er stöhnte unwillkürlich auf als ihm bewusst wurde, weshalb Sina nicht wie vereinbart nach Amerika geflogen war. Sie hatte gar nicht fliegen können, ein verdammter Streik hatte den Luftverkehr komplett lahm gelegt. Warum hatte er davon nichts gewusst? Aber nach den Geschehnissen der vergangenen Nächte hatte er es einfach versäumt, sich über die Ereignisse des menschlichen Alltags zu informieren, so wie er es eigentlich stets tat. Es war also sein verdammter Fehler gewesen und stumm bat er Sina um Vergebung, weil er sie verdächtigt hatte ihre Abmachung nicht eingehalten zu haben.

„Was hast du?" Jens blickte Midas besorgt an als der aufstöhnte. Doch der Vampir winkte beruhigend ab: „Mir geht es gut. Ich überlegte nur gerade wo wir mit unserer Suche beginnen sollen. Ich werde zuerst zu Anna ins Krankenhaus gehen. Vielleicht kann sie mir ja ein paar Fragen beantworten."

„Ich fürchte das wird nicht möglich sein" warf Jens bedauernd ein. „Sie liegt auf der Intensivstation und niemand darf zu ihr. Sie ist auch noch immer bewusstlos und kann dir keine Antwort geben."

Er senkte die Stimme und raunte mit einem bedeutsamen Blick zur Küchentür: „Die Ärzte befürchten sogar, dass sie nicht mehr erwachen wird. Der Aufschlag ihres Kopfes auf den Boden muss heftig gewesen sein, sie hat wohl einen doppelten Schädelbruch erlitten, wenn ich das verwirrte Gestammel ihres Mannes richtig interpretiert habe. Der arme Kerl ist ganz durcheinander und führt schon die ganze Zeit in der Küche Selbstgespräche."

In Midas Gesicht zuckte ein Nerv als er Jens grübelnd betrachtete. Dann schien er einen Entschluss gefasst zu haben. „Ich fahre trotzdem zum Krankenhaus, es wird mir schon gelingen zu Anna zu gelangen. Auch wenn sie bewusstlos ist kann ich in ihre Gedanken eindringen, vielleicht gelingt es mir ihr die eine oder andere Antwort abzuringen."

„Aber gefährdest du sie dadurch nicht? Was ist, wenn sie dabei stirbt?" Jens schaute unbehaglich und zog die Schultern hoch.

„Ich kenne Frau Krämer zwar nicht sehr gut, dennoch möchte ich nicht, dass ihr ein Leid geschieht…"

„Das möchte ich natürlich auch nicht. Sie ist eine gute Frau und soll noch recht lange hier wohnen. Meine Befragung wird ihr in keiner Weise schaden, vielleicht gelingt es mir sogar ihr zu helfen. Wie du weißt kann Vampirblut sehr heilsam sein…" Midas grinste schwach.

„Kann ich mit dir kommen?" fragte Jens und blickte Midas hoffnungsvoll an. „Ich möchte dir unbedingt helfen und natürlich liegt mir ebenfalls sehr daran, Sina möglichst bald zu befreien. Schließlich habe ich auch noch alle möglichen Geräte in meinem Auto die mir bei der Geistersuche gute Dienste leisten. Vielleicht taugen sie ja auch dazu einen Vampir aufzuspüren."

Davon war Midas zwar nicht wirklich überzeugt, doch er war froh, dass Jens ihm helfen wollte. Denn er wusste aus Erfahrung, dass es einem Vampir fast unmöglich war einen Artgenossen aufzuspüren und unschädlich zu machen. Sowohl Zenon als auch er waren den Gesetzen ausgeliefert, denen sich alle Geschöpfe der Nacht unterwerfen mussten. Sie waren am Tag in Schlaf gefangen und konnten somit nicht auf die Suche gehen. Jens hingegen konnte während des Tages völlig gefahrlos nach Zenons Versteck suchen. Natürlich musste er sich vor den Helfern des alten Vampirs in acht nehmen, doch ohne die Anweisungen ihres Meisters waren diese Kreaturen nicht allzu gefährlich. Normalerweise verkrochen sie sich in irgendwelchen dunklen Ecken und warteten darauf, ihrem Herrn zu Diensten zu sein. Sie konnten nicht zwischen Freund und Feind unterscheiden und taten nur das, was ihnen aufgetragen wurde. Allerdings bestand die Möglichkeit, dass Zenon seinem Ghoul befohlen hatte Sina während des

Tages zu bewachen und eventuelle Befreier unschädlich zu machen. Vorausgesetzt, sie war noch am Leben…

Schnell verdrängte er diese Gedanken, Sina war noch am Leben, das konnte er spüren. Also hatte Zenon vor, sie als Geisel zu benutzen, ansonsten hätte er sie bereits getötet. Er wollte ihn durch sie zwingen, sich in seine Hand zu begeben.

Eigentlich hätte Midas keine Sekunde gezögert, sein Leben für die geliebte Frau zu opfern. Ganz egal, was sein Feind auch mit ihm anstellen mochte. Egal wie langwierig und grausam das Ende war, das Zenon ihm bereiten würde, es schreckte ihn nicht. Aber er wollte sicher sein, dass Sina nach seinem Tod weiterlebte, möglichst unbeschadet an Körper und Seele. Und um das zu gewährleisten musste er Zeit gewinnen um einen Plan auszuarbeiten.

„Es ist nicht nötig, dass du mit ins Krankenhaus fährst", beantwortete er Jens Frage. Als der enttäuscht schaute, fügte er schnell hinzu.

„Aber natürlich zähle ich auf deine Hilfe bei der Suche nach Zenon und Sina. Du bist sogar unentbehrlich für mich, denn ich brauche jemanden, der sich während des Tages nach dem Versteck der Beiden umschauen kann. Bring doch deine Gerätschaften ins Haus und bereite sie vor. Sobald ich zurück bin überlegen wir gemeinsam, welche für die Vampirjagd geeignet sind. Vielleicht ist dir dann auch schon eine Strategie eingefallen, wie wir vorgehen könnten. Was hältst du davon?"

Jens war einverstanden und machte sich sofort daran, sein Auto auszuladen. Auch Midas verlor keine Zeit mehr und machte sich auf den Weg ins Krankenhaus.

Eigentlich war es für Besucher verboten die Intensivstation ohne Erlaubnis zu betreten, doch das galt nicht für einen Vampir. Ein intensiver Blick in die Augen der Stationsschwester die auf sein Klingeln öffnete, machte ihm den Weg frei und kurz darauf stand er vor dem Bett seiner Haushälterin. Die ältere Frau lag reglos da, angeschlossen an allerlei Apparate, die leise piepsend ihre Vitalfunktionen aufzeichneten. Die Geräte sagten Midas nicht viel, aber das war auch nicht nötig, ihm genügte ein Blick in den Kopf der Patientin um ihm ihren äußerst bedenklichen Zustand zu offenbaren.

Anna hatte schwerste Kopfverletzungen erlitten und schwebte in akuter Lebensgefahr. Ihr Gehirndruck, ausgelöst durch den mehrfachen Schädelbruch, stieg ständig an. Die für den Morgen geplante Operation würde zu spät erfolgen. Midas spürte deutlich wie das Leben langsam aus der bewusstlosen Frau wich. Er überlegte kurz, dann handelte er entschlossen.

Seine Fangzähne wuchsen wie durch Zauberkraft an und ragten unter seiner Oberlippe hervor. Ohne den Blick von Anna zu lassen führte er sein Handgelenk an die dolchspitzen Waffen und perforierte Haut und die darunter liegende Schlagader. Dann hielt er seinen blutenden Arm an den Mund der Kranken. Langsam perlten die Blutstropfen neben dem Tubus zwischen die leicht geöffneten Lippen und rannen über die angeschwollene Zunge in Annas Kehle.

Schon bald zog er sein Handgelenk wieder zurück und leckte über die kleinen Einschnitte, die sich daraufhin sofort schlossen. Ein paar Tropfen seines Blutes mussten genügen, sie würden Annas Leben retten. Sie ganz zu heilen wäre ihm zwar möglich gewesen, doch das wäre unklug. Die wundersame Genesung einer Todkranken würde zu viel Aufsehen erregen. Und Aufsehen konnte er momentan überhaupt nicht gebrauchen.

Er setzte sich auf den Bettrand und beobachtete geduldig wie sich Annas Zustand langsam veränderte. Ihre Atmung wurde kräftiger und ihr Blutdruck stabilisierte sich. Vermutlich begann auch bereits die Heilung in den gebrochenen Schädelknochen und die lebensbedrohlichen Schwellungen des Gehirns bildeten sich zurück. Ganz sicher würden die Ärzte sich über die schnelle gesundheitliche Besserung ihrer Patientin wundern. Aber das machte Midas kein Kopfzerbrechen, sie würden keinen Hinweis auf übernatürliche Kräfte finden und ihrer Patientin höchstens eine eiserne Konstitution zusprechen können.

Für ihn war nur wichtig dass Anna wieder gesund würde. Und dass er durch einen Blick in ihr Gedächtnis erfahren konnte, was sich tatsächlich auf dem Parkplatz des Supermarktes abgespielt hatte. Vielleicht konnte er dadurch einen Hinweis auf Sinas Aufenthaltsort erhalten.

Während er konzentriert Annas allmählich zurückkehrende Erinnerung studierte, kam die Nachtschwester herein und machte sich am Nebenbett zu schaffen. Dabei ignorierte sie den Vampir so vollkommen, als wäre er überhaupt nicht da. Nachdem sie die andere Patientin versorgt hatte kam sie sogar an Annas Bett und wechselte eine leere Infusionsflasche aus. Nach einem prüfenden Blick auf die Anzeigen der Geräte verließ sie kurz darauf wieder das Zimmer.

Endlich hatte Anna sich soweit erholt, dass sie auf Midas stumme Fragen reagierte. Um ihm detaillierte Angaben über das Geschehene zu machen war sie noch zu schwach, doch die Bilder, die durch ihr Gehirn flossen gaben ihm genug Anhaltspunkte, sich den Hergang zusammenzureimen. Das Gesicht des Ghouls konnte er sogar recht deutlich erkennen, doch es war fraglich, ob ihn das weiterbringen würde. Mehr erhoffte er sich von Annas letztem Blick auf das Auto des Entführers, bevor sie in Bewusstlosigkeit versunken war.

Er speicherte die wenigen Details in seinem Gedächtnis ab um sie später Jens mitzuteilen. Vielleicht konnte der ja etwas über das Fahrzeug herausfinden, oder es sogar ausfindig machen. Vermutlich kam Zenon nicht auf die Idee das Auto zu verstecken oder gar ganz verschwinden zu lassen, es bestand also eine geringe Chance es irgendwo zu sehen.

Nicht ganz zufrieden verließ Midas das Krankenzimmer. Immerhin war es ihm gelungen etwas für Anna zu tun, doch Sina war er keinen Schritt näher gekommen. Enttäuscht lief er durch die stillen Gänge des Krankenhauses, unbeachtet von den wenigen Pflegekräften, denen er begegnete.

Er steuerte seinen Wagen langsam durch die Nacht, immer darauf bedacht, auch den kleinsten Hinweis auf Sinas oder auch Zenons Nähe wahrzunehmen. Doch nichts drang zu ihm durch außer den Herzschlägen der Menschen, die seinen Weg kreuzten. Das erinnerte ihn daran, dass er noch trinken musste. Fasten würde ihn zu sehr schwächen und was immer die nächsten Nächte bringen würden, es war sicher von Vorteil über gute Kräfte zu verfügen. Deshalb kam es ihm gerade recht dass seine feinen Sinne das ausgelassene Geplauder mehrerer Menschen orteten, die in einem Garten eine Party feierten. Er mochte es zwar nicht besonders das Blut von Betrunkenen zu trinken, doch hier waren genug Spender beisammen so dass er sich sättigen konnte ohne viel Zeit zu investieren.

Kurz entschlossen bog er in den dunklen Seitenweg ein der zu dem Garten führte und stellte das Auto unter einem Baum ab. Nachdem er ausgestiegen war lauschte er einen Moment in die Nacht um sich zu orientieren, dann lief er auf das Gartentor zu. Sein Vampirzauber machte es ihm möglich, sich unbeachtet unter die Feiernden zu mischen und er sortierte seelenruhig diejenigen heraus, die noch nicht allzu viel getrunken hatten. Einen nach dem anderen lockte er wortlos zu sich hinter die kleine Laube und sie befolgten alle ahnungslos seinen stummen Befehl.

So, wie er es schon seit Jahrhunderten praktizierte, erleichterte er jeden seiner unfreiwilligen Spender um etwa einen halben Liter Blut, dann schickte er ihn zu den anderen zurück. Die kleinen Wunden, die seine nadelspitzen Dolche an ihren Handgelenken hinterließen, hatte er zuvor sorgfältig durch darüber streifen mit seiner Zunge ver-schlossen.

Nach dem sechsten Blutspender befand Midas es als genug und er verließ die Gesellschaft so unbeachtet wie er gekommen war. Er fühlte sich ein wenig benebelt durch den Alkohol den er mit dem Blut zu sich genommen hatte, doch das würde schnell vergehen.

Er warf einen prüfenden Blick zum Himmel, es ging bereits auf Mitternacht zu und es wurde Zeit dass er nach Hause fuhr, Jens würde ihn sicher schon ungeduldig erwarten.

Während der kurzen Heimfahrt dachte er immerzu an Sina und ver-suchte mehrmals zu ihr durchzudringen. Aber sie reagierte nicht auf ihn, nur ihre Angst und Panik konnte er fühlen. Doch die würde ihn nicht zu ihr führen. Zenon hatte einen vampirischen Zauber um sich und sie gelegt, der es ihm unmöglich machte den Ort zu ermitteln an dem sie sich aufhielten. Es erinnerte ihn an das Echo in den Bergen, egal in welche Richtung man rief, der Schall kam aus allen Ecken zurück. Midas knirschte hilflos mit den Zähnen und verfluchte seinen Gegenspieler aber auch sich selbst. Warum hatte er sich nicht von Sina ferngehalten, so wie es ihm sein Verstand befohlen hatte. Er hatte um die Risiken für ihr Leben gewusst und spätestens nach Ellas Tod war ihm klar geworden, dass Zenon niemals ruhen würde bis er ihn der Strafe zugeführt hatte, die er für seinen Frevel als angemessen ansah. Plötzlich fühlte Midas sich unendlich müde. Warum, so fragte er sich, hing er eigentlich so sehr an diesem Leben, dass er doch nie gewollt hatte. Er hätte schon lange aufgeben können, sich Zenon stellen und sich von ihm und Lilith richten lassen können. Egal wie schlimm und schmerzhaft der Tod auch gewesen wäre dem sie ihm zugedacht hatten, es wäre alles längst vorbei. Er wäre in einer anderen Welt, vereint mit Rosina und seiner Familie und seine Gebeine wären irgendwo verrottet. Was, zum Teufel hielt ihn eigentlich seit Jahrhunderten noch auf der Erde? Gefangen in seiner Schuld und ohne Aussicht auf Erlösung von seinen Sünden. Ja, er fügte seinem Schuldenkonto ständig neue Sünden hinzu, Ella war wegen ihm gestorben und Anna um ein Haar. Und Sina…? Sie würde vermutlich ebenfalls sterben müssen, weil er sie dazu gebracht hatte, ihn zu lieben.

„Nein!" knirschte er durch die Zähne und hieb auf das Lenkrad. Nein, und nochmals nein!" Er würde Sina retten. Egal was es ihn kostete.

Jens erwartete ihn schon in seinem Zimmer und sah ihn erleichtert an als er eintrat. „Da bist du ja endlich. Ich habe mir schon Sorgen gemacht weil es so lange gedauert hat. Wie geht es Anna?"

„Es geht ihr gut, keine Sorge" beruhigte Midas ihn und erzählte kurz das Wichtigste. Nachdem er geendet hatte deutete er auf die Gerätschaften, die Jens im Zimmer aufgebaut hatte. „Jetzt zeig mir mal deine Apparaturen. Meinst du, damit kann man Vampire fangen?"

„Fangen sicher nicht" meinte Jens ernst und musterte stolz sein Arsenal. „Aber ich hoffe, es ist etwas dabei mit dem wir Zenon aufstöbern können."

Midas sah das skeptisch, sagte aber nichts. Jens sollte ihm ruhig erklären was es mit seinen Geräten auf sich hatte, wenn er wollte konnte er sie sogar an ihm testen. Ob das eine oder andere für ihre Zwecke dienlich war würde sich dann schnell zeigen.

Jens ließ sich nicht lange bitten und erklärte ausführlich, für welche Zwecke seine Apparate dienten und wie sie funktionierten. Er hatte Kameras, die angeblich übernatürliche Erscheinungen aufzeichnen konnten und Mikrofone und Rekorder, die Geisterstimmen aufnahmen. Auch Temperaturmessgeräte waren dabei, weil, wie er erklärte, die Temperatur in einem Raum um mehrere Grad absank sobald sich ein Geist darin aufhielt.

Midas war davon überzeugt dass man mit keinem dieser Dinge einen Vampir aufstöbern konnte, vor allem, wenn man nicht wusste wo er sich aufhielt. Trotzdem er von vorneherein skeptisch war spürte er Enttäuschung in sich aufsteigen.

„Welches Teil wollen wir zuerst testen? Dieses da?" Jens schaute fragend zu ihm hin. In der Hand hielt er ein etwas unförmiges Mikrofon mit integriertem Aufnahmegerät und schaltete es ein. Sofort begann es einen schrillen Ton von sich zu geben und Midas krümmte sich unwillkürlich zusammen und hielt sich die Ohren zu. Der Ton war jedoch so schrill, dass er meinte sein Kopf müsse zerspringen.

„Mach es aus um Himmels Willen", versuchte er das Schrillen zu übertönen. „Was ist denn das für ein Teufelsding?"

Jens starrte ihn entgeistert an und dann auf das Gerät in seiner Hand. Es hatte keinen Mucks von sich gegeben. Dennoch drückte er eilig den Ausschalter.

„Ich habe keine Ahnung, was du meinst" sagte er langsam, während er verständnislos von dem Gerät in seiner Hand auf Midas blickte, dessen Gesicht schmerzverzerrt war. „Eigentlich soll es Geisterstimmen aufnehmen können, die dann in einem Rekorder hörbar gemacht werden. Das Ding hat noch nie einen Ton von sich gegeben. Vielleicht ist es kaputt."

„Oder du hast durch Zufall einen Apparat gefunden, der tatsächlich auf Vampire reagiert. Oder besser umgekehrt"

Midas betrachtete das Mikrofon interessiert und griff dann vorsichtig danach. Doch seine Sorge war unbegründet, er konnte es anfassen ohne dass etwas geschah. Erst als er den Schalter umlegte begann es wieder zu schrillen, schnell machte er es wieder aus.

„Du meinst, du kannst etwas wahrnehmen?", fragte Jens noch immer verdattert. „Ich konnte absolut nichts hören."

„Und ob ich was hörte, ich befürchtete schon das Schrillen sprengt mir den Schädel. Das wollen wir doch gleich noch mal unter anderen Voraussetzungen ausprobieren", schlug er vor, drückte Jens das Mikro in die Hand und ging zur Tür. Über die Schulter meinte er: „Ich werde mich jetzt irgendwo in der Burg verstecken und du gehst mit dem Ding auf die Suche nach mir. Es ist interessant zu wissen, ab wann mich der Ton zwingt mein Versteck zu verlassen. Und lass es mindestens ein, zwei Minuten an, auch wenn ich dich anflehe es auszuschalten. Wir müssen wissen ob der Ton einen Vampir unschädlich machen kann. Wenn das der Fall ist, hast du deinen Vampirfänger gefunden. Dann müssen wir nur noch überlegen wie wir ihn einsetzen. Gib mir einen Vorsprung von etwa fünf Minuten, dann beginnst du mit der Suche. Ok?"

Jens nickte zustimmend und schaute auf seine Armbanduhr. Dann setzte er sich hin um zu warten. Nach der vereinbarten Wartezeit schaltete er das Mikrofon ein. Wie schon zuvor gab es keinen Ton von sich und so machte er sich auf den Weg durch die Burg. Während er durch die stillen Gänge lief blieb das Mikro stumm und er begann erneut zu zweifeln. Vielleicht waren die Akkus leer, grübelte er und überlegte wann er sie zuletzt aufgeladen hatte. Eigentlich mussten sie in Ordnung sein.

Nachdem er die Burg ergebnislos durchsucht hatte ging er nach draußen in den Garten. Er blieb stehen und hielt es in verschiedene Richtungen, nichts geschah. Seine Zweifel wurden erneut geweckt, er überlegte ob er umdrehen sollte. Sein ratloser Blick strich über die alte Gruft und blieb an der schwarzen Gestalt hängen, die sich durch die Büsche kämpfte und versuchte, so schnell als möglich vor ihm zu fliehen.

War das Midas, der taumelnd vor ihm davonlief? Er folgte eilig dem dunklen Schatten und kam ihm schnell näher. Midas wurde immer langsamer, lief straucheln und zusammengekrümmt und fiel dann wie ein Stein um. Er wand sich am Boden und sein Gesicht war verzerrt als litte er unsägliche Schmerzen. Jens wollte schon das Mikro ausmachen, erinnerte sich aber an die Worte des Vampirs und ließ es an. Verstört blickte er auf die sich windende Gestalt zu seinen Füßen. Plötzlich stieß Midas einen markerschütternden Schrei aus, ein Zittern lief durch seinen Körper, dann lag er plötzlich still. In seinen aufgerissenen Augen spiegelte sich das Mondlicht. Jens holte bebend Luft und sah auf das Mikrofon in seiner Hand. Es gab keine Zweifel mehr, das unscheinbare technische Gerät konnte tatsächlich Vampire unschädlich machen.

Hatte er Midas etwa getötet? Das wäre nicht gut, denn dann müssten sie bis zum nächsten Abend warten, bis er wieder erwachen würde. Außerdem müsste er dessen schweren Körper in Sicherheit bringen, damit ihm das Tageslicht nichts anhaben konnte. Unschlüssig trat er von einem Bein aufs andere und sah sich suchend um. Am nächsten wäre die alte Gruft, doch er verspürte nur wenig Lust, dieses unheimliche Gemäuer zu betreten.

„Keine Angst, du hast mich nicht umgebracht", ertönte eine matte Stimme vom Boden. Der Vampir erhob sich schwerfällig und klopfte flüchtig seine Kleidung ab. Voller Respekt sah er auf das Gerät in Jens Hand und meinte anerkennend: „Das ist ja wirklich ein Teufelswerkzeug. Ich hoffe nicht das Ding kommt in Mode, es wäre grauenhaft ständig befürchten zu müssen schachmatt gesetzt zu werden."

Jens schüttelte lachend den Kopf, froh darüber dass der Vampir sich so schnell erholte. „Keine Bange, es ist nicht besonders geeignet für den Zweck den es eigentlich erfüllen sollte. Zumindest habe ich damit bisher noch keine Geisterstimmen eingefangen."

„Ich hoffe du machst nicht publik, wie leicht man damit Vampire einfangen kann", brummelte Midas, grinste dann aber erleichtert.

„Ich hätte nicht zu träumen gewagt, dass es wirklich ein solches Gerät gibt. Das gibt uns, vielmehr dir, eine riesige Chance an die Hand

Zenon unschädlich zu machen. Jetzt muss ich ihn nur noch aufstöbern…"

Was nicht ganz so einfach war. Der alte Vampir hatte sich bestimmt ein abseits aller Zivilisation liegendes altes Gemäuer oder auch eine Felshöhle in einem unzugänglichen Gebiet ausgesucht um dort ungestört zu sein. Auf Luxus oder Bequemlichkeit konnte er längere Zeit verzichten und auf sein Opfer würde er keine Rücksicht nehmen. Midas schauderte bei dem Gedanken, was Sina in Zenons Gewalt ertragen musste.

„Könnte ich nicht während des Tages nach ihm suchen?", wollte Jens wissen. Er fühlte sich stark und wollte Midas gerne beweisen was er konnte. Doch der bremste seinen Eifer. „Es kann durchaus sein, dass Zenon sich von einem Ghoul bewachen lässt. Diese Untoten sind auch am Tag handlungsfähig und würden dich entweder gleich umbringen oder überwältigen, je nach dem, welchen Befehl sie bekommen haben. Besser ist wir gehen zurück um gemeinsam zu überlegen, wie wir weiter vorgehen müssen."

Sie diskutierten mehrere Stunden alle Möglichkeiten durch, die ihnen einfielen, um die meisten wieder zu verwerfen. Schließlich stand Midas auf und meinte entschlossen: „Du gehst ins Bett und schläfst dich gründlich aus. Ich werde mich auf den Weg machen um nach einer Spur von Zenon und Sina zu suchen. Vielleicht habe ich ja Glück, dann würde ich dich anrufen und wir gehen gemeinsam vor. Leg dein Handy aufs Kopfkissen."

Jens war müde und zeigte sich einverstanden. Während er sich auf den Weg in sein Zimmer machte verließ Midas das Haus und fuhr in die Nacht.

Kapitel 13: Rache

Die dunklen Augen des Vampirs blickten unbarmherzig und ohne jegliche Emotion auf Sina und sie fröstelte unter diesem Blick. So, fuhr es ihr durch den Sinn, stellte man sich wohl allgemein einen Vampir vor, ohne jegliches Gefühl oder Mitleid für seine Opfer. Böse. Zenons Mund umspielte ein zynisches Lächeln bei den Gedanken, die aus ihrem Kopf zu ihm drangen. Er sagte jedoch nichts sondern musterte sie weiter als wäre sie ein Tier auf dem Viehmarkt. Es war das erste Mal, dass er sie überhaupt bewusst wahrnahm. Sie war ausgesprochen hübsch, stellte er fest, auch wenn ihr Gesicht im Moment von Angst gezeichnet war.

Bisher hatte er sie nie eines Blickes gewürdigt, es war ihm einzig daran gelegen gewesen, sie zu töten. Zu eliminieren, wie er bislang alles ausgelöscht hatte, was seinem Erzfeind in irgendeiner Weise nahe stand.

In den letzten Jahrhunderten hatte ihm Midas dazu allerdings nicht mehr allzu viel Gelegenheit geboten. Er war zum Einzelgänger geworden, der mit Menschen höchstens geschäftliche Beziehungen pflegte und sie ansonsten nur als Nahrungsquelle benutzte. Selbst seine Blutspender, die er selbstverständlich am Leben ließ, versuchte er vor ihm zu verbergen damit ihnen nichts geschah.

Zenon konnte sich bei diesem Gedanken ein abfälliges Grinsen nicht verkneifen. Der mitfühlende Midas - welch ein Fehler war es gewesen ausgerechnet ihn zu einem Vampir zu machen. Aber Lilith war ja ganz vernarrt in ihn gewesen als sie ihn zum ersten Mal sah, seine Schönheit hatte sie blind und taub gemacht für die mahnenden Worte ihres engsten Verbündeten. Er, Zenon hatte schon bald gemerkt, dass Midas nicht dazu taugte der Stammvater einer neuen Vampir-Dynastie zu werden. Zwar hatte er getan was für dessen Umwandlung zum Vampir notwendig war, aber sein Herz war nicht wirklich involviert gewesen. Und wie schnell hatte Midas sich vom blutrünstigen Vampir zum Menschenfreund gewandelt. Seines Wissens hatte er in all den Jahrhunderten seiner Flucht keinen Menschen mehr getötet. Dabei war es

die größte Wonne eines Vampirs seine Opfer bis zum letzten Blutstropfen auszusaugen.

Zenons Gedanken kehrten zurück zu der jungen Frau die wie versteinert dastand und ihn panisch anstarrte. Ja, sie war sehr hübsch, oder
besser gesagt schön. Zumindest musste er Midas einen exzellenten
Geschmack zubilligen. Er seufzte leise auf. Eigentlich war sie viel zu
schön um als Vampirmahlzeit zu enden. Vielleicht sollte er…

Sinnend schloss er die Augen und überdachte einen Moment seinen
ursprünglichen Plan.

Eigentlich war es seine Absicht gewesen Sina zu töten, sie langsam
und genüsslich auszusaugen um ihren geschändeten Körper dann vor
Midas Burg abzulegen. Wenn die Polizei Midas schon nicht wegen
des Mordes an Ella Krüger verdächtigt hatte, so wie es eigentlich sein
Plan gewesen war, so konnten sie eine zweite Leiche in seiner unmittelbaren Nähe doch sicher nicht ignorieren.

Zenon hatte es sich leichter vorgestellt Midas aus seinem Domizil zu
vertreiben und wieder zur Flucht durch die Welt zu zwingen. So wie
er es sich auch damals schon viel zu leicht vorgestellt hatte, diesen
verdammten abtrünnigen Vampir einzufangen um ihn seiner gerechten Bestrafung zuzuführen.

Seine ebenso end- wie auch erfolglose Jagd auf Midas hatte ihn zum
Gespött unter Seinesgleichen gemacht. Und was Lilith von ihm halten
mochte, daran wagte er nicht einmal zu denken. Dabei hatte er gehofft
sie zu beeindrucken, wenn er ihr Midas zu Füßen warf, damit sie über
ihn richten konnte. Bereits seit undenklichen Zeiten war er verrückt
nach der Königin der Vampire. Nur allzu gerne wäre er selbst es
gewesen, der mit ihr die neue Dynastie begründete. Doch sie hatte ihn
abgewiesen und ihm überdies aufgetragen, den neuen König auf seine
Aufgabe vorzubereiten. Das hatte er getan, wenn auch anders als es in
den Statuten vorgeschrieben stand. Er hatte versucht den jungen
Adeligen, der ausersehen war, zu zerbrechen. Aber Midas war nicht
zerbrochen, auch wenn es manchmal fast so ausgesehen hatte. Nach
der Vereinigung mit Lilith war es ihm sogar aus eigener Kraft gelungen, die Blutgier zu überwinden und zu entfliehen.

Dass er, Zenon, es in all den Jahrhunderten nicht geschafft hatte Midas wieder habhaft zu werden war zur größten Schmach in seinem Jahrtausende währenden Leben geworden.

Um seiner aufflammenden Wut Herr zu werden wandte er seine Gedanken wieder der schönen jungen Frau zu. Was sollte er mit ihr tun? Es musste etwas spektakuläres sein, etwas, das Midas bis ins Mark treffen würde. Grübelnd starrte er vor sich hin, da spürte er plötzlich, dass Midas versuchte in die Gedanken seiner Geliebten einzudringen. Es waren nur kurze Blitze, denn die Panik der jungen Frau verhinderte, dass es ihr überhaupt bewusst wurde.

In Zenons Kopf reifte ein Plan, der ihn auflachen und innerlich jubilieren ließ. Endlich hatte er eine Möglichkeit gefunden Midas zu vernichten. Und die zitternde junge Frau vor ihm würde ihm dabei helfen. Er stand auf und ging auf sie zu, die Hand nach ihr ausgestreckt. Wie erwartet wich sie vor ihm zurück doch schon bald stoppte sie die Wand. Ihre Hände tasteten suchend daran entlang, aber die Tür war zu weit entfernt.

„Du bist sehr schön", raunte er ihr ins Ohr als er dicht vor ihr stand. Seine Hand griff fast zärtlich nach den Locken, die ihr wirr ins Gesicht hingen. „Du brauchst keine Angst vor mir zu haben", versuchte er sie mit einschmeichelnder Stimme zu beruhigen „ich werde dir nichts tun. Meine Worte waren unbedacht, sie haben dich erschreckt, das tut mir leid."

Durch den einschmeichelnden Klang seiner Stimme und sein vampirisches Talent Menschen zu beeinflussen erreichte er was er wollte: Sina wurde merklich ruhiger und es gelang ihr, seinem Blick standzuhalten. Auch sie musterte ihr Gegenüber zum ersten Mal bewusst.

So Furcht einflößend sah er gar nicht aus, stellte sie fest ohne zu bemerken, dass er ihr genau das suggerierte. Ja, eigentlich fand sie sogar, dass er Vertrauen ausstrahlte. Warum hatte sie bloß so panisch auf seinen Anblick reagiert?

Er sah gut aus, fiel ihr auf und der traurige Ausdruck seiner dunklen Augen ließ ihn verletzlich erscheinen. Sah so wirklich ein skrupelloser Mörder aus? Verunsichert senkte sie den Blick.

Doch das wollte er nicht dulden, er hob sachte aber unnachgiebig ihr Kinn an, so dass sie ihm wieder in die Augen blicken musste. Sein neuer Plan stand fest und er würde alles daransetzen, dass er ihm diesmal gelang. Sina war zur wichtigsten Spielfigur in seiner Strategie geworden, sie würde ihn endlich an sein Ziel bringen. Und was das Beste an seinem neuen Plan war, er würde es auch noch genießen, sie als Köder zu benutzen.

Langsam näherte er sein Gesicht dem ihren und sah sie zwingend an. Er sah, wie ihr Wille brach und lächelte kurz bevor er seine Lippen auf ihre drückte. Sie leistete keinen Widerstand und ließ zu, dass seine Zunge in ihren Mund eindrang.

In Sinas Kopf wollte sich ein leiser, mahnender Gedanke bemerkbar machen, doch er schwand, ehe sie ihn zu Ende denken konnte. Der dunkle Fremde, der ihr eben noch Furcht und Entsetzen eingeflößt hatte kam ihr auf einmal verführerisch und ja - sehr erotisch vor. Bereitwillig erwiderte sie das Spiel seiner Zunge und ein begehrliches Ziehen durchströmte ihren Leib. Plötzlich gab es auf der Welt nur noch ihn und so als hätte es Midas und ihre Liebe zu ihm nie gegeben. Zenon frohlockte innerlich als er sie hochhob und auf das schäbige alte Sofa legte. Schade, dachte er, während er Sina weiter küsste, dass er Midas nicht telepathisch an dem teilhaben lassen konnte, was er weiter mit ihr tun würde. Es wäre ihm eine ungeheure Genugtuung den verhassten Gegner wissen zu lassen, dass er es mit seiner Geliebten trieb. Und dass die sich ihm voller sexueller Gier an den Hals werfen würde. Selbstverständlich war ihm bewusst dass Sina sich nur unter dem Einfluss seines übermächtigen vampirischen Willens von ihm verführen ließ. Unter normalen Umständen würde sie sich niemals mit ihm einlassen denn ihre Liebe zu Midas war so groß, dass kein anderer Mann für sie jemals noch in Frage käme. Doch das störte ihn nicht, er hatte schon sehr lange keine Frau mehr gehabt und außerdem war sie eine wahre Augenweide. Er würde es sehr genießen, zuerst ihren wunderbaren Körper für seine Zwecke zu nutzen. Und wenn er ihrer überdrüssig geworden war, dann würde er durch sie endlich seinen Erzfeind besiegen.

Er lachte in sich hinein, sein neuer Plan war einfach genial, und er würde ihm noch sehr viel Freude bereiten.

Sina sah aus fiebrigen Augen zu ihm auf als er sich zu ihr herunterbeugte. Sie konnte kaum erwarten seine Hände und Lippen auf ihrem Körper zu spüren. Als seine Finger am Verschluss ihrer Jeans nestelten und dann darunter glitten hob sie vor Gier zitternd ihren Unterleib an. Wie selbstverständlich griff sie nach seinem Hosenbund und zerrte ungeduldig daran. In ihrem Kopf herrschte nur ein einziger Gedanke vor, sie wollte mit diesem Mann schlafen, seinen Körper auf ihrem und seinen Schwanz in sich spüren. Ihre Ängste waren ebenso ausgelöscht wie die Erinnerung, einzig Begehren verspürte sie noch, Begehren nach einer Begegnung, die für sie nur Verderben bedeuten konnte. Doch selbst das war ihr egal.

Zenon ließ es zu dass sie ihm die Kleider förmlich vom Leib riss und half mit gekonnten Handgriffen nach. Ihre bewundernden Blicke als sie ihn nackt neben sich sah gefielen und schmeichelten ihm. Sein Penis war bereits hoch aufgerichtet und zuckte vor Vorfreude. Es war tatsächlich schon sehr lange her, dass er den sexuellen Bedürfnissen seines Körpers nachgekommen war. Doch nun hatte er ja Sina und er würde sich Zeit lassen, sich mit ihr zu vergnügen. Midas konnte ruhig ein paar Nächte in Angst um seine Geliebte schmoren. Vielleicht, - nein, ganz sicher konnte er sich vorstellen was er mit ihr treiben würde.

Dieser Gedanke allein genügte schon ihn sexuell derart zu stimulieren, dass er fast kam. Eilig wandte er sich Sina zu, die aus hungrigen Augen zu ihm aufsah und die Hand nach seiner erigierten Männlichkeit ausstreckte. Er wehrte sie ab und legte sich ohne ein Wort zwischen ihre gespreizten Beine.

Das altersschwache Sofa knirschte bedrohlich unter dem plötzlichen Mehrgewicht, hielt aber stand. Intensiver Modergeruch stieg daraus empor und stieg in Zenons empfindliche Nase. Er ignorierte ihn jedoch und konzentrierte sich auf den aufregenden Duft der jungen Frau, die sich erwartungsvoll unter ihm wand. Bedingt durch seine lange sexuelle Enthaltsamkeit erregte ihn der Geruch ihrer Weiblichkeit über die Maßen und es gelang ihm nur mit Mühe, sich im Zaum zu halten.

Mit einem kehligen Stöhnen drang er in ihren feuchten Schoß ein um sich fast augenblicklich in sie zu ergießen. Doch das tat seiner Erregung kaum einen Abbruch, im Gegenteil nutze er die kleine Pause um sich zu sammeln. Es tat so gut sich wieder einmal mit einer willigen Frau zu vergnügen, warum hatte er bloß so lange darauf verzichtet? Erst jetzt wurde ihm bewusst, auf welche Wonnen er lange verzichtet hatte um seinen Racheplänen zu frönen. Da war es doch nicht mehr als recht und billig, sich jetzt der Frau zu bedienen, die eigentlich seinem Rivalen gehörte.

Der Gedanke ließ ihn erneut hart werden doch nun hatte er sich wieder in der Gewalt. Er würde diese Nacht genießen und Sina auskosten bis sie beide satt waren. Nach fünfhundert frustrierenden Jahren der Jagd kam er endlich seinem Ziel nahe. Und plötzlich hatte er es gar nicht mehr so eilig, Midas habhaft zu werden. Zuerst wollte er seinen Hunger an dessen schöner Geliebten stillen.

Mit einem wilden Schrei des Triumphes ergoss er sich ein zweites Mal in sie.

Sinas Bewusstsein kehrte ganz allmählich zurück und sie öffnete vorsichtig die Augen. Sie fühlte sich miserabel, ihr ganzer Körper schmerzte und ihr Kopf dröhnte. Sie versuchte sich zu erinnern, was war eigentlich geschehen? Ihre Erinnerung kehrte nur langsam und lückenhaft zurück. Es gelang ihr jedoch nicht, die Bruchstücke zu einem Bild zusammenzufügen.

Träge setzte sie sich auf um mit Schrecken zu erkennen, dass sie vollkommen nackt war. Ihre Brüste schmerzten und zwischen den Beinen fühlte sie sich wund an, so als habe sie…

Die Erkenntnis drang ebenso abrupt wie schmerzhaft in ihr Gedächtnis. Entsetzt stöhnte sie auf und versuchte sich besser zu erinnern. Das konnte doch nicht sein.

Doch je länger sie nachgrübelte, desto klarer wurden die Bilder in ihrem Kopf. Sie hatte mit Zenon geschlafen und nicht nur das.

Sie hatte alle möglichen Dinge mit ihm getan, Dinge die man nur mit jemandem tat den man sehr liebte. Sie fühlte wie ihr bei dem Gedanken das Blut ins Gesicht schoss und ihr der Schweiß ausbrach. Ausgerechnet Zenon. Was würde Midas von ihr denken wenn er davon erfuhr. Konnte sie ihm noch jemals in die Augen blicken? Vor Verzweiflung und Reue begann sie zu weinen.

Ein ärgerliches Grunzen ließ sie abrupt innehalten und sie schaute in die Richtung aus der es kam. Es war nicht besonders hell im Zimmer da nur wenig Tageslicht durch die Spalten in den schiefen Läden vor den Fenstern drang. Doch es genügte die Gestalt zu erkennen, die neben der Tür kauerte und jetzt mürrisch zu ihr hinsah. Es war der schreckliche Kerl, der sie auf dem Parkplatz überfallen hatte. Jetzt roch sie auch den Verwesungsgeruch der von ihm ausging und ihr wurde übel. War diese Kreatur vielleicht ein Ghoul, der von Zenon geschaffen worden war um die Dreckarbeit zu erledigen, für die sich der alte Vampir selbst zu fein war?

Angstvoll starrte sie zu der zerlumpten Gestalt hin, die, immer noch vor sich hin grollend mit den Händen den Boden absuchte und dann an einem Teil herumzukauen begann, dass sie unter einer alten Decke hervorzog. Aasgeruch drang bis zu Sina hin als der Ghoul Fetzen faulenden Fleisches aus einer Tierkeule riss und schmatzend verzehrte. Er würdigte Sina keines Blickes mehr, widmete sich voll und ganz seiner ekligen Mahlzeit aber sie war sich sicher, dass er als ihr Aufpasser fungierte und mit rüder Gewalt verhindern würde, dass sie floh.

Ängstlich schaute sie sich um und entdeckte ihre Kleidung auf dem Boden um das Sofa verstreut. Mit langsamen Bewegungen, um bloß nicht erneut die Aufmerksamkeit ihres Wächters auf sich zu ziehen, sammelte sie alles ein und zog sich an. Dabei traten ihr erneut Tränen in die Augen, was hatte sie bloß getan, warum hatte sie Midas mit Zenon betrogen? Es wollte ihr nicht in den Kopf, dass sie dazu fähig gewesen war aber ihre zunehmend zurückkehrende Erinnerung förderte immer mehr Einzelheiten zutage für die sie sich entsetzlich schämte.

Sie wusste nicht wie viel Zeit über ihre verzweifelten Grübeleien vergangen war, doch je mehr sie darüber nachdachte, desto sicherer wurde ihr bewusst, dass Zenon ihren Willen ausgeschaltet und sie durch seine vampirischen Kräfte dazu gebracht hatte, ihm derart schamlos zu Willen zu sein. Denn nie und nimmer hätte sie sich einem ihr völlig Fremden sexuell derart angeboten, schon gar nicht Zenon, den sie doch verabscheute und zudem fürchtete.

Nein, sprach sie sich selbst von der Schuld frei, sie war ein Opfer der Manipulationen des Vampirs geworden. Sicher würde Midas das ebenso sehen und sie nicht verurteilen, hoffte sie. Trotzdem blieb ein schaler Nachgeschmack in ihrem Mund zurück.

Irgendwann riss sie ein drängendes menschliches Bedürfnis aus ihren sich im Kreis drehenden Gedanken. Unsicher schaute sie zu ihrem Wächter hin, der auf seiner Decke kauernd vor sich hindöste. Was würde er tun wenn sie aufstand? Allein der Gedanke dass er sie anfasste ließ sie vor Ekel und Angst erbeben.

Doch andererseits wurde der Druck in ihrer Blase immer drängender und es blieb ihr außer der Lösung, einfach unter sich zu machen nur die Möglichkeit, sich auf die Suche nach einer Toilette zu machen.

Vorsichtig sah sie sich im Zimmer um und entdeckte nur wenige Schritte entfernt eine Tür die einige Zentimeter offen stand.

Noch immer unschlüssig ließ sie ihren Blick zwischen dem Ghoul und der Tür hin und her wandern, sie überlegte ob sie es schaffen würde vor ihm bis dorthin zu gelangen. Aber würde es etwas nützen wenn sie sich dort einschloss? Vor ihrem geistigen Auge sah sie ihn die Tür eindrücken und sie aus dem Raum zu ziehen.

Doch schließlich siegte der Druck in ihrer Blase und sie stand sehr langsam auf. Ohne den Blick von dem Kerl zu lassen bewegte sie sich im Zeitlupentempo auf die Tür zu und schlüpfte hindurch. Den Ghoul schien es nicht zu interessieren, er blickte nur kurz zu ihr hin und bohrte dann in seinen Zähnen herum.

Schnell schloss sie die Tür hinter sich und sah sich um. Es war tatsächlich ein Badezimmer, erkannte sie und seufzte erleichtert auf.

Zwar sah alles heruntergekommen und schmutzig aus, doch das war ihr erst einmal egal. Hauptsache, eine Toilette.

Nachdem sie sich erleichtert hatte blickte sie sich genauer in dem kleinen Raum um. Es gab außer dem WC eine altmodische Dusche und ein winziges Waschbecken. Und hinter dem WC ein Fenster, dessen Scheibe so verschmutzt war, dass kaum Tageslicht durchdrang. Beim Anblick des Fensters kamen ihr sofort Fluchtgedanken in den Sinn. Sie trat näher und musterte es hoffnungsvoll. Es war schmal und hoch, doch eigentlich sollte sie gerade so hindurchpassen. Ihr Herz pochte aufgeregt als sie auf den Toilettenrand stieg und nach dem Fensterhebel griff. Sie drehte ihn und zog daran doch er gab nicht nach. Sie rüttelte vorsichtig daran, schließlich sollte ihr Wächter nichts von ihrem Fluchtversuch mitbekommen. Aber so sehr sie sich auch bemühte, das Fenster ging nicht auf.

Die Enttäuschung darüber ließ sie aufschluchzen. Die Freiheit war so nah und dennoch gab es keine Möglichkeit zur Flucht. Frustriert suchten ihre Augen das Fester ab, warum ging das verdammte Ding nicht auf? Des Rätsels Lösung war ebenso einfach wie effektiv, eine dicke Schraube, die in den Rahmen gedreht war. Ohne Werkzeug gab es keine Möglichkeit diese Schraube zu entfernen.

Sie lachte bitter auf, hatte sie wirklich geglaubt dass Zenon es ihr so leicht machen würde zu entfliehen? Natürlich hatte er vorgesorgt.

Mutlos kauerte sie sich hin, barg den Kopf in ihren Armen und weinte hemmungslos. Irgendwann hatte sie keine Tränen mehr und erhob sich schwerfällig. In dem fast blinden Spiegel über dem Waschbecken betrachtete sie ihr verweintes Gesicht. Es war schmutzig und verschmiert, die Haare standen ihr wild vom Kopf ab.

Sollte sie sich waschen? Aber wofür? Damit sie Zenon gefiel? Eigentlich konnte es ihr egal sein, wie ihr Äußeres bei ihm ankam, gefallen wollte sie ihm ganz gewiss nicht.

Dennoch drehte sie den Wasserhahn auf, eigentlich darauf gefasst, dass er nicht funktionierte. Zu ihrer Verwunderung gluckerte jedoch ein dünnes rotbraunes Rinnsaal hervor, das nach einer kleinen Ewigkeit klarer wurde.

Sina wickelte von der Toilettenrolle einige der wellig gewordenen Blätter ab und benässte sie. Dann rieb sie sich Gesicht und Hände sauber, zuletzt trank sie das inzwischen saubere Wasser aus der hohlen Hand. Danach fühlte sie sich ein klein wenig wohler und verließ das schäbige Badezimmer.

Auch jetzt beachtete der Ghoul sie nur flüchtig, selbst dann nicht als sie durch das Zimmer zum Fenster ging. Anscheinend hatte er die Anweisung sie nur nicht in die Nähe der Tür zu lassen.

Sina spähte durch die Schlitze des schweren hölzernen Rollladens hinaus in den verwilderten Garten. Sie machte sich keine Illusionen mehr, dass sie durch dieses Fenster flüchten könnte. Bis sie den Laden hochgezogen hätte wäre ihr Wächter längst bei ihr und sie wollte auf keinen Fall riskieren, dass er sie anfasste. Allein der Gedanke daran ließ sie vor Ekel erschauern. Eines musste sie Zenon zugestehen, er hatte bestens vorgesorgt um sie an der Flucht zu hindern. Was die angstvolle Frage in ihr aufsteigen ließ, was er wohl mit ihr vorhatte…

Sie wollte diesen Gedanken nicht weiterverfolgen und griff deshalb nach den alten, verstaubten Zeitschriften, die auf dem Fensterbrett lagen und blies den Staub herunter bevor sie diese mit zu dem alten Sofa nahm. Ohne wirklich hinzusehen blätterte sie die Hefte durch und bemerkte nicht einmal, dass es sich um Jagdzeitschriften handelte. Ihre Gedanken kreisten um Midas, Zenon und ihr eigenes Schicksal solange, bis ihr Kopf schmerzte und ihre Augen von ungeweinten Tränen brannten. Sie würde sich hinlegen um ein wenig zu ruhen. Oder besser um einzuschlafen und so endlich dem Karussell wirrer Gedanken zu entfliehen.

Als sie wieder erwachte war es bereits dunkel und sie konnte die schwarze Gestalt, die sich zu ihr herunter beugte eher erahnen als sehen und ihrem Mund entfuhr ein entsetzter Schrei.

„Begrüßt man so seinen Liebhaber?" hörte sie Zenons spöttische Stimme an ihrem Ohr. Er lachte selbstgefällig und Sina lief ein Schauer über den Rücken. Heute war nichts von der erotischen Stimmung der vergangenen Nacht zu spüren, stattdessen verspürte sie nackte Angst, die sie zu lähmen drohte.

Zenon konnte ihre Angst sehen und riechen und obwohl er nichts anderes erwartet hatte entfuhr ihm ein ärgerliches Knurren. Die körperliche Vereinigung mit ihr hatte mehr Eindruck bei ihm hinterlassen als er sich selbst zugestehen wollte, erkannte er verstimmt. Das war eigentlich ganz und gar nicht sein Plan gewesen. Es war nicht gut irgendwelche Gefühle für sein Opfer zu entwickeln, und seien sie auch nur erotischer Natur.

Verärgert packte er Sina grob am Arm und zog sie hoch. „Komm mit", knurrte er einsilbig während er sie in Richtung der Tür führte, die offen stand. Von draußen drang milchiges Mondlicht herein so dass Sina sehen konnte wohin sie lief. Trotzdem stolperte sie mehrmals weil Zenon es eilig hatte und sie rücksichtslos neben sich her zog.

Auch draußen verlangsamte er sein Tempo nicht, so dass nur sein unnachgiebiger Griff verhinderte dass sie hinfiel. Als sie endlich bei seinem Auto angelangt waren keuchte Sina vor Anstrengung und Schmerz. Sie war auf dem unebenen Weg mehrmals umgeknickt und hatte sich den linken Knöchel verstaucht. Deshalb war sie fast froh als er die Autotür öffnete und sie auf den Sitz stieß.

Wortlos warf er die Tür zu, umrundete den Wagen und stieg ein. Er warf ihr einen düsteren Blick zu bevor er den Motor anließ woraufhin sie eilig den Gurt anlegte.

Er dirigiert mich mit der Kraft seiner Gedanken, wurde ihr bewusst. Nur zu gerne hätte sie sich ihm widersetzt doch sie traute sich nicht. Zu was würde er sie heute Nacht bringen fragte sie sich bange, während ihr die Geschehnisse der vergangenen Nacht in den Sinn kamen und sie erneut erschauern ließen.

„Mach dir keine Illusionen Mädchen", knurrte er böse und blickte kurz zu ihr hin. „Die Nacht mit dir war zwar ganz amüsant aber heute habe ich Wichtigeres vor. Ich hoffe, du bist deswegen nicht allzu enttäuscht." Er lachte gemein.

Sina erwiderte nichts und starrte durch die Scheibe. Wohin fuhr er mit ihr? Sie kannte sich in der Gegend nicht aus, zudem fuhr Zenon über kleine unbeleuchtete Feldwege, weit und breit gab es kein Straßenschild. Irgendwann bog er dann doch auf eine Landstraße ein.

Sina hielt in der Hoffnung Ausschau es käme bald ein Ortsschild in Sicht. Sie war sich sicher das Midas versuchte ihre Gedanken zu lesen. Er hatte ihr erzählt dass er das konnte. Auch wenn sie ihn nicht spüren konnte so wollte sie nichts unversucht lassen ihm mitzuteilen wo sie sich befand. Doch leider vergaß sie in ihrer Aufregung dass der Vampir neben ihr ebenfalls diese Gabe besaß. Das wurde ihr erst bewusst, als er sie anherrschte:

„Das würde dir wohl so passen deinem Freund zu verraten wo er dich finden kann. Aber dafür ist es noch zu früh, Schätzchen. Erst muss ich meinen Plan vollenden und dann kannst du ihm gerne mitteilen wo er dich finden kann. Bis es so weit ist und wir in unserem neuen Versteck sind schließt du jetzt schön brav deine Augen. Und versuche nicht mich auszutricksen, ich würde es merken. Also schlaf ein bisschen, ich wecke dich wenn wir angekommen sind."

Er hatte kaum geendet, da spürte Sina wie sie schläfrig wurde und ihr die Augen zufielen. Sie wollte sich dagegen wehren und wenigstens einen einzigen Blick auf die Schilder werfen, die in einiger Entfernung an einer Kreuzung aufleuchteten. Die Müdigkeit überfiel sie jedoch mit solcher Wucht, es war ihr unmöglich die Augen auch nur eine Sekunde länger aufzuhalten. Langsam sank ihr Kopf zur Seite und sie fiel in tiefen traumlosen Schlaf.

„Gutes Mädchen" brummte Zenon neben ihr und lächelte grimmig in sich hinein. Fast empfand er ein wenig Mitleid mit ihr, falls er noch zu solch einer Regung fähig gewesen wäre. Dann wischte er die kurze Emotion mit einer Handbewegung weg als verscheuche er eine lästige Fliege.

Das sexuelle Abenteuer mit Sina hatte ihm zwar gefallen aber er brauchte derlei Zeitvertreib schon lange nicht mehr. Er hatte sie dazu gebracht ihm voller Leidenschaft zu Willen zu sein weil er damit Midas bestrafen konnte. Als kleine Genugtuung für die Jahrhunderte währende Schmach, die ihm dieser unwürdige Vampir zugefügt hatte. Er hatte schmachvoll versagt, Zenon knirschte bei dem Gedanken mit den Zähnen und musste sich zusammenreißen, dass er vor Zorn nicht das Lenkrad verriss. Mühsam erzwang er seinen Gleichmut zurück und atmete tief durch. Doch diesmal würde es gelingen, er würde Midas zwingen mit ihm zurück nach Griechenland zu reisen um dort zu sterben. Erst dann wäre der Schmach von ihm, Zenon, genommen und er konnte wieder den Platz einnehmen, der ihm gebührte. Und diese schlafende Schönheit neben ihm würde ihm helfen sein Ziel endlich zu erreichen. Fast zärtlich schaute er zu Sina hinüber und lächelte.

Kapitel 14: Eine heiße Spur

Midas fuhr langsam durch die Nacht und lauschte immer wieder in die Dunkelheit in der vagen Hoffnung, ein Lebenszeichen von Sina zu erhaschen. Dabei war ihm sehr wohl bewusst, dass dies äußerst unwahrscheinlich war, denn Zenon konnte sie überall hin gebracht haben. Vielleicht hatte er mit ihr sogar schon das Land verlassen.

Aber nein, das hat er bestimmt nicht getan, beschwichtigte er sich selbst. Zenon hatte Sina entführt um sie als Geisel gegen ihn zu benutzen und ihn so zur Kapitulation zu zwingen. Dass er sich in Sina verliebt hatte wusste sein Widersacher hoffentlich nicht. Wenn doch würde das ihrer beider Überlebenschance noch mehr verringern. Denn ganz sicher würde Zenon sich nicht nur damit zufrieden geben ihn in Ketten zu legen um ihn nach Griechenland zu bringen, damit er endlich seiner Strafe zugeführt werden konnte. Nein, Zenon würde sich alle erdenklichen Grausamkeiten einfallen lassen um sich an ihm für die fünf Jahrhunderte Schmach zu rächen.

Schnell wischte Midas die bedrückenden Gedanken beiseite. Zu was der alte Vampir fähig war hatte er zur Genüge erfahren und selbst ein halbes Jahrtausend konnten ihn die körperlichen und seelischen Qualen nicht vergessen lassen, die er durch ihn erlitten hatte. Er hatte seitdem alles getan, damit Zenon ihm nicht nochmals etwas Derartiges antun konnte. Nicht umsonst war er ständig auf der Flucht.

Doch da war Sina, die Frau, die er längst verloren wähnte und die so überraschend wieder in sein Leben getreten war. Und die er mehr liebte als sein ewiges Leben. Diese Frau befand sich nur wegen ihrer Liebe zu ihm in höchster Lebensgefahr. Er wollte gar nicht darüber nachdenken was Zenon ihr vielleicht schon angetan hatte.

Sein einziger Trost war die absolute Gewissheit, das Sina noch am Leben war. Wenn er versuchte in ihre Gedanken zu dringen, was sehr schwierig war, da Zenons übermächtige Präsenz sie abschirmte, drangen Fetzen chaotischen Gefühle zu ihm durch. Meist war es Grauen, Furcht oder auch Ekel was er wahrnahm. Doch einige Male hatte er gemeint auch andere Gefühle zu erspüren, ...Lust, Leidenschaft und bedingungslose Hingabe.

Das würde bedeuten, dass Sina mit Zenon geschlafen hat. Und dass sie dabei echte Lust empfand, ähnlich der, die sie bei ihm empfunden hatte.

Obwohl Midas wusste wie leicht Zenon Menschen manipulieren konnte empfand er Zorn darüber und es fiel ihm unendlich schwer sich unter Kontrolle zu halten. Er konnte und wollte Sina nicht wegen ihrer Untreue verdammen, schließlich wusste er nur zu genau, dass sie gegen Zenons vampirischen Willen nicht ankam. Ganz sicher würde sie nie aus freiem Willen mit ihm schlafen. Dennoch nagte das Gefühl der Eifersucht an ihm.

Nur mühsam gelang es ihm die unguten Gedanken zu verdrängen und sich wieder auf seine Suche zu konzentrieren. Er zwang sich dazu den unscheinbaren Feldweg näher ins Auge zu fassen, der, halb verborgen hinter lichten Büschen, parallel zur Bundesstraße verlief. Seinen scharfen Augen entging die Spur von Autoreifen nicht, die in den feuchten Sand gedrückt waren. Die Abdrücke waren noch frisch, das erkannte er an den umgebogenen Halmen des Unkrautes, das zwischen den ausgefahrenen Wegspuren wuchs.

Natürlich konnte ein ganz gewöhnlicher Grund für die Spuren verantwortlich sein, ein Bauer, der sein Feld bearbeitet hatte oder ein Gartenbesitzer, der sich erst spät auf den Heimweg gemacht hatte. Trotzdem, dieser vagen Spur zu folgen war genauso gut oder schlecht wie ziellos in der Gegend herumzufahren. Und außerdem sagte ihm sein Instinkt, dass er hier etwas finden würde, das ihm bei seiner Suche weiterhelfen konnte.

Er musste ein ganzes Stück fahren, bis er an eine Stelle kam, an der er in den Feldweg einbiegen konnte. Leider endete der hier ganz, der andere Wagen war vom Feldweg abgebogen und auf der Bundesstraße weitergefahren.

Midas überlegte kurz ob er aufgeben oder die Spur des Wagens zurückverfolgen sollte und entschloss sich für Letzteres. Sein Jagdfieber war erwacht und seine scharfen Sinne signalisierten ihm, dass er sich auf einer heißen Fährte befand. In gemäßigtem Tempo fuhr er den Feldweg entlang, die Augen fest auf die Reifenspuren gerichtet. So entging ihm nicht, dass der Wagen auf einen steinigen Waldweg abgebogen war. Er folgte weiter der kaum sichtbaren Spur über den holprigen Weg und gelangte so an eine hölzerne Brücke, die über einen kleinen Bach führte. Kurz darauf entdeckte er ein Steinhaus, das hinter verwilderten Büschen hervorlugte.

Er stellte sein Auto vor der Brücke ab und starrte eine Weile sinnend auf das Gebäude. Es sah aus als sei es lange unbewohnt. Vermutlich handelte es sich um ein altes Forsthaus. Leise öffnete er die Autotür und stieg aus, in die Luft witternd wie ein Wolf. Doch es kam ihm weder ein verdächtiger Geruch in die Nase, noch hörte er ein ungewöhnliches Geräusch. Zurzeit befand sich weder ein Mensch noch ein Vampir in der Nähe. Er konnte das alte Forsthaus also ungefährdet unter die Lupe nehmen.

Das wackelige Gartentor knarrte leise als er es öffnete. Er schaute sich kurz um und entdeckte sofort die Spuren menschlicher Füße, die sich durch das Unkraut zogen. Sie führten um das Haus herum und er folgte ihnen. Obwohl er wusste, dass sich niemand mehr in dem Haus aufhielt, war er angespannt. Würde er hier auf ein Lebzeichen von Sina treffen? Er meinte schon jetzt einen Hauch ihres Parfüms wahrzunehmen. Je näher er der offen stehenden Kellertür kam, desto sicherer war er sich. Sina hatte sich hier aufgehalten, er konnte ihre Angst riechen.

Dann traf ein anderer Geruch seine empfindlichen Riechzellen, eher ein Gestank, der ihm fast den Atem verschlug. Noch bevor er ihn sah wusste er, dass er den Leichnam eines Ghouls vorfinden würde. Der bestialische Gestank wurde schnell stärker als er die angelehnte Zimmertür aufstieß. Mit angehaltenem Atem trat er ein und schaute sich um. Der stinkende Kadaver lag in einer Ecke, seine Gliedmaßen waren verdreht und der stumpfe Blick der toten Augen ging zur Decke. Zenon hatte der widerlichen Kreatur einfach das Genick gebrochen als er ihrer Dienste nicht mehr bedurfte.

Midas lies langsam die angehaltene Luft aus der Nase entweichen, machte einen Bogen um den toten Körper und atmete so flach als möglich, während er das Zimmer durchquerte. Vor der Liege blieb er stehen und starte lange darauf. Vor seinem geistigen Auge sah er Sina dort liegen, Sina, nackt, die sich erregt in den Armen Zenons wand. Er meinte, den Duft ihrer Leidenschaft zu riechen und hörte sie heisere Worte der Lust flüstern während sie ihr Becken willig den harten Stößen Zenons darbot.

Erst als er einen scharfen Schmerz in der Unterlippe verspürte merkte er, dass seine Fangzähne zur vollen Länge ausgefahren waren. Der Geschmack seines eigenen Blutes erzeugte ein Kribbeln auf seiner Zunge und erinnerte ihn daran, dass er heute noch nichts getrunken hatte.

Diese Erkenntnis lenkte ihn ein wenig von den verstörenden Bildern in seinem Kopf ab und er war dankbar darüber. Das Gefühl von rasender Eifersucht war völlig neu für ihn und es gelang ihm nur mit Mühe sich immer wieder vorzusagen, dass Sina ihm nicht aus eigenem Willen untreu geworden war. Sie war ein willenloses Opfer, genauso wie er selbst vor so langer Zeit zum Opfer von Zenon geworden war. Schnell machte er einen Schritt um die Liege herum und ging zum Fenster. Dort lagen ein paar Zeitschriften herum, er nahm sie in die Hand und warf einen flüchtigen Blick darauf. Es handelte sich um uralte, schon leicht vergilbte Jagdzeitschriften stellte er fest und warf sie wieder auf die Fensterbank. Sie würden ihm keinen Hinweis auf Sinas Verbleib geben.

Fast hätte er den kleinen Zettel übersehen, der vom Luftzug der fallenden Hefte zu Boden geweht wurde. Er hob ihn auf und warf einen nicht allzu interessierten Blick darauf. Doch sogleich erkannte er, dass der Zettel sehr interessant war. Es war eine Wegskizze, die jemand flüchtig darauf gekritzelt hatte. Den eckigen Buchstaben nach konnte die Skizze durchaus von Zenon stammen, dem die deutsche Schrift nicht allzu geläufig war. Vermutlich hatte er seinem Handlanger einen Weg aufgezeichnet und der Zettel war irgendwie unter die Zeitschriften geraten.

Midas versuchte den krakeligen Buchstaben Ortsnamen zuzuordnen, es war schwierig, da Zenon die meisten abgekürzt hatte. Der Zielort war sogar nur mit zwei Buchstaben bezeichnet, einem H und einem W.

Grübelnd starrte er auf die kurze Notiz und steckte sie dann ein. Es hatte keinen Sinn noch heute Nacht nach dem unbekannten Ort zu fahnden. Es ging bereits auf den Morgen zu, er hatte noch einen langen Heimweg vor sich und sollte nach Möglichkeit auch noch irgendwo Blut zu sich nehmen. Es brachte ihm und auch Sina nur Nachteile wenn er aus Nahrungsmangel schwach und unkonzentriert war.

Morgen Abend, gleich nach seinem Erwachen, würde er sich mit Jens zusammensetzen und gemeinsam konnten sie hoffentlich herausfinden, welchen Ort Zenon aufgezeichnet hatte. Mit etwas Glück handelte es sich dabei tatsächlich um seinen geheimen Aufenthaltsort.

Am nächsten Abend wurde er bereits von Jens erwartet, der nervös im Esszimmer auf und ab tigerte. „Na, endlich. Ich befürchtete schon, du wärst gar nicht nach Hause gekommen", brach es erleichtert aus ihm heraus. Angespannt blickte er dem Vampir ins Gesicht. „Konntest du etwas herausfinden?"

Midas nickte knapp, zog sich einen Stuhl heran und setzte sich. Mit einer Geste bedeutete er Jens es ihm gleichzutun und ohne Umschweife fing er zu berichten an.

Jens betrachtete neugierig den Notizzettel, den Midas auf den Tisch gelegt hatte. „Sagt dir die Skizze etwas?", wollte er wissen, doch Midas zuckte nur bedauernd die Schultern.

„Leider kenne ich mich nicht allzu gut mit den Namen der Dörfer der Umgebung aus. Bisher war es für mich nicht wichtig, wie die Orte hießen in denen ich auf Nahrungssuche ging und meinen Heimweg fand ich auch ohne Hinweisschilder. Vielleicht sollten wir versuchen, irgendwo eine Karte von der Umgebung aufzutreiben. Ob Walter vielleicht irgendwo welche herumliegen hat? Ansonsten müssten wir eine kaufen. Um diese Zeit werden die meisten Geschäfte aber schon geschlossen haben."

„Wozu gibt es denn Computer?" Jens lächelte und griff nach seiner Tasche, die unter dem Tisch stand. Er zog sein Notebook daraus hervor und klappte es auf. Mit ein paar Handgriffen war es einsatzbereit und Jens begann eifrig zu tippen. Midas schaute ihm interessiert über die Schulter als auf dem Bildschirm eine Karte erschien. Jens engte sie auf die unmittelbare Umgebung ein und vergrößerte das Bild, sodass auch kleinere Straßen gut sichtbar wurden. Gemeinsam machten sie sich daran den Weg zu suchen, den Zenon auf der Skizze aufgemalt hatte.

Bereits nach wenigen Minuten waren sie sicher den gesuchten Ort gefunden zu haben, obwohl sein Name weder ein H noch ein W enthielt. Dennoch behauptete Jens, es könne sich um kein anderes Dorf handeln. In Ermangelung eines besseren Planes beschlossen sie sich auf den Weg dorthin zu machen.

„Was soll ich alles mitnehmen?" Jens schaute fragend zu dem Vampir hin. „Gibt es außer meinem Aufzeichnungsgerät noch etwas, womit man einen Vampir unschädlich machen kann?"

„Nun, prinzipiell kannst du einen Vampir mit den gleichen Gegenständen töten, mit denen du auch einen Menschen umbringen kannst. Wenn auch nur für die Dauer einer Nacht, was jedoch in unserem Fall genügen würde. Das Problem ist jedoch dicht genug an Zenon heranzukommen ohne zuvor von ihm getötet zu werden. Du hast ja bereits erfahren über welche Kräfte er verfügt. Höchstens mit einer Pistole oder einem Gewehr wäre ihm aus der Entfernung beizukommen, aber leider besitzen weder du noch ich solch eine Waffe. Und zu unserem Glück Zenon vermutlich auch nicht."

„Wieso eigentlich nicht? Ich meine, weshalb hat Zenon noch nie versucht dich zu erschießen. Das wäre doch einfacher als dich Jahrhunderte lang durch die Welt zu jagen. Ein gezielter Schuss aus dem Hinterhalt und er könnte dich einsammeln."

Midas lächelte gepresst. „Ja, das wäre eine Möglichkeit. Aber Zenon ist ein Jäger der Dunkelheit und hat sich einem uralten Kodex unterworfen. Dieser gebietet ihm seine Feinde nur im fairen Zweikampf zu besiegen. Er arbeitet zwar durchaus mit gemeinen Tricks und

Hinterlist und scheut vor kaum einem Verbrechen zurück um mich in seine Gewalt zu bringen. Aber der Einsatz einer Waffe, die mich aus der Ferne unschädlich macht, ist ihm streng verboten. Sollte er es dennoch tun und mich dadurch gefangen nehmen und nach Griechenland transportieren so würde er dort in Ungnade fallen und für immer aus der Vampirgemeinschaft ausgeschlossen werden. Vielleicht würde er sogar unehrenhaft auf dem Scheiterhaufen verbrannt werden, die schlimmste Strafe für einen Vampir der alten Zunft."

„Aber warum willst du Zenon nicht einfach erschießen? Du fühlst dich den Gesetzen dieser Vampire doch nicht verpflichtet, oder? Schließlich haben sie dich doch gegen deinen Willen zu Ihresgleichen gemacht. Da wäre es nur verständlich, wenn du dir deinen Verfolger auf die bestmögliche Art vom Leib hältst. Ich an deiner Stelle hätte es längst getan." Jens schaute Midas verständnislos an und schüttelte den Kopf.

Der Vampir lächelte abermals matt und zuckte die Schultern.

„Ich weiß, das ist nicht einfach zu verstehen, nicht einmal für mich selbst. Aber ich bin nun einmal ein Vampir und wenn ich es auch nicht aus freiem Willen wurde, so muss ich doch die Regeln der Vampire einhalten. Schon in meinem eigenen Interesse. Denn obwohl ich verabscheue was ich bin und tue, so bin ich doch auch mit meiner dunklen Existenz verknüpft. Wäre es nicht so, ich hätte mich schon vor fünfhundert Jahren ergeben und töten lassen können. Ich habe es nicht getan und fliehe seither um die Welt. Wenn du also so willst, habe ich mich schon damals dem Vampirkodex unterworfen. Und ich halte mich daran."

Jens schaute ihn lange stumm an, dann nickte er verstehend.

„Wir können halt alle nicht über unseren Schatten springen", gab er zu und begann dann geschäftig seine Gerätschaften zusammenzusuchen. „Ich habe ja selbst auch ein paar Regeln einzuhalten, seit ich im Auftrag der Kirche nach übersinnlichen Phänomenen suche. Ich musste sogar auf die Bibel schwören, dass ich stets rein wissenschaftlich arbeite und nichts von dem an die Öffentlichkeit bringe, was ich herausfinde."

Er grinste Midas an und zwinkerte: „Ein Glück für dich, denn es gäbe sicher mehr als genug Medien, die sich um die Information reißen würden, dass tatsächlich Vampire mitten unter uns leben. Medien, die dafür horrende Summen bezahlen würden."

„Ach damit kann ich umgehen. Es werden immer einmal wieder Gerüchte laut, dass es uns tatsächlich gibt. Dann muss man halt für eine Weile in eine andere Gegend ziehen oder einfach den hartnäckigsten Verfechtern dieser Behauptungen kräftig ins Gewissen reden, schon hat sich der Spuk in Luft aufgelöst. Die Menschen glauben nun mal am ehesten an das, was sichtbar oder vorstellbar ist. Die Existenz von Vampiren, Dämonen oder Geistern gehört für die allermeisten ins Reich der Fantasy - Romane oder Filme."

„Glaubst du eigentlich an die Existenz von Geistern oder Dämonen? Oder besser gesagt, hast du diese Wesen schon gesehen oder wahrgenommen?"

„Gesehen habe ich Geister noch nie, wahrgenommen jedoch hin und wieder schon. Deshalb bin ich von deren Existenz überzeugt. Ich denke, dass die menschlichen Seelen nach dem Tod in eine andere Dimension übergehen, die den Lebenden nicht zugänglich ist. Aus welchem Grund auch immer bleiben aber einige dieser Seelen auf der Erde zurück, wo sie unglücklich als Geister herumspuken und dadurch auf sich aufmerksam machen. Deshalb ist es vielleicht gar nicht so schlecht, dass es Menschen wie dich gibt. Geisterjäger, die diesen verlorenen Seelen helfen, dorthin zu gelangen wohin sie gehören."

Jens lächelte, erfreut darüber, dass Midas seine Passion nicht als bloße Hirngespinste abtat, wie es die meisten seiner Freunde und Bekannten taten. „Und was meinst du zur Existenz von Dämonen?", wollte er wissen.

„Dämonen gibt es sehr wohl, sie besetzen die Gehirne von Menschen, die für böse Taten empfänglich sind und flüstern ihnen zu, welche Gemeinheiten sie ihren Mitmenschen antun können. Menschen, die einen Dämon in sich tragen, gibt es mehr als du dir vermutlich vorstellen kannst."

„Kannst du sie sehen, die Dämonen?"

Der Gedanke machte Jens ganz aufgeregt. Wenn er daran dachte, welche Möglichkeiten sich für ihn auftäten, wenn Midas mit ihm auf Dämonenjagd ginge…

„Ich kann Menschen erkennen, die von einem Dämon besessen sind", klärte Midas ihn bereitwillig auf. „Allerdings vermeide ich es meist, mit ihnen in Kontakt zu kommen. Besessene taugen mir nicht als Blutspender, da ich sie töten müsste um ihr Blut für mich unschädlich zu machen. Der Dämon würde sonst versuchen von mir Besitz zu ergreifen und darauf kann ich verzichten. Mir langt Zenon, den ich nicht loswerde. Aber wir sollten nicht wertvolle Zeit mit Geplauder vergeuden, dafür ist Zeit, wenn wir Sina aus Zenons Gewalt befreit haben."

Dem stimmte Jens zu, er griff nach der Tasche, in dem er sein Aufzeichnungsgerät untergebracht hatte, schlüpfte in eine dunkle Windjacke und zog sich ein schwarzes Käppi über seine hellen Haare. Er wollte sich so unsichtbar wie möglich machen wenn er auf Vampirjagd ging. Obwohl das bei Zenons Nachtvogelaugen vermutlich nicht viel nützen würde.

Sie verließen das Haus und gingen zu Midas Wagen. Schweigend fuhren sie durch die noch junge Nacht, jeder hing seinen eigenen Gedanken nach. Nachdem sich Midas den Weg auf dem Plan genau angeschaut hatte, war es für sein ausgezeichnetes Gedächtnis keine Schwierigkeit, den Ort zu finden, an dem sie Sina und Zenon vermuteten.

Nach etwas mehr als einer Stunde erreichten sie das, zwischen dichten Nadelwäldern versteckte Dörfchen, das verschlafen vor ihnen lag. Die meist uralten Bauernhäuschen entlang der einzigen Straße waren überschaubar. Es gab weder ein Geschäft noch ein Wirtshaus, noch nicht einmal eine Kirche in dem winzigen Ort, der wie ausgestorben wirkte. Nur ein großer schwarzer Hund erhob sich von seinem Lager hinter einem lückenhaften Zaun. Er schaute dem Auto, das seine Ruhe zu stören wagte ungläubig entgegen, dann bellte er es mit tiefer Stimme an um es sich danach wieder auf seinem Schlafplatz gemütlich zu machen.

Midas fuhr langsam, er hatte das Seitenfenster heruntergelassen und lauschte in die Nacht, um auch nicht die geringste Schwingung zu verpassen, die von dem anderen Vampir ausging. Doch er konnte nichts feststellen.

Nach nicht einmal einer Minute hatten sie die Ortschaft durchfahren, dunkel lag die Straße vor ihnen, die abermals durch dichten Wald führte. Ratlos schauten sich die beiden Männer an, keiner hatte einen neuen Einfall wie es weitergehen sollte. Da die Straße zu eng zum Wenden war, fuhr Midas langsam weiter und spähte in die Nacht um eine Möglichkeit zum Umdrehen zu finden. Nach mehr als fünf Kilometern kam endlich ein kleiner Seitenweg in Sicht, der in den Wald hineinführte. Midas bog darin ein und schaltete in den Rückwärtsgang um zu wenden. Da fiel das Scheinwerferlicht auf ein stark verwittertes Holzschild, das schief an einem morschen Balken hing.

Eingeschnitzt standen dort die Worte: HOTEL WALDFRIEDEN. Darunter ein Pfeil, der weiter in den Waldweg zeigte und der Hinweis: Fußweg 1,5 km.

„H W, Hotel Waldfrieden", rief Jens erfreut aus und beugte sich gespannt nach vorne. „Das muss es sein."

Dieser Meinung war auch Midas, vorsichtig fuhr er den stark mit Unkraut überwucherten Waldweg entlang. Man sah deutlich, dass der gepflasterte Weg seit Jahren nicht mehr genutzt wurde, kleine Bäume und Sträucher wuchsen durch die teilweise zerstörte Pflasterung, etliche Steine waren heraus gedrückt oder völlig von Moos überwuchert. Wurzeln und Farne hatten ein übriges getan, den Weg dem Wald zurückzugeben.

Den scharfen Augen des Vampirs entging jedoch nicht, dass in den letzten Tagen hier bereits jemand gegangen war. Sträucher zeigten Knickspuren, Farnwedel lagen zertreten herum und einige Steine trugen deutliche Anzeichen von abrutschenden Schuhsohlen. Für Midas bestand kein Zweifel mehr, hier konnte nur Zenon entlanggegangen sein. Und er hatte Sina mit sich geschleift. Er teilte Jens seine Beobachtung mit.

Der war sofort elektrisiert und begann hektisch sein Aufnahmegerät aus der Tasche zu zerren. Midas bremste seinen Übereifer. „Nur keine Hektik. Noch kann ich Zenon nicht einmal spüren, dein Gerät würde mich nur wahnsinnig machen. Es dürfte noch ein knapper Kilometer bis zum Hotel sein, ich schlage vor wir gehen zu Fuß weiter. Du weißt ja, sobald ich Zenon erspüre, kann er auch mich wahrnehmen, vielleicht sogar schon etwas eher. Wir müssen uns möglichst langsam dem Hotel nähern."

„Und wie gehen wir dann vor?"

„Sobald ich Zenon orte, gehe ich erst einmal ein Stück zurück, denn wenn er mich in der Nähe weiß, könnte er womöglich eine Kurzschlusshandlung begehen. Zu dem Hotel muss irgendwo auch eine Straße hinführen denn er hat sicher sein Auto dabei. Ich will versuchen diese Straße zu finden

„Ja, aber…"

„Du hingegen gehst weiter auf das Hotel zu, dich kann er nicht so leicht ausmachen wie mich. Aber bleib trotzdem vorsichtig, damit er dich nicht zu früh bemerkt. Halte dein Gerät bereit, aber lass es so lange ausgeschaltet, bis du ihm nah genug bist."

„Und du, was hast du vor?"

„Ich versuche von der anderen Seite an das Hotel heranzukommen, von der Straße aus kann ich es vielleicht schon von weitem sehen. Die telepathische Verbindung zwischen Vampiren beträgt ungefähr fünfzig Meter. Wenn ich mehr als fünfzig Meter Abstand vom Hotel halte kann Zenon mich nicht spüren, ich jedoch dein Teufelsgerät hören. Das schaltest du aber bitte erst ein sobald du sicher bist, dass du in Zenons unmittelbarer Nähe bist. Das ist nicht allzu gefährlich für dich, denn das Gerät wirkt sofort und hindert ihn daran, dich anzugreifen. Sei aber trotzdem vorsichtig, nicht dass er dir bereits auflauert. Sobald ich das Gerät höre spurte ich los um dir beizustehen."

Der Zweifel war Jens ins Gesicht geschnitten als er meinte:

„Aber dann setze ich dich ja auch außer Gefecht."

„Ich hoffe nicht", brummte Midas und zog ein kleines Plastiktütchen aus seiner Hosentasche. Zwei unförmige helle Klumpen befanden sich darin, die er herausnahm und Jens auf der offenen Handfläche präsentierte.

„Wachs?"

„Ja. Was besseres ist mir auf die Schnelle nicht eingefallen", meinte Midas mit einem Schulterzucken. „Ich habe es schon vorgeformt und in der Hosentasche blieb es weich genug um geschmeidig zu sein."

Er nahm eines der Wachsstücke und schob es sich in das rechte Ohr. Nach ein paar leichten Korrekturen saß es richtig und verschloss seine Ohrmuschel komplett. „Vermutlich nutzt es nicht allzu viel", gab er zu. „Aber wenn es mich daran hindert durch das grauenhafte Geräusch in Ohnmacht zu fallen hat es seinen Zweck erfüllt."

Dein Wort in Gottes Ohr", murmelte Jens nervös. Ihr Plan, der ihm vor einer Stunde noch so Erfolg versprechend vorgekommen war, schien plötzlich völlig löchrig zu sein.

„Leider haben wir keine andere Wahl als uns auf das Gelingen unseres Planes zu verlassen."

Midas schüttelte bedauernd den Kopf und seufzte schwer. „Aber lass uns loslegen, es wird höchste Zeit, etwas für Sina zu tun. Es ist mir gelungen in ihre Gedanken einzudringen, sie ist in höchster Panik. Leider kann ich nicht genau erkennen was sie so ängstigt, doch ich würde sagen wir machen uns schnellstens auf den Weg."

Jens kämpfte sich durch den dunklen Wald. Vor einigen Minuten war die ohnehin spärliche Mondsichel hinter dichten Wolken verschwunden. Er konnte den verwucherten Pfad zu seinen Füßen nur noch erahnen und stolperte öfter über Wurzeln und Steine. Das Aufzeichnungsgerät hielt er dicht an seinen Körper gepresst, den Finger nahe am Einschaltknopf. Während er sich weiter seinen Weg bahnte, ging er in Gedanken nochmals die letzten Stunden durch. Er hatte das Aufzeichnungsgerät mehrmals auf seine Funktionalität überprüft und den Akku vorsichtshalber nochmals aufgeladen. Trotzdem verfolgte ihn das unangenehme Gefühl, es könnte im entscheidenden Moment nicht funktionieren. Er verdrängte den Gedanken gewaltsam, natürlich würde es funktionieren, es musste einfach.

Endlich lichtete sich der Wald und vor ihm erstreckte sich eine ungepflegte Wiesenfläche auf der hohes Gras leicht im Wind wogte. Dahinter erhoben sich die düsteren Mauern des Hotels.

Jens blieb stehen um sich den alten Bau genauer zu betrachten. Das Haus machte einen dunklen und verlassenen Eindruck, er meinte, es strahle seine Einsamkeit förmlich aus. Außer dem leisen Rauschen der Bäume hinter ihm konnte er keinen Laut hören.

Er ging näher heran. Das Haus hatte einen Hintereingang doch ein Blick genügte Jens, um festzustellen, dass er den nicht benutzen konnte. Denn die eiserne Türe war zwar aufgedrückt und hing verbogen in den Angeln. Hier muss jemand mit brachialer Gewalt eingedrungen sein, und es ging ihm durch den Kopf, das konnte nur Zenon mit seinen übernatürlichen Kräften gewesen sein. Für einen Menschen war es jedoch unmöglich durch den einladend offen stehenden Spalt zu schlüpfen. Ebenso unmöglich war es die Tür aus den Angeln zu heben, denn von innen war sie mit allerlei sperrigen Gegenständen beschwert, die man höchstens mit einem Bagger oder Bulldozer wegräumen könnte.

Nach dieser enttäuschenden Feststellung ging Jens ein paar Schritte zurück und blickte an der Fassade hinauf. Hoffentlich bot sich ihm hier eine Möglichkeit in das verdammte Haus zu kommen.

Die schwarzen Löcher der Fenster starrten ihn wie drohende Augen an. Er fröstelte und seine Hand umklammerte den Rekorder fester. In seinen Eingeweiden spürte er ein schmerzhaftes Ziehen. Er hatte Angst und am liebsten wäre er umgedreht und den Weg zurück gerannt. Aber das verbot ihm sein Ehrgefühl und auch die Zuneigung, die er noch immer für Sina empfand. Tief Luft schöpfend blickte er erneut an dem Gebäude empor, er musste einfach einen Weg finden hinein zu gelangen.

Ein kurzes Aufflackern hinter einem der oberen Fenster fesselte seine Aufmerksamkeit. Zuerst dachte er der Mond spiegle sich in der Scheibe. Aber das konnte nicht sein, die dünne Mondsichel gab kaum Licht ab und sie stand zudem so hoch über dem Haus, dass sie unmöglich das Flackern ausgelöst haben konnte. Seine Neugier war geweckt und beim genaueren Hinsehen konnte er feststellen, dass er sich nicht getäuscht hatte. In kurzen Abständen erschien am Rand des Fensters ein rhythmisches Flackern, als brenne dort eine Kerze.

Mit fahrigen Fingern tastete Jens nach dem Nachtsichtgerät, dass er sich vorsorglich um den Hals gehängt hatte, setzte es an die Augen und sucht damit nach dem Fenster. Jetzt sah er es deutlich, das Fenster war von innen mit einem dunklen dichten Stoff verhängt, nur am äußersten Rand ließ ein winziger Spalt das Flackern einer Kerze durch. Kein Zweifel, er hatte das Zimmer entdeckt, in dem Zenon Sina gefangen hielt.

Die plötzliche Aufregung, die Jens empfand, überflügelte seine Angst. Er musste in das Haus hinein und zwar möglichst ohne durch Geräusche auf sich aufmerksam zu machen. Eigentlich war er sich sicher, dass der Vampir seine Anwesenheit spüren konnte. Aber Jens hoffte, er hielt ihn für einen Landstreicher auf der Suche nach einem Quartier. Seine Augen glitten hektisch an der Fassade entlang, er musste ein Fenster finden, an das er herankam. Er atmete auf als er an einer Ecke ein Spalier entdeckte, an dem Blauregen empor wucherte. Der Strauch stand gerade in der Blüte und verströmte einen betörenden Duft. Doch dafür hatte Jens jetzt kein Interesse, ihn interessierte nur, ob die Pflanze seinem Gewicht standhalten würde. Immerhin musste er einige Meter an ihr hochklettern, um an das nächstgelegene Fenster zu kommen. Zu seinem Glück war der Blauregen schon alt und lange nicht beschnitten worden, seine Zweige, die sich um das Spalier rankten, waren teilweise armdick. Sie würden ihn hoffentlich tragen.

Ohne länger darüber nachzudenken hangelte er sich an dem Strauch empor, versuchte zu verdrängen, dass er eigentlich Höhenangst hatte. Das Spalier knarrte protestierend unter seinem Gewicht und er bemerkte, dass das Holz teilweise ziemlich morsch war. Doch die dicken Zweige gaben nicht nach, nur einige der üppigen Blütendolden brachen ab und fielen lautlos zu Boden.

Jens kletterte tapfer weiter ohne einmal nach unten zu schauen. Die Zweige wurden dünner je höher er kam und er fürchtete, sie würden nachgeben ehe er das Fenster erreicht hatte.

Doch dann bekamen seine Hände endlich den Fenstersims zu fassen und er klammerte sich an den dicken Eisenstäben fest, hinter denen einstmals vermutlich Blumenkästen die Hausfassade verschönten.

Das zweiflügelige Fenster war ziemlich hoch, jedoch nicht allzu breit. Es gelang ihm erst nach mehreren Versuchen ein Bein über die einst kunstvoll gefertigten, aber jetzt rostigen Stäben zu heben, mit dem anderen versuchte er sich an der Hauswand abzustützen. Dazu musste er sein wertvolles Aufzeichnungsgerät auf dem ziemlich schmalen Sims ablegen. Falls es herunterfiel ...

Er schwitzte vor Anstrengung und Angst während er sich verzweifelt festklammerte und gleichzeitig versuchte mit dem Mund den Ring in die richtige Position zu drehen, den er am Finger der linken Hand trug. Den Ring hatte ihm Midas gegeben, er stammte aus dem Erbe seiner Familie und war vermutlich ein Vermögen wert, denn ihn zierte ein großer Diamant.

„Ich denke, du wirst durch irgend eines der Fenster ins Haus eindringen müssen", hatte Midas zu ihm gesagt und ihm den Ring gereicht. „Der Diamant wird dir dabei gute Dienste leisten, du kannst damit die Glasscheibe fast lautlos zerschneiden."

„Das ist aber sicher ein sehr wertvoller Ring. Was ist, wenn ich ihn verliere?"

Doch Midas hatte nur abgewinkt. „Es ist nur ein Ring, Sina ist mir tausendmal mehr wert."

Mit leicht zittriger Hand führte Jens den Ring jetzt dicht am Rand der Fensterscheibe entlang und lauschte dem leichten Ratschen, den er auf dem Glas verursachte. Er versuchte einen Kreis zu schneiden, möglichst klein, damit es keinen allzu großen Lärm gab wenn das Glas nach innen fiel aber groß genug, damit er mit der Hand hindurch greifen konnte um den Riegel zu öffnen.

Es klappte besser als er gedacht hätte und Jens atmete auf als er den Fenstergriff drehte. Mit leisem Quietschen öffnete sich der Flügel nach innen. Gegen die überstandenen Strapazen war es jetzt fast ein Kinderspiel ins Zimmer zu klettern. Eilig griff sich Jens sein Aufzeichnungsgerät vom Sims und schaute sich flüchtig im Zimmer um. Es war leer und die Tür gut zu erkennen. Sie ließ sich lautlos öffnen und er huschte in den dunklen Gang. Das Treppenhaus war nicht weit entfernt, leise schlich er darauf zu und lauschte nach oben. Es war nichts zu hören, dennoch fühlte sich Jens beobachtet und ihn fröstelte. Für Ängste blieb ihm jetzt allerdings keine Zeit, so atmete er tief durch und betrat die erste Treppenstufe. Sie war aus Holz und knarrte leise. Das hatte er befürchtet, doch hinauf musste er. Und zwar schnell, es war mehr Zeit verstrichen als geplant und Midas wartete sicher schon auf das Signal in Form des Pfeiftons seines Rekorders.

Also eilte er einfach so schnell er konnte die Stufen hinauf und nahm auch die nächste Treppe ohne abzusetzen. Im oberen Stockwerk gab es drei Türen, er überlegte kurz, welche wohl die richtige war.

Der markerschütternde Schrei einer Frau riss ihn aus seinen Überlegungen und wies ihm gleichzeitig den Weg. Es war die erste Tür und er stürzte darauf zu, den Rekorder fest an sich gepresst. Während er mit einer Hand den Türgriff packte und die Tür mit Schwung aufriss, drückte sein Zeigefinger bereits auf den Knopf des Gerätes.

Das Zimmer war von mehreren Kerzen in diffuses Licht getaucht und seine Augen huschten über die flackernden Schatten bevor sie auf den beiden Gestalten haften blieben, die wie erstarrt in seine Richtung blickten.

Sina lag nackt auf dem Fußboden, ihre Augen waren vor Entsetzen geweitet. Blut rann ihren Hals herab über ihre Brüste und tropfte auf den Boden.

Über ihr stand Zenon in gebückter Haltung, sein Mund war blutig und stand offen, so dass man seine mörderischen Fangzähne sehen konnte. Auch seine Augen waren geweitet, so als ob er große Schmerzen erlitte. Er ließ von Sina ab und kam schwankend und mit lautem Kreischen auf Jens zu getaumelt.

Kapitel 15: Kampf und Tod

Midas lief in Rekordzeit zurück zum Auto und fuhr so schnell es die enge gewundene Straße zuließ. Er betete, dass seine Vermutung stimmte und bald eine Abzweigung kam, die den Weg zum Hotel anzeigen würde. Als endlich ein verwitterter Blechpfeil, mit kaum noch leserlichen Buchstaben auf das verlassene Hotel hinwies, atmete er erleichtert auf und bog in den Weg ein.

Vor dem alten Gebäude gab es ein paar völlig von Unkraut überwucherte Parkplätze, doch er hielt weiter entfernt an, damit Zenon ihn nicht zu früh orten konnte. Er verließ das Auto und musterte die Front des Gemäuers. Seine scharfen Augen glitten über die Fensterreihen auf der Suche nach einem Hinweis, dass sich hinter den dunklen Scheiben jemand aufhielt. Doch er konnte nichts entdecken, das Hotel lag im fahlen Schein der dünnen Mondsichel wie im Dornröschenschlaf, nichts deutete darauf hin, dass Zenon und Sina sich darin aufhielten.

Die Eingangstür war mit einem stabilen Gitter gegen ungebetene Besucher gesichert, ebenso wie die unteren Fenster. Das bereitete ihm jedoch keine Sorge, seinen vampirischen Kräften konnten die rostigen Scharniere nicht standhalten.

Wo mochte Jens sich aufhalten, hatte er bereits einen Weg ins Gebäude gefunden? Er überlegte kurz ob er versuchen sollte in dessen Gehirn einzudringen um zu erfahren, was er gerade tat. Doch dann lies er es lieber bleiben, es würde Jens vielleicht verwirren. Außerdem würde er all seine Kräfte für das, was auch immer auf ihn zukommen würde, brauchen.

Er wusste nicht, inwieweit Zenon durch Jens Teufelsgerät außer Gefecht gesetzt würde und konnte nur hoffen, dass es bei dem alten Vampir die gleiche Wirkung zeigte wie bei ihm.

Um sich selbst machte er sich keine Sorgen, wenn er beim Kampf mit Zenon sterben sollte, dann war das eben so. Doch die Verantwortung für Sina und Jens lastete schwer auf ihm, er musste alles geben, damit die Beiden heil aus der Sache herauskamen.

Die Zeit die er untätig herumstand und auf das Signal wartete kam ihm wie eine Ewigkeit vor und bange Fragen zermarterten seinen Kopf. Was, wenn Jens nicht in das Haus hineinkam? Oder schlimmer, wenn er bei dem Versuch verunglückte? Der Junge war zwar hochmotiviert und auch clever. Aber er war ein Mensch und damit sterblich. Auch seine Geschicklichkeit kam längst nicht an die eines Vampirs heran und Midas fragte sich besorgt, ob er Jens nicht überforderte. Bisher hatte er sich noch nie so vollkommen auf einen Menschen verlassen müssen, doch leider blieb ihm diesmal keine andere Wahl.

Dazu quälte ihn zunehmend die Angst um Sina. Nur zu gerne wäre er in ihr Gehirn eingedrungen, nur für einen winzigen Moment, um zu erfahren wie es ihr ging. Doch er wagte es nicht, aus Furcht ihr Gemütszustand würde ihn zu sehr belasten und somit negativ beeinflussen. Und noch schlimmer, was würde geschehen wenn es Zenon mitbekam? Jetzt, so kurz vor der Entscheidung, durfte er seinem Erzfeind nicht den geringsten Hinweis darauf geben, dass er ihn aufgespürt hatte.

Das durchdringende Schrillen des Aufzeichnungsgerätes riss ihn aus seinen Gedanken und er handelte sofort ohne noch einmal nachzudenken. Während er auf das Haus zuraste drückte er die wächsernen Ohrenschützer tiefer in seine Gehörgänge. Das Schrillen wurde tatsächlich erträglicher, zumindest drohte ihm so nicht die befürchtete Ohnmacht. Noch nicht, denn er war erst an der Tür.

Mit einem gewaltigen Ruck riss er das eiserne Schutzgitter aus der Verankerung und warf es zur Seite. Genauso schnell beförderte er die Tür durch einen gezielten Tritt nach innen. Während er die Treppen hoch hechtete kam zu dem Schrillen das vertraute Vibrieren, dass die Gegenwart eines anderen Vampirs anzeigte. Es führte ihn direkt zu der offenen Zimmertür, aus der ihm betäubender Lärm, Rauch und ein Schwall undefinierbarer Gerüche entgegen prallte.

Das Schrillen des Aufzeichnungsgerätes wurde noch übertönt von einem unmenschlichen Kreischen, das nur von Zenon kommen konnte. Der alte Vampir wankte auf die Tür zu, doch er schaffte es nicht mehr und fiel zu Boden. Zuckend blieb er liegen.

Auch Midas war, trotz der Ohrenstöpsel, nahe daran zusammenzubrechen. Zu seinem Glück erspähte ihn Jens und drückte geistesgegenwärtig den Rekorder aus. Plötzlich war es sehr still und für einen Moment schien die Zeit stehen zu bleiben.

Midas schüttelte den Kopf um klar denken zu können, das schreckliche Geräusch hatte ihn an den Rand des Wahnsinns gebracht. Er riss sich zusammen, denn jetzt konnte er sich keine Schwäche erlauben. Ein kurzer Blick durch das Zimmer zeigte ihm Sina, die regungslos auf dem Boden lag. Er konnte ihr Blut riechen und sehen, der Anblick der Menge die sie bereits verloren hatte ließ ihn das Schlimmste befürchten. Am liebsten wäre er sofort zu ihr geeilt um zu verhindern, dass noch mehr ihres kostbaren Lebensaftes aus ihr floss. Das war jedoch unmöglich, er musste sich um Zenon kümmern der zunehmend lebendiger wurde, nachdem das betäubende Geräusch verstummt war.

Da Zenon dem Schrillen länger und direkter ausgesetzt gewesen war als Midas erholte er sich nur langsam von dem Schock. Dennoch versuchte er verbissen auf die Beine zu kommen und stieß dabei ein geiferndes Jaulen aus. Die unmittelbare tödliche Gefahr, die von Midas für ihn ausging, ließ ihn seine Kräfte in Windeseile zurückgewinnen.

Auch Midas verdrängte gewaltsam die Schwäche aus seinem Körper und warf sich mit einem Riesensatz auf seinen Gegner, der eben im Begriff war sich vollends aufzurichten. Innerhalb von Sekundenbruchteilen umklammerten sich die beiden Vampire und jeder versuchte seine mörderischen Fangzähne in den Hals des anderen zu schlagen. Dabei knurrten und fauchten sie wie kämpfende Tiger.

Jens hatte sich instinktiv in eine Ecke zurückgezogen um nicht zwischen die Kontrahenten zu geraten. Er überlegte wie er Midas beistehen konnte und schaute sich hektisch nach einem Gegenstand um, mit dem er Zenon auf den Kopf schlagen oder auf ihn einstechen konnte. Doch das Zimmer war bis auf ein paar Decken und die herumstehenden Kerzen leer.

Sein Blick fiel auf Sina, die noch immer unbeweglich auf dem Boden lag. Die kämpfenden Vampire kamen ihr bedrohliche nahe, so dass

Jens fürchtete sie würden über sie fallen. Eilig huschte er zu ihr hin und packte sie am Arm, zog sie in eine Ecke und warf eine der Decken die herumlagen über sie. Er schaute bekümmert in ihr unbewegtes Gesicht, sie war sehr blass und atmete nur noch schwach. Noch immer sickerte Blut aus der Halswunde und Jens fürchtete plötzlich, sie würde sterben. Der Boden, dort wo sie gelegen hatte, war mit einer großen Blutlache bedeckt. Dazu kam, dass Zenon ihr ganz sicher auch schon Blut entzogen hatte. Wie viel Blut konnte ein Mensch verlieren ehe er starb? Jens wusste es nicht.

Ein erstickter Schrei lenkte seine Aufmerksamkeit wieder zu den beiden Vampiren. Zenon war es gelungen Midas zu Fall zu bringen. Er lag mit seinem ganzen Körper auf ihm, drückte ihm mit einer Hand den Kopf zurück. Mit der anderen Hand presste er Midas Arm auf den Boden, damit der nicht nach ihm greifen konnte. Gleichzeitig versuchte er seine mörderischen Fangzähne in Midas Kehle zu schlagen. Der versuchte verzweifelt ihn abzuwehren, doch Zenons Kräfte waren viel stärker.

Für Jens war klar, wenn kein Wunder geschah, dann war Midas Schicksal besiegelt. Und mit ihm Sinas und seins. Ohne weiter nachzudenken griff er nach der einzigen Waffe die ihm ins Auge fiel und packte einer der brennenden Kerzen, die auf dem Boden herumstanden. Mit zittrigen Beinen machte er ein paar Schritte auf die Vampire zu und hielt die Kerze schräg über Zenons zur Seite geneigten Kopf.

Ein Schwall heißen Wachses klatschte auf dessen Ohr, lief in den Gehörgang, über die Wange und ins Auge. Mit einem tierischen Brüllen fuhr der Vampir hoch und griff sich ins Gesicht.

Für Midas reichte dieser kurze Moment aus sich aus Zenons Griff zu befreien. Mit einem Ruck stieß er ihn von sich und sprang auf die Beine. Ehe Zenon sich wieder aufrappeln konnte packte er ihn an den Haaren und riss seinen Kopf zur Seite. Seine langen Fangzähne gruben sich in den Hals des alten Vampirs und mit einem wilden Ruck schlitzte er dessen Kehle auf. Blut schoss in einem hohen Strahl aus der klaffenden Wunde.

Doch Zenon war noch nicht am Ende, er riss sich los, stolperte ein paar Schritte rückwärts und stürzte zu Boden. Mit rudernden Armen versuchte er wieder auf die Beine zu kommen und fegte dabei einige der herumstehenden Kerzen um. Noch immer sprudelte das Blut aus seiner Halswunde, verzweifelt versuchte er, es mit der darauf gepressten Hand zu stoppen. In seiner Panik bemerkte er nicht, dass sein Hemd und seine Haare Feuer gefangen hatten. Auch der Holzboden hatte zu brennen begonnen. Wachs war über die alten, ausgetrockneten Dielen gelaufen und die umgefallenen Kerzen hatten sie entzündet. Schon züngelten die ersten Flammen an Zenons Hose hoch. Als sie seine Haut versengten fuhr er mit einem Brüllen herum und schlug wild um sich. In kurzer Zeit brannte Zenons Kleidung lichterloh. Vor Schmerz drehte er sich um die eigene Achse, um so den Flammen zu entkommen. Als ihm bewusst wurde, dass er dem Feuer nicht entrinnen konnte, rannte er auf das große zweiflügelige Fenster zu und warf sich mit seinem gesamten Gewicht dagegen. Es gab einen berstenden Knall und Zenons brennender Körper fiel in die Tiefe.

Mit einem Satz war Midas beim Fenster und schaute hinunter. Zenon lag mit verrenkten Gliedern zwischen den Büschen, seine Kleider brannten immer noch. Er rührte sich nicht, dennoch war Midas nicht sicher, ob er tatsächlich tot war. Bei dem Sturz hatte er sich vermutlich mehrere Knochen gebrochen und es ging zumindest momentan keine Gefahr von ihm aus.
„Schnell, Midas, du musst dich um Sina kümmern, ich befürchte sie stirbt . . .“
Sofort vergaß Midas seinen Erzfeind und drehte sich zu Jens und Sina um. Erst jetzt nahm er wieder bewusst wahr, in welchen Zustand sie sich befand. Zuvor hatte er sein ganzes Augenmerk auf Zenon gerichtet und Sina ausgeblendet. Mit wenigen Schritten war er bei ihr und kniete sich neben sie auf den Boden. Was er sah, jagte ihm Angst ein. Sina war fast völlig ausgeblutet, erkannte er auf einen Blick.
Dass sie noch atmete schien ihm wie ein Wunder. Doch es konnte jeden Moment mit ihr zu Ende gehen.

„Kannst du noch etwas für sie tun?" hörte er Jens bange fragen. Er wusste keine Antwort darauf, sein Gehirn spulte in rasender Geschwindigkeit alle Möglichkeiten ab, die er jemals über die Rettung schwer verwunderter Menschen erfahren hatte. Leider waren es nicht viele, da es für Vampire keine Selbstverständlichkeit war einen Schwerverletzten zu retten. Im allgemeinen war ein Mensch an der Schwelle des Todes eine leichte Beute für einen immer hungrigen Vampir. Anstatt erste Hilfe zu leisten erlöste er ihn durch den Todesbiss. Nur hin und wieder kam es einmal vor, dass er einen Verletzten durch eine Gabe seines vampirischen Blutes rettete. So wie Frau Wagner zum Beispiel.

Doch eine Blutspende würde in Sinas Fall nicht mehr ausreichen, sie war zu ausgeblutet. Einzig eine Transfusion von mehreren Litern Blut würde sie eventuell noch retten können. Aber wo sollte er das herbekommen? Auch das nächste Krankenhaus war viel zu weit entfernt, sie würden es nie schaffen, Sina lebend dort hinzubringen.

Nur eine einzige Möglichkeit fiel ihm noch ein, wobei auch hier die Chance nur gering war. Zudem hätte er dafür Sinas ausdrückliches Einverständnis gebraucht, aber das konnte sie ihm in ihrem Zustand nicht geben.

„Was ist?" drängte Jens ihn nervös. „Tu doch endlich etwas. Oder ist sie etwa schon . . ." Er brachte es nicht über die Lippen, das Wort „tot" auszusprechen.

Midas schüttelte kaum merklich den Kopf ohne den Blick von der Frau zu nehmen, die er mehr liebte als sein Leben.

Dann hatte er seinen Entschluss gefasst. Er würde es wagen, auch wenn Sina ihn später dafür vielleicht verdammen würde. Er musste es einfach versuchen.

„Bitte gehe hinunter zu Zenon und schau nach, ob er eventuell schon wieder Anstalten macht, sich aufzurappeln", bat er Jens mit rauer Stimme. Für das, was er vorhatte, konnte er keine Zeugen gebrauchen. Es war zu intim und ging nur Sina und ihn etwas an.

Er spürte Jens Zögern und erläuterte: „Du weißt, dass er über sehr starke Kräfte verfügt, das trifft auch auf seine Selbstheilung zu.

Falls er versucht aufzustehen, schlage ihm einen schweren Gegen-stand auf den Kopf. Er darf auf keinen Fall in der Lage sein mich zu stören. Das wäre unser aller Tod."

Jens schaute, als würde er lieber bei Midas und Sina bleiben, nickte dann aber und machte sich auf den Weg nach unten.

Kaum verhallten seine Schritte im Treppenhaus, verlor Midas keine Zeit mehr. Sinas Atem ging immer stockender, es war höchste Zeit etwas zu tun, damit sie ihm nicht unter den Händen starb.

Wie durch Zauberei wuchsen seine Fangzähne an, er hob sein Hand-gelenk an den Mund und biss sich kräftig hinein. Der jähe Schmerz hinderte ihn nicht daran seinen Kopf hin und her zu reißen, so dass an seinem Handgelenk eine riesige Wunde entstand, aus der das Blut in pulsierendem Strahl schoss.

Mit der anderen Hand hob er behutsam Sinas Kopf an und hielt ihn so, dass er leicht nach hinten fiel. Ihre schlaffen Lippen öffneten sich einen Spalt und er drückte sein blutendes Handgelenk fest darauf. Schnell füllte sich ihr Mund mit seinem Blut und lief ihr an den Seiten heraus.

„Du musst schlucken, Sina, schlucken", murmelte er beschwörend, obwohl sie ihn nicht hören konnte. Doch wenn sie sein Blut nicht schluckte, würde sie sterben.

Auch so war nicht gewiss, ob sein Plan aufgehen würde. Denn eigent-lich hätte es Zenons Blut sein müssen, um aus Sina einen Vampir zu machen. Er hatte sie ausgesaugt und normalerweise hätte er danach sein Blut mit ihrem vermischen müssen. Doch dann wäre sie sein Geschöpf gewesen.

Midas war sich sicher dass genau dies Zenons Absicht gewesen war, bevor er durch Jens und ihn gestört wurde. Es wäre Zenons endgültiger Triumph über ihn gewesen, wenn er Sina zu seiner Gefährtin gemacht hätte um ihn gemeinsam mit ihr zu bekämpfen.

Während die Gedanken durch seinen Kopf gingen, ließ er Sina nicht aus den Augen. Sie schluckte noch immer nicht und er bekam Angst, sie würde stattdessen sein Blut einatmen und daran ersticken. Voller Verzweiflung schüttelte er leicht ihren Kopf, der noch immer auf seinem Arm ruhte. Vielleicht war es die leichte Erschütterung, die Sina endlich zum Schlucken animierte. Nur eine leichte Zuckung ihres Halses zeigte es ihm an. Aber es war noch lange nicht ausreichend, höchstens ein Hoffnungsschimmer.

Etwas umständlich, da sein Arm unter ihrem Kopf lag, begann er vorsichtig mit Daumen und Zeigefinger ihren Hals zu massieren, während er sein blutendes Handgelenk an ihre Lippen presste. Doch erst nach einer gefühlten Ewigkeit zeigten seine Bemühungen Erfolg. Sina schluckte kräftiger und begann dann endlich rhythmisch an seinem Handgelenk zu saugen. Es kam ihm vor als sauge ein Baby die lebensspendende Milch aus der Mutterbrust und der Gedanke entrang ihm ein seliges Lächeln.

Je mehr seines Blutes Sina trank, desto kräftiger wurde sie, wie Midas an dem stärker werdenden Schmerz an seinem Handgelenk spürte. Trotzdem harrte er geduldig aus, während er die Veränderungen in Sinas Gesicht beobachtete. Die Leichenblässe verschwand und mit ihr die dunklen Ringe unter ihren Augen. Ein rosiger Hauch überzog ihr Gesicht und ließ es schöner denn je erstrahlen. Nach einigen Minuten löste Midas behutsam sein Handgelenk von ihrem Mund. Sie seufzte und wollte es nicht loslassen, doch er entzog es ihr energisch. Langsam ließ er sie zu Boden gleiten, deckte sie mit einer der Decken zu, so dass nur noch ihr Kopf hervor schaute. Sie hielt weiterhin die Augen geschlossen, ihr Atem ging nun aber wieder gleichmäßig und kräftig.

Er spürte wie ihm schwindelig wurde und nahm seine ganze Kraft zusammen um aufzustehen. Er hatte Sina so viel seines Blutes gegeben wie er entbehren konnte, jetzt brauchte er dringend selbst Blut. Sina war nicht mehr in Gefahr, seine Blutspende reichte aus um die Metamorphose zum Vampir einzuleiten. Vermutlich würde sie jedoch erst am nächsten Abend wieder erwachen. Damit er sie in die Sicherheit seiner Burg bringen konnte musste er dafür sorgen, dass er selbst wieder zu Kräften kam.

Nach einem letzten prüfenden Blick auf Sina verließ Midas den Raum um hinunter in den Hinterhof zu gehen. Er musste sich am Geländer festhalten um nicht zu wanken und mehrmals verschwamm die Treppe vor seinen Augen. Endlich langte er unten an und atmete tief die kühle Nachtluft ein. Sie machte seinen Kopf ein wenig klarer.

Zenon war noch am Leben, seine Präsenz war deutlich spürbar. Plötzlich überfiel Midas Angst, der alte Vampir könnte trotz seiner schweren Verletzungen Jens überwältigt haben. Er beeilte sich schnell in den Hinterhof zu kommen und war erleichtert, als er Jens an der Hausecke stehen sah.

Jens drehte sich abrupt um als er Midas Schritte vernahm und starrte ihm erschrocken entgegen, entspannte sich jedoch schnell als er ihn erkannte.

„Gott sei Dank, da bist du ja endlich." Seine Stimme klang nervös und er trat unruhig von einem Bein aufs andere. In der Hand hielt er einen kräftigen Ast, den er im Hof gefunden hatte. Er hob ihn an und schlug damit leicht auf seine freie Hand, so als wolle er ausprobieren ob er als Waffe taugte. Dann deutete er mit dem Stock auf die dunkle Gestalt, die etwas entfernt reglos auf den Gehwegplatten lag.

„Er lebt noch, aber ich denke er hat sich das Rückgrat gebrochen. Ich war bei ihm um ihn notfalls KO zu schlagen, wie du es gesagt hast. Aber er kann sich nicht bewegen, hat mich nur drohend mit seinen verdammten Zähnen angefletscht und gefaucht wie ein wildes Tier. Da habe ich mir gedacht, ich beobachte ihn lieber von der Ecke aus. Trotz seiner offensichtlichen Hilflosigkeit habe ich eine Scheißangst vor ihm."

Midas beruhigte ihn. „Du hast alles ganz richtig gemacht, er ist auch in diesem Zustand noch gefährlich und wenn er die Möglichkeit bekäme menschliches Blut zu trinken, so würde er vielleicht so schnell genesen, dass er erneut zur Gefahr für uns wird."

„Was wirst du mit ihm tun?" fragte Jens, obwohl er zu wissen glaubte, wie die Antwort ausfiel.

Er hielt Midas den Prügel hin. „Da, nimm, er ist stabil genug, ihm damit den Schädel einzuschlagen. Ich wollte es tun, hab es aber einfach nicht über mich gebracht".

Er lächelte kläglich und bekannte: „Ich tauge wohl eher nicht zu solchen Taten."

„Es ist keine Schande, wenn man Anderen nichts Böses antun kann. Selbst wenn es sich dabei um einen Vampir handelt."

Midas nahm Jens den Ast ab und wog ihn kurz in der Hand, dann warf er ihn in die Dunkelheit. „Ich hingegen kann und werde ihn töten. Aber ich werde ihn nicht zuvor bewusstlos schlagen. Er ist mir noch einige Antworten schuldig."

Er schaute Jens direkt in die Augen. „Ich möchte, dass du nach oben zu Sina gehst. Was ich hier zu tun habe, ist nicht für menschliche Augen und Ohren bestimmt. Es würde dich nur belasten und vielleicht unsere Freundschaft zerstören wenn du siehst, zu was ich fähig bin. Ich möchte dich nicht als Freund verlieren."

Er reichte Jens seine Hand und als der einschlug, zog er ihn impulsiv an sich und drückte ihn an seine Brust. „Ich danke dir für deine Hilfe", sagte er rau und ließ ihn abrupt wieder los. „Ich werde ewig in deiner Schuld stehen. Doch geh jetzt rauf zu Sina. Und habe keine Sorge, wenn sie nicht auf deine Worte reagiert. Sie kann nicht mehr sterben und schläft nur sehr tief. Vermutlich wird sie nicht vor morgen Abend erwachen."

Er holte tief Luft und blickte Jens, der ihn verständnislos ansah, zwingend in die Augen. „Ich habe Sina zum Vampir gemacht, Jens. Es gab keine andere Möglichkeit, ihr Leben zu retten. Ich konnte sie auch nicht fragen ob sie damit einverstanden ist, da sie nicht ansprechbar war und die Zeit drängte. Erst morgen werde ich erfahren, ob sie mir das verzeihen kann oder mich mit ewiger Verdammnis bestraft."

Jens schaute ihn immer noch verstört an, dann schüttelte er stumm den Kopf und ging eilig davon. Für Midas blieb keine Zeit weiter darüber nachzudenken. Er brauchte dringend Blut und konnte sich kaum noch auf den Beinen halten. Ohne zu zögern ging er auf Zenon zu, der ihn aus hasserfüllten Augen entgegenstarrte.

Zenon lag mit grotesk verrenkten Gliedern auf dem Boden, man sah ihm an, dass er Schmerzen hatte. Dennoch spie er gehässige Worte in

Midas Richtung. „Ist sie schon tot gewesen, deine reizende Geliebte? Oder blieb sie noch lange genug am Leben um dir zu sagen, dass sie mit mir geschlafen und es genossen hat. Sie hat mich angebettelt, sie immer und immer wieder zu nehmen. Sie war so willig, dass ich beschlossen hatte, sie zu meinem Geschöpf zu machen. Leider bist du mir in die Quere gekommen, ehe ich es vollenden konnte. Immerhin habe ich sie so weit ausgesaugt, dass sie für dich auch verloren ist."
Er lachte krächzend und blickte triumphierend zu Midas hoch, der sich nun langsam neben ihn kniete.

„Ich muss dich leider enttäuschen, Zenon", sagte Midas leise während er einen Arm des alten Vampirs anhob, den Ärmel zurück streifte und mit den Augen die Stelle suchte, an der der Puls schlug. Bevor er weiter sprach, führte er Zenons Handgelenk langsam an seinen Mund und schlug seine ausgefahrenen Fangzähne in die pulsierende Ader. Mit kräftigen Zügen sog er das für ihn lebenswichtige Blut genüsslich ein. Er ignorierte den vergeblichen Versuch seines Opfers ihm den Arm zu entziehen ebenso, wie dessen unmenschliches Knurren und die drohenden Zähne, die ihm entgegen bleckten. Erst als die durch den Blutverlust verursachte Schwäche in Midas Körper fühlbar nachließ, hielt er inne. Er durfte Zenon nicht zu viel Blut entziehen, damit er noch in der Lage war, ihm Rede und Antwort zu stehen auf all die Fragen, die ihn schon seit Jahrhunderten beschäftigten.
Mitleidlos starrte er in Zenons vor Schmerz glasige Augen, dann fuhr er in seiner unterbrochenen Erklärung fort: „Sina ist nicht in meinen Armen gestorben, so wie du es dir erhofft hast. Sie war stark genug auf mich und mein rettendes Blut zu warten. Dein perfider Plan ging nicht auf. Zugegebenermaßen war ich mir nicht sicher, ob meine Blutgabe sie retten könnte. Ich habe es einfach versucht weil ich sie liebe. Und weil sie mich ebenfalls liebt ist das Wunder geschehen. Sie hat die Transfusion überlebt und ist nun auf dem Weg meine Gefährtin zu werden. Du hast alles verloren, Zenon, und sobald du mir meine Fragen beantwortet hast, wirst du auch dein Leben verlieren."
Zenon brachte ein sarkastisches Lächeln zustande, obwohl man ihm ansah, wie er litt. Trotz Schmerz, Schwäche und dem nahen Tod vor

Augen wollte er seinem Gegner durch keine noch so geringe Geste verraten, wie es wirklich in ihm aussah. Dazu hasste er Midas zu sehr.

„Schade, dass es mit der Kleinen nicht geklappt hat", brachte er krächzend heraus. „Aber bist du dir wirklich sicher, dass sie deine Gefährtin wird? Du weißt nicht, wie weit ihre Verwandlung schon fortgeschritten war als uns dein Freund mit diesem mörderischen Instrument störte. Was tust du, wenn sich herausstellt, dass sie doch mein Geschöpf ist und nicht deines? Dann musst du ständig auf der Hut sein, denn sie wird dir nach dem Leben trachten, wie ich es ihr eingeimpft habe."

„Das wird nicht geschehen, das weißt du so gut wie ich", meinte Midas mit gleichmütiger Miene, obwohl die Angst mit eiskalter Hand nach seinem Herzen griff. „Du hast Sina zwar ausgesaugt bis an den Rand des Todes. Aber du konntest ihr nicht mehr dein verderbtes Blut geben. Es war mein Blut, dass ihr das ewige Leben spenden wird. Du wirst nur noch eine verschwommene Erinnerung für sie sein".

Zenon grinste erneut verzerrt. „Beende es endlich", murmelte er rau „oder traust du dich nicht?"

Er schloss die Augen und drehte mit unterdrücktem Stöhnen den Kopf zur Seite.

„Du musst dich noch ein wenig gedulden, denn du bist mir noch einige Antworten schuldig."

Unter Ächzen drehte Zenon den Kopf zurück und sah Midas kalt in die Augen.

„Nichts wirst du von mir erfahren. Nur so viel: Es werden Andere kommen um dich zu jagen. Du wirst dein ganzes verdammtes, unendliches Leben ein Gejagter bleiben. Irgendwann erwischt dich einer von uns und wird dich deiner verdienten Strafe zuführen. Und die wird nicht dein Tod sein. Glaube mir, es gibt schlimmere Dinge als den Tod. Nur schade, dass ich es nicht mehr erleben kann."

Erneut schloss Zenon die Augen, es hatte etwas Endgültiges an sich und Midas ahnte, dass der alte Vampir nichts mehr sagen würde. Selbst wenn er ihn foltern würde.

Doch das lag nicht in Midas Absicht.

Er war müde und gierte nach weiterem Blut. Deshalb griff er unter Zenons Nacken und hob dessen Kopf so weit an, dass er bequem die Halsschlagader erreichen konnte.

„Fahr zur Hölle, Zenon", murmelte er leise. „Fahr zur Hölle."

Seine ausgefahrenen Fangzähne drangen tief in die Halsvene des alten Vampirs und er trank in tiefen Zügen dessen Blut. Zenons Herzschlag wurde schwächer und hörte schließlich ganz auf. Erst jetzt ließ Midas von ihm ab und stand langsam auf. Er sah auf die sterblichen Überreste, sah staunend, wie sich der Körper des alten Vampirs zusammenzog als verwelke er. Bald lagen nur noch die Kleider da. Midas hob sie auf und schüttelte sie aus, aber nicht einmal ein Staubkorn war von Zenon übrig geblieben. Es war, als hätte es ihn nie gegeben.

Nachdem Midas sich von diesem Schauspiel erholt hatte ging er langsam ins Haus zurück. Er spürte keine Schwäche mehr, im Gegenteil, noch nie hatte er sich so stark gefühlt. Mit Zenons Blut war auch dessen Kraft auf ihn übergegangen. Er wusste nicht genau, ob er darüber erfreut sein sollte und hoffte, das Blut seines Widersachers würde nicht auch seinen Charakter vergiften. Doch im Moment durfte er sich nicht mit diesen Gedanken belasten, es gab wichtigeres zu tun. Oben angekommen sah er sich kurz im Zimmer um. Jens saß neben Sina und schaute sie stumm an. Er hatte die brennenden Dielen gelöscht und die umgefallenen Kerzen zur Seite gelegt. Jetzt brannten nur noch drei Kerzen, die den Raum in diffuses Licht tauchten.

Midas klärte Jens in knappen Worten über Zenons Tod auf, dann nahm er die in Decken gehüllte Sina auf seine Arme und trug sie aus dem Zimmer. Jens raffte seine wenigen Sachen zusammen, löschte die Kerzen bis auf eine die er mitnahm, damit er den Weg durch das dunkle Treppenhaus fand.

Midas war auf Licht nicht angewiesen, sicher trug er seine leichte Last nach unten zum Auto. Bis Jens hinterherkam hatte er Sina bereits auf den Rücksitz gebettet. Sie verließen den schicksalsträchtigen Ort und fuhren nach Hause.

Unterwegs sprachen sie lange kein Wort miteinander, eine gewisse Scheu lag zwischen ihnen. Midas saß auf dem Rücksitz und hielt Sina in seinen Armen, seinen Blick auf ihr regloses Gesicht gerichtet. Obwohl sie so viel durchgemacht hatte waren ihre Gesichtszüge entspannt, es schien ihm sogar, als lächle sie ein klein wenig.

„Wie wird das nun weiter gehen – mit ihr?" durchbrach Jens die Stille. Im Rückspiegel suchte er Midas Gesicht, schaute ihm fragend in die Augen. Die Landstraße lag dunkel vor ihnen, kein anderes Auto kreuzte ihren Weg. Trotzdem konzentrierte sich Jens schnell wieder auf die Straße. Sein Bedarf an Aufregungen war für lange Zeit gedeckt, selbst ein harmloser Schlenker über den Fahrbahnrand wäre momentan zu viel für seine angeschlagenen Nerven. Midas hatte längst bemerkt in welchem Zustand sein junger Freund war, ihm selbst ging es nervlich auch nicht besonders gut. Dennoch versuchte er seiner Stimme einen beruhigenden Klang zu verleihen als er antwortete.

„Sina wird sicher bald wieder die alte sein, fast zumindest. Es ist mein Blut, dass nun durch ihre Adern fließt, nicht Zenons. Wenn nicht etwas total schief gelaufen ist, wird sich ihr Charakter kaum verändern."

Er spürte die Frage förmlich, die Jens auf den Lippen lag, die er aber nicht zu stellen wagte. Er hatte sie sich bereits selbst gestellt, war jedoch zu keinem Ergebnis gekommen.

„Es wird alles gut werden", murmelte er deshalb nur und holte tief Luft. „Morgen Abend wissen wir mehr."

Endlich erreichten sie die Burg, die in tiefer Dunkelheit lag. Es ging bereits auf den Morgen zu. Midas spürte bereits die bleierne Müdigkeit in seinen Knochen, die den nahenden Tod ankündigten. Es wurde höchste Zeit, mit Sina sein sicheres Schlafgemach aufzusuchen. Auf keinen Fall durfte sie auch nur den geringsten Strahl der aufgehenden Sonne abbekommen, sie würde Schäden davontragen, möglicherweise sogar sterben. Deshalb verabschiedete er sich ziemlich knapp von Jens, der ihm die Autotür aufhielt, damit er mit seiner wertvollen Last besser aussteigen konnte. Er vertröstete ihn auf den nächsten Abend und eilte durch den finsteren Garten davon, hin zu seinem sicheren Turm. Erst als die schwere Tür hinter ihm zufiel, atmete er auf. Sina war nun in Sicherheit und konnte in aller Ruhe ihrer Unsterblichkeit entgegen schlafen.

Epilog

Seit jener schicksalhaften Nacht waren ein paar Jahre vergangen. Sina lebte gemeinsam mit Midas auf der Burg. Längst wusste sie alles, was für eine Unsterbliche wichtig war. Sie hatte sich erstaunlich schnell in ihr neues Dasein eingefunden und Midas nie die Vorwürfe gemacht, die er befürchtet hatte. Auch seine größte Sorge, sie könne eine zügellose Blutsaugerin werden, die nach menschlichem Leben trachtet, hatte sich nicht bestätigt.

Sina blieb die freundliche Frau, als die er sie kennen- und lieben gelernt hatte. Schon als Mensch war sie eine Schönheit gewesen, doch als Vampir kam sie ihm fast überirdisch schön vor, er konnte sich kaum an ihr satt sehen.

So wie er es selbst schon lange tat, hatte auch Sina gelernt jedem Spender nur so viel Blut abzuzapfen, dass sie ihm damit keinen Schaden zufügte. Das bedeutete jedoch, sie waren gezwungen fast die ganze Nacht umherzuziehen, um sich bei mehreren Menschen ihre benötigte Blutmenge zu besorgen. Das wollte Midas jedoch Sina und sich selbst nicht auf Dauer zumuten.

Als er noch allein umherzog war es ihm egal gewesen, dass er die Nächte überwiegend mit der Suche nach Blutspendern ausfüllte. Für einen einsamen Vampir stellte das eine durchaus erfüllende Beschäftigung dar. Doch nun, mit der betörenden Vampirin an seiner Seite, gab es verlockendere Dinge für sie Beide. Deshalb war er am überlegen, wie er eine möglichst ergiebige aber auch nachhaltige Quelle auftun konnte. Ein schwieriges Problem, denn die einzige Möglichkeit, die ihm einfiel wäre gewesen, jede Nacht einen Menschen bis zum Tode auszusaugen. Was natürlich weder für ihn, noch für Sina in Frage kam. Auch die Idee mit Beuteln aus der Blutbank, von denen sich die meisten Vampire in Fantasyromanen ernährten kam nicht in Frage. Nur frisches, warmes, von einem kräftigen Pulsschlag transportiertes Blut enthielt die Nährstoffe, die einen Vampir am Leben hielten.

Die zündende Idee kam schließlich von Jens, der ihnen noch immer als treuer und verlässlicher Freund und Berater zur Seite stand. Jens hat sich in erstaunlich kurzer Zeit mit der Tatsache abgefunden, dass seine einstige Verlobte nun ein Vampir war und mit Midas zusammen lebte. Sina war für ihn zur Freundin geworden und Midas zum Freund. Oft verbrachten sie gemeinsam gemütliche Nachtstunden im Turmzimmer mit interessanten Gesprächen über Gott und die Welt.

Jens konnte nicht genug davon kriegen, alles Wissenswerte über Vampire zu erfahren. Midas ungewöhnliche Geschichte ging ihm nicht aus dem Kopf und er löcherte ihn mit Fragen zu dessen Erinnerungen. Dabei machte er sich stets eifrig Notizen denn er hatte die Absicht einen Roman über die unglaublichen Abenteuer des Vampirs zu schreiben.

Natürlich hatte er Midas zuvor um Erlaubnis gebeten. Und selbstverständlich, so versicherte er, würde er kein Sterbenswörtchen über die wahre Person seines Romanhelden erwähnen. Niemand würde je von ihm erfahren, dass der Inhalt des Romans nicht fiktiv wäre sondern der Wahrheit entsprach. Auch Namen und Orte würde er ändern. Nach kurzem Nachdenken hatte Midas Jens die Erlaubnis erteilt, seine Lebensgeschichte aufzuschreiben. Und geduldig beantwortete er alle Fragen über jene lange zurückliegende Zeit. Da er inzwischen ein glückliches und zufriedenes Leben mit Sina führte, fiel es ihm nicht mehr ganz so schwer, über die lange zurückliegenden schmerzlichen Ereignisse zu sprechen.

„Was haltet ihr davon, die Burg in ein Seminarzentrum umzufunktionieren?" fragte Jens eines nachts, als sie sich wieder einmal darüber unterhielten, wie es möglich wäre unkompliziert an Menschenblut zu gelangen.

Sina runzelte die Stirn und sah ihn fragend an. „Ein Seminarzentrum? Welche Seminare könnte man denn hier abhalten?"

Midas schaute ebenfalls skeptisch, sagte aber erst einmal nichts. Doch Jens schien bereits konkrete Pläne zu haben, eifrig begann er sie vorzutragen.

„Ich dachte dabei an eine Begegnungsstätte für Anhänger esoterischer Themen. Die sind heutzutage ziemlich angesagt, ich selbst habe schon an den verschiedensten Seminaren teilgenommen. Ich würde mich auch gerne um alles, was damit zusammenhängt kümmern. Seminarthemen und Termine erstellen, Dozenten anwerben und mich um die Buchungen der Teilnehmer kümmern. Ihr Beide hättet nichts mit alledem zu tun, sondern stellt nur eure idealen Räumlichkeiten zur Verfügung. Was ergibt eine bessere Kulisse für okkulte oder esoterische Veranstaltungen als eine uralte Burg? Die oberen Räume wären ideale Gästezimmer, der große Saal käme als Ausstellungsraum infrage. Er bietet sich geradezu an, dort größere Events abzuhalten. Natürlich bräuchte man dafür Personal, aber im Dorf gibt es sicher etliche Interessierte, die gerne für uns arbeiten würden."

Erwartungsvoll blickte er die Vampire an. „Na, was haltet ihr von meinem Plan?"

„Aber was hätte das mit unserem Problem der Blutbeschaffung zu tun?" wollte Midas wissen. „Ich weiß nicht, worauf du hinaus willst."

„Das ist doch ganz einfach", klärte Jens ihn stolz auf und breitete die Arme aus. „Die ganze Burg voller Seminarteilnehmer, die auch über Nacht bleiben. Ihr könntet euch schon beim Abendessen aussuchen, welche der Gäste euch des Nachts ernähren sollen. Die meisten der Teilnehmer sind wahrscheinlich gesunde Menschen in den besten Jahren. Eine kleine Blutspende macht denen nichts aus, vor allem, wenn sie davon gar nichts mitkriegen. Es dürfte kein Problem sein Euch Generalschlüssel für die Zimmer zu beschaffen, so dass ihr des Nachts unbemerkt hineinkommt. Wie ihr es dann handhabt, eure Mahlzeit einzunehmen ohne Spuren zu hinterlassen ist eure Sache. Aber das stellt sicher kein Problem dar."

Zuerst war Midas von dem Vorschlag nicht begeistert. Was Jens vorhatte wäre ein gewaltiger Einschnitt in seine und Sinas verborgene Lebensweise. Man müsste eine Firma gründen, mit Angestellten, Bürokram und Steuern. Wer sollte das Hotel leiten? Weder er selbst, noch Sina kämen dafür in Frage und ein Fremder wäre ein viel zu großes Risiko. Ebenso wie die vielen fremden Leute in seiner Burg. Konnte ein Vampirpaar da lange unentdeckt existieren?

Andererseits, so musste er sich eingestehen, war der Gedanke verlockend, zukünftig ihre Blutmahlzeiten quasi innerhalb der eigenen vier Wände einzunehmen. Sie könnten sich gemütliche Abende zu zweit in ihrem Turmzimmer gönnen und würden nach Mitternacht, wenn alles schlief, in aller Seelenruhe ein paar ausgewählte Gäste zur Ader lassen. In nicht einmal einer Stunde wären sie satt und auch für Nachschub wäre ständig gesorgt. Ein Schlaraffenland für Vampire.

Jens wischte Midas Bedenken mit einer wegwerfenden Handbewegung weg, indem er vorschlug: „Ich könnte das Hotel doch führen, dann braucht ihr keine Sorge vor Entdeckung zu haben. Meine beruflichen Vorkenntnisse würden mir nützen, den Rest kann ich lernen. Natürlich müsste ich mit der Geistersuche aufhören aber das ist kein Problem. Seit ich Vampire zu Freunden habe sind Geister nicht mehr allzu spektakulär für mich. Und die Kirche kann bestimmt auf meine Mithilfe verzichten, es gibt inzwischen immer mehr Leute, die gerne Poltergeister jagen."

Schon ein Vierteljahr später lief der Betrieb in der Burg auf Hochtouren. Jens kümmerte sich wie versprochen um alles. Er entwickelte wirklich ungeahnte Talente, musste Midas neidlos anerkennen.

Die Seminarräume und auch die Zimmer waren nahezu ständig ausgebucht. Jens managte alles so großartig, dass Midas ihm das ganze Hotel- und Seminargeschäft überschrieb. Damit war Jens fortan allein für das Unternehmen verantwortlich, was ihn mit Stolz erfüllte. Einzig die Burg blieb in Midas Besitz, doch er und Sina beanspruchten nur ihren sicheren Turm für sich.

Trotzdem Jens sehr viel zu tun hatte traf er sich weiterhin regelmäßig mit seinen vampirischen Freunden zu anregenden Gesprächen. Und nebenbei schrieb er auch noch eifrig an seinem Roman, für den er sogar schon einen Verleger gefunden hatte. Zu seinem vollkommenen Glück fehlte ihm eigentlich nur noch die richtige Partnerin. Doch dafür, so meinte er lachend, fehle ihm momentan einfach die Zeit.

Midas und Sina hatten sich bestens an einer Gruppe junger Seminarteilnehmer gesättigt und wollten sich noch ein wenig im Burggarten die Beine vertreten. Die Nacht war warm und ein perfekter Vollmond strahlte vom Himmel. Die inzwischen schon zwölf Jahre zählende Katze kam aus einem Gebüsch angerannt um sie zu begrüßen. Schnurrend lief sie um ihre Beine, rieb ihr Köpfchen daran und ließ sich ausgiebig streicheln. Sina wollte sie gerade hochheben, als sie ein ungewöhnliches Vibrieren spürte. Erschrocken erstarrte sie und schaute auf.

Auch Midas hatte es gespürt und starrte angespannt in die Richtung aus der die Vibration kam. Es gab keinen Zweifel, ein fremder Vampir befand sich in ihrem Garten.

Vorsorglich ergriff Midas Sinas Arm und zog sie zum Schutz hinter seinen Körper als aus dem Schatten eines Baumes ein Mann trat. Er lächelte ihnen zu und kam mit leicht abgespreizten Armen langsam auf sie zu. „ Ich komme in Freundschaft" sagte er in gebrochenem Deutsch an Midas gewandt. „Ich soll dir eine Botschaft überbringen."

„Ich wüsste nicht, wer mir eine Botschaft senden sollte. Ich lebe hier sehr zurückgezogen und habe außer zu meiner Gefährtin hier seit Jahren keinen Kontakt zu Wesen meiner Art."

Trotz seiner lässig hingeworfenen Worte war Midas innerlich angespannt. Der fremde Vampir sprach unverkennbar mit griechischem Akzent. Ohne Zweifel kam er von dem geheimen Ort, von dem er vor so vielen Jahrhunderten geflohen war. Wie, zum Teufel, hatte er ihn gefunden?

Der Fremde lächelte erneut, als kenne er seine Gedanken. „Es ist eine längere Geschichte, wie ich dich gefunden habe, ich werde dir alles später in Ruhe erklären. Vielleicht sollten wir uns dazu irgendwo hinbegeben wo wir ungestört sind. Selbstverständlich kann auch deine Gefährtin hören, was ich zu sagen habe. Welchen Ort schlägst du vor?"

Ihr Turmzimmer kam für Midas nicht in Frage und in den Räumen der Burg konnten sie auch nicht sicher sein, von keinem der Gäste gestört zu werden. Also schlug er die inzwischen restaurierte Gruft seiner Ahnen vor.

„Sehr heimelig", meinte der fremde Vampir lächelnd und nahm auf einem der Sarkophage Platz. Der Mond beschien die Gruft und ließ geheimnisvolle Schatten entstehen. Midas und Sina wählten die daneben liegende Grabstätte als Sitzgelegenheit. So konnten sie dem vampirischen Boten ins Gesicht schauen.

Ohne weitere Umschweife kam der Vampir, dessen Name Christos lautete zum Grund seines Besuches:

„Ich bin hier her gekommen, um dir eine Einladung zu überbringen." Er griff in die Innentasche seiner schwarzen Lederjacke und zog einen Umschlag heraus, den er Midas entgegen hielt. Der nahm ihn nach kurzem Zögern und wog den Brief nachdenklich in der Hand. Uraltes handgeschöpftes Büttenpapier, erkannte er. Darauf stand mit Tusche sein Name geschrieben, in griechischer Schrift. Auf der Rückseite spürte er hartes Wachs und drehte den Umschlag herum. Wie er vermutet hatte war der Brief mit einem altmodisch anmutenden Siegel verschlossen. In das Siegelwachs, rot wie Blut, war ein Zeichen eingedrückt. Ein Zeichen, dass er seit fünfhundert Jahren nicht mehr gesehen hatte und doch sofort erkannte – Liliths Siegel.

„Unsere Königin feiert ein großes Fest", durchbrach Christos Stimme die lastende Stille. „Und sie möchte dich unbedingt bei der Feier dabei haben. Schon seit einiger Zeit schickt sie Vampire in alle Welt, die nach dir suchen sollen. Dass du ausgerechnet hier bist, an dem Ort an dem du dein menschliches Leben verbracht hast, darauf sind wir nur durch Zufall gestoßen. Immerhin noch rechtzeitig. Lilith wäre sehr ungehalten, wenn die Feier ohne dich stattfinden müsste."

„Möchte sie mich ihren Gästen als besonderen Festbraten servieren?" fragte Midas mit rauer Stimme. Seine Gedanken jagten. Was anderes konnte die Königin der Vampire anderes von ihm wollen als seinen Tod?

Christos schien seine Gedanken zu kennen, er schüttelte lächelnd den Kopf. „Sie möchte nicht deinen Tod, hat ihn nie gewollt. Was Zenon getan hat, war sein ureigener Krieg mit dir. Er hat dich gehasst, weil

Lilith dich erwählt hat um ihren Sohn zu zeugen. Zenon war Lilith verfallen, schon seit Jahrhunderten. Er hätte alles für sie getan aber für sie war er nicht viel mehr als ein treuer Untertan. Dich darauf vorzubereiten, ihr zum ersehnten Thronfolger zu verhelfen war fast zu viel für Zenon. Er hasste dich dafür, doch es war ihm verboten, dich zu töten. Doch nach deiner Flucht schwor er, dich zurückzubringen. Er hörte nicht auf Liliths Befehl, dich in Ruhe zu lassen. Seit über zehn Jahren haben wir allerdings nichts mehr von ihm gehört, vielleicht weißt du ja, was mit ihm geschehen ist."

Er sah Midas forschend ins Gesicht, doch der starrte mit versteinerter Miene zurück und sagte nichts.

„Nun gut." Christos erhob sich von dem Sarkophag und reckte sich. „Du kannst Lilith ja bald selbst erzählen, was zwischen Euch vorgefallen ist. Ich werde ihr ausrichten, dass du gerne ihrer Einladung folgst. Deine wunderschöne Gefährtin musst du übrigens unbedingt mitbringen, sie ist ebenfalls herzlich eingeladen."

Er verneigte sich formvollendet vor Sina, dann verließ er ohne weitere Worte die Gruft und war kurz darauf in der Dunkelheit verschwunden.

„Das kannst du nicht machen, Midas, das ist viel zu gefährlich." Jens tigerte aufgebracht im Turmzimmer hin und her. Seit Midas ihm von dem nächtlichen Besucher und der Einladung erzählt hatte war er ganz aus dem Häuschen. Besonders, seit er wusste, dass sowohl Midas als auch Sina der Einladung folgen und nach Griechenland reisen wollten.

„Denk doch an deine Erlebnisse damals", beschwor er ihn. „Willst du, dass dir nun die Fortsetzung droht? Und dass du", er schaute Sina kopfschüttelnd an, „ihn bei dieser lebensgefährlichen Reise begleiten willst, ist das idiotischste, was du jemals von dir gegeben hast."

Dass Jens so wütend war zeigte, wie sehr ihn das Vorhaben der Vampire erschütterte. In seinen Augen stand nackte Angst um Sina und Midas.

„Ich denke, das wird eine ganz normale Reise werden", widersprach Sina ihm und schüttelte den Kopf. „Du machst dir zu viele Sorgen.

Midas und ich haben uns sehr genau überlegt, ob wir es wagen können, der Einladung zu folgen."

„Wenn es Liliths Absicht wäre mich zu töten, so hätte sie gleich eine ganze Armee Vampire geschickt um mich mitzunehmen. Anscheinend war es tatsächlich ein persönlicher Rachefeldzug Zenons gegen mich. Zudem will ich nicht nochmals Jahrhunderte lang durch die Welt fliehen. Wenn es mein Schicksal sein sollte, in Griechenland den Tod zu finden, dann muss ich das annehmen."

„Aber Sina…"

„Mir droht bestimmt keine Gefahr", warf Sina ein und lächelte Jens beruhigend an. „Die Vampire haben in den letzten Jahrhunderten, ähnlich wie die Menschen, sicher auch eine ethische Wandlung durchlaufen und sind nicht mehr so blutrünstig wie vor fünfhundert Jahren. Ich werde Midas jedenfalls nach Griechenland begleiten."

Jens schwieg verstimmt und schüttelte ärgerlich den Kopf. Doch er wusste, dass er weder Midas noch Sina in ihrer Meinung beeinflussen konnte. Trotzdem versuchte er es in den folgenden Nächten noch mehrmals sie umzustimmen, jedoch ohne Erfolg. Schließlich gab er resigniert auf und kümmerte sich sogar um den Flug und das Hotel, so dass die Vampire während der Nacht fliegen konnten und danach den Tag in Sicherheit verschlafen konnten. Gerne hätte er noch mehr für sie getan, doch was nach ihrer Ankunft in Griechenland geschehen würde, lag nicht mehr in seinen Händen.

Vier Wochen später war es soweit. Jens hatte Sina und Midas zum Flughafen chauffiert und bis in die Halle begleitet. Er war sehr wortkarg als er die Beiden verabschiedete, drückte Sina nur fest an sich und schaute Midas lange in die Augen, so als sähe er ihn zum letzten Mal. Dann nickte er ihnen nochmals zu und verließ die Halle.

„Der Arme, er macht sich große Sorgen", murmelte Midas und lächelte mitleidig. „Ich musste ihm versprechen, jede Nacht anzurufen, sonst würde er nach uns fahnden lassen."

Sina nickte ernst, sagte aber nichts. Natürlich war auch sie nicht so unbeteiligt, wie sie nach außen tat und sie wusste, dass es Midas ebenso erging. Trotzdem waren sie entschlossen, dieses Abenteuer gemeinsam zu meistern – und vielleicht gemeinsam zu sterben.

Der Flug verlief unspektakulär, ebenso der Tag im Hotel. Als sie am Abend erwachten, machten sie sich zuerst daran eine Blutmahlzeit zu suchen. Danach rief Midas die Telefonnummer an, die in der Einladung aufgeführt war. Schon bald darauf hielt ein großer dunkler Wagen neben ihnen und ein freundlicher Mann, ein Vampir, wie sie sofort erkannten stieg aus und hielt ihnen die Tür auf.

Während der langen Fahrt unterhielt er sich hauptsächlich mit Midas. Er sprach griechisch doch so schnell, dass Sina nicht allzu viel verstand. Obwohl sie in den letzten Wochen fleißig die Sprache gelernt hatte. Midas übersetzte ihr hin und wieder, was der Fahrer erzählte. Irgendwann kuschelte sie sich in die bequemen Polster und schlief ein. Sie erwachte erst wieder als das Auto anhielt.

Nachdem sie ausgestiegen waren schauten sie sich neugierig um. Besonders Midas interessierte sich für die Umgebung. Er schien beeindruckt von dem, was er sah.

„Das kleine Dorf von damals ist ganz schön modern geworden", stellte er anerkennend fest. Seine Nervosität hatte sich während der langen Autofahrt gelegt, was sicher an den vielen Geschichten lag, die ihm der Fahrer erzählt hatte und die meist lustig waren.

Das Hotel, in dem sich ihre Zimmer befanden, war ein reines Vampirhotel. An der Rezeption wurden sie von einem Vampir begrüßt und auch der junge Mann, der ihre Koffer trug gehörte ihrer Art an. Es gab keinen Speisesaal und auch keine Küche und die Vorhänge an den Fenstern waren allesamt dunkel und lichtdicht.

Als sie in ihrem Zimmer allein waren legten sie sich auf die Betten, die kein Bettzeug hatten und nur mit bunten Decken belegt waren. Schließlich brauchten Vampire weder Kissen noch Decken wenn sie am Tag schliefen. Auch eine Toilette oder Dusche gab es nicht.

„Ein Hotel nur für Vampire, das ist schon seltsam. Gibt es denn tatsächlich so viele von unsere Art hier?"

Sina schob den Fenstervorhang etwas zur Seite und blickte auf die Straße hinab. Sie merkte an den vielen unterschiedlichen Vibrationen, dass sich viele Vampire in der Nähe aufhielten. Eine absolut ungewohnte Situation für sie.

Auch für Midas waren so viele Artgenossen in der unmittelbaren Nähe keine Selbstverständlichkeit mehr. „Früher bestand mindestens die Hälfte der Bevölkerung des Dorfes aus Vampiren. Die Menschen waren Sklaven und Nahrung zugleich. Vermutlich wurde Nachschub von weither nach hier gebracht, denn der Verschleiß war enorm. Ich bin gespannt, wie das heute ist. Sklaven dürfte es nicht mehr geben und vermutlich ist es auch nicht mehr üblich, die Bevölkerung auszusaugen."

„Eine ganze Stadt voller Vampire." Sina schüttelte fassungslos den Kopf. „Warum gibt es hier so viele, während sie in der übrigen Welt nur spärlich vertreten sind? Oder meinst du, es gibt noch mehr solche Vampirnester?"

Midas zuckte die Schultern und verschränkte die Hände hinter dem Kopf. Er gähnte verhalten, denn der Tag nahte bereits, es blieb ihnen höchstens noch eine Stunde, bis sie Beide vom Schlaf übermannt würden. „Träge antwortete er: „So viel ich damals mitbekommen habe, ist das hier die Geburtsstätte der Vampire. Einige sind, so wie ich, von hier weggegangen und leben nun irgendwo auf der Welt, haben vermutlich auch den einen oder anderen Zögling geschaffen. Aber die meisten sind hiergeblieben. Allerdings war es damals verboten, neue Vampire zu erschaffen, das durften nur wenige Auserwählte und sie mussten dafür einen triftigen Grund haben. Deshalb denke ich, es werden noch etwa gleich so viele Vampire hier leben, wie zu meiner Zeit. Aber jetzt rutsche ein Stück zu mir herüber, damit wir noch ein bisschen kuscheln können. Wer weiß, ob wir sonst noch dazu kommen werden. Wenn das Fest beginnt, haben wir dazu keine Zeit mehr."

Ihr Fahrer erwartete sie bereits, als sie am nächsten Abend das Hotel verließen. Er war gut gelaunt und voller Vorfreude auf das Fest. Bewundernd starrte er Sina an, während er ihr die Autotür aufhielt. In ihrem langen, champagnerfarbenen Kleid und dem Diadem in den hochgesteckten Haaren sah sie aus wie eine Prinzessin. Dazu trug sie den prächtigen, alten Familienschmuck, den Midas ihr geschenkt hatte.

Auch Midas hatte sich in Schale geworfen, im schwarzen Anzug bot er das Glanzbild eines Vampirs und gemeinsam waren sie ein wunderschönes Paar.

Während der Fahrt betrachtete Midas genau die Gegend, durch die sie kamen, doch es war alles ganz anders als vor fünfhundert Jahren. Die meisten Häuser von damals waren neuen Bauten gewichen und es gab normale Straßen und Plätze, so wie in jeder Stadt. Die wenigen Leute, die sich auf der Straße aufhielten, waren Menschen, Vampire gab es nicht zu sehen, die waren anscheinend alle auf dem Weg zum Fest.

Sie fuhren noch eine ganze Weile, nachdem sie die Stadt hinter sich gelassen hatten. Die Straße schien mitten durch immer öder werdende Wildnis zu führen und endete irgendwann in einem staubigen Feldweg. Endlich erstreckte sich vor ihren Scheinwerfern ein weitläufiger Platz, der von bunten Zelten und Hütten umsäumt war. Ein großes Podium schien der Mittelpunkt des Festplatzes zu sein.

Es herrschte bereits reges Rummelplatztreiben, die Neuzeit hatte auch vor den Vampiren nicht haltgemacht. Es gab allerlei Fahrgeschäfte, Belustigungen und auch Musik und Tanz. Nur Imbissbuden und Getränkestände fehlten.

Das eigentliche Fest begann mit Ansprachen und Berichten über alle möglichen vampirische Belange und verdiente Vampire wurden geehrt. Dazwischen wurden die Feierlichkeiten durch Sketche, satirische Darbietungen und Gesangseinlagen aufgelockert. Ganz so, wie es auch bei menschlichen Festivitäten der Fall war. Kein Zweifel, stellte Midas fest, die Vampire von heute hatten nichts mehr mit denen von damals gemein.

Kurz vor Mitternacht war es dann endlich soweit, Lilith, die Königin der Vampire erschien inmitten ihrer Gefolgschaft. Alle auf dem Platz verstummten ehrfürchtig um dann durch Hochrufe ihrer Königin zu huldigen.

Auch Sina und Midas verfolgten gebannt das Spektakel. Ohne dass sie es beabsichtigt hatten standen sie ganz vorne, nahe am Podium. Und obwohl ein ziemliches Gedränge herrschte, hielten die Anderen respektvollen Abstand zu ihnen. Lilith war noch immer so betörend schön wie er sie in Erinnerung hatte und ihr Anblick nach so langer Zeit beschwor lange unterdrückte Gefühle in Midas herauf. Plötzlich wähnte er sich wieder in jener schicksalsschweren Nacht.

Als Sina ihn am Arm berührte zuckte er zusammen und schaute sie verwirrt an. Er hatte nicht gehört, was sie zu ihm sagte.

„Schau doch mal genau hin", wiederholte sie aufgeregt und deutet auf den Mann, der neben Lilith stand. „Er ist dein wahres Ebenbild."

Stirnrunzelnd folgte er ihrem Blick und erschrak heftig als er in sein Spiegelbild zu schauen schien. Tatsächlich hatte der Mann eine fast unheimliche Ähnlichkeit mit ihm. Doch bevor er darüber nachdenken konnte, wandte sich ihm Lilith zu und rief ihn beim Namen. Sie bat ihn zu sich auf die Bühne und er folgte ihrer Aufforderung ohne zu zögern. Noch immer besaß sie große Macht über ihn.

Kurz darauf stand er seinem freundlich lächelnden Doppelgänger gegenüber und fühlte sich erneut fünfhundert Jahre zurückversetzt. Es war, als sähe er seinem Bruder ins Gesicht. Sogar das kleine drei- eckige Muttermal auf der rechten Wange, das Ares von ihm unter- schieden hatte, konnte er auf der Wange seines Gegenübers erkennen. Sein Herz machte einen schmerzhaften Sprung.

„Ares?", fragte er leise. „Bist du es wirklich Bruder?"

„Es ist Ares, ja. Aber er ist nicht dein Bruder sondern dein Sohn. Du hast ihn in jener Nacht mit mir gezeugt."

Lilith trat zu ihm und umarmte ihn herzlich, dann nahm sie seine und die Hand ihres Sohnes und legte sie aufeinander. Jubelnder Beifall brandete auf und Midas wurde bewusst, dass all die Vampire dort unten mehr wussten als er selbst. Verwirrt schaute er Lilith an, die glücklich lachend die Hochrufe genoss.

Erst einige Zeit später, Midas fühlte sich noch immer wie in einem verwirrenden Traum, klärte Lilith ihn und Sina über alles auf, was sich nach seiner Flucht abgespielt hatte.

Sie war damals in der Absicht angereist, ihn über ihre Schwangerschaft aufzuklären und ihn gleichzeitig zu ihrem Gefährten zu machen. Bis Ares, ihr gemeinsamer Sohn, reif dafür gewesen wäre, zum neuen König der Vampire gekrönt zu werden, hätte Midas mit ihr regieren sollen.

Zenon, der sich immer erhofft hatte an Liliths Seite zu regieren, war vor Wut außer sich geraten. Und anstatt Midas zu bitten zurück-zukehren, so wie sie ihm befohlen hatte, hatte Zenon ihm den Krieg erklärt.

Nach der Geburt ihres Sohnes hatte Lilith dann einsehen müssen, dass sie Midas wohl nie mehr sehen würde. Vor allem auch, weil ihr Zenons Gefolgsleute immer wieder Lügen erzählt hatten um Midas bei ihr in Ungnade fallen zu lassen. Als sie irgendwann weder von ihm noch von Zenon etwas in Erfahrung bringen konnte hatte sie beide abgeschrieben. Und erst vor wenigen Jahren durch Zufall erfahren, dass Midas noch lebte.

„Warum hast du ihn Ares genannt?", wollte Midas schließlich wissen und schaute seinem Sohn in das so vertraute Gesicht. Im Laufe der Nacht hatte er festgestellt, das Ares tatsächlich das Abbild seines Bruders war, sowohl vom Äußeren als auch vom Charakter her. Er war ihm so vertraut, dass es fast schmerzte.

„Zenon hätte dich damals aufklären sollen über das, was mit dir und deinem Bruder geschehen würde. Leider hat er genau das Gegenteil getan – ohne mein Wissen. Er muss dich wirklich abgrundtief gehasst haben." Lilith sagte es ehrlich bekümmert.

„Leider kann ich alles, was geschehen ist, nicht mehr ungeschehen machen", fuhr sie bedauernd fort. „Aber vielleicht gelingt es mir wenigstens, dir endlich deine Schuldgefühle zu nehmen. Denn du hast deinen Bruder zwar getötet aber er ist in deinem Sohn wieder auferstanden."

„Aber Ares und ich waren doch gar keine Zwillinge…"

Lilith winkte ab. „Das war nicht so wichtig, wichtig war nur, dass ihr vom Aussehen und natürlich vom Charakter absolut gleich ward. Wie du dich selbst überzeugen konntest ward ihr genau die Richtigen.

Ares ist wiedergeboren, ein Vampir aus Vampiren geboren. Damit hat sich die Weissagung erfüllt und die Vampire bekamen ihren König."

Midas und Sina verbrachten noch einige Wochen in der Stadt der Vampire und lernten in dieser Zeit viel über ihre wahre Bestimmung. Lilith erzählte ihnen bereitwillig alle Geheimnisse, die Midas nie erfahren hatte.

"Jens wird begeistert sein, wenn er all das erfährt", mutmaßte Sina als sie sich endlich auf der Heimreise befanden. Das gibt seinem Roman noch den letzten Kick. Ich sehe ihn schon auf der Bestsellerliste."

Midas lachte und zog sie an sich um sie zu küssen. „Aber vermutlich wird er das Ende nochmal umschreiben müssen. Oder darf ein Vampirroman kein Happy End haben, was meinst du."

„Ein Happy End ist immer perfekt, ob im Roman oder im richtigen Leben. Und besonders im richtigen Vampirleben."

Sina lachte und erwiderte leidenschaftlich seinen Kuss.

Ende

Weitere Romane über Vampire, Hexer und Geister auf meiner Homepage www.gerdi-m-buettner.de